万能事务所

WANNENG
SHIWUSUO

追月逐花　著

群言出版社
QUNYAN PRESS
·北京·

图书在版编目（CIP）数据

万能事务所 / 追月逐花著 . -- 北京 : 群言出版社 , 2017.8

ISBN 978-7-5193-0316-7

Ⅰ . ①万… Ⅱ . ①追… Ⅲ . ①长篇小说－中国－当代
Ⅳ . ① I247.5

中国版本图书馆 CIP 数据核字 (2017) 第 193128 号

策划编辑：陈赫男
责任编辑：李　群
封面设计：Amber Design 琥珀视觉

出版发行：群言出版社
地　　址：北京市东城区东厂胡同北巷1号（100006）
网　　址：www.qypublish.com
自营网店：http://qycbs.shop.kongfz.com（孔夫子旧书网）
　　　　　http://www.qypublish.com（群言出版社官网）
电子信箱：qunyancbs@126.com
联系电话：010-65267783　65263836
经　　销：全国新华书店

印　　刷：北京鑫瑞兴印刷有限公司
版　　次：2017年10月第1版　2017年10月第1次印刷
开　　本：710mm × 1000mm　1/32
印　　张：10.25
字　　数：248千字
书　　号：ISBN 978-7-5193-0316-7
定　　价：36.80 元

目 录
contents

1

目 录

contents

2

第一章
神秘事务所

“天哪，这是什么地方……”赵小钏一走进地下广场，就觉得自己可能踏入了麻烦地带，现在更觉得如此。本想帮人顶班赚俩小钱，现在看来却有踏入是非、身陷囹圄的可能——有这么可怕吗？

非常有可能。赵小钏文史专业毕业，专业冷门，一直找不到合适的工作。虽然家里有点钱，还养得起她，但她感觉前途未卜，天天在家闲得发霉的日子也十分难熬。赵小钏觉得自己都要窝在家里变成蘑菇了。然而就在这时，赵小钏的表姐孙晓裕说自己有事，但公司缺人手，希望赵小钏能帮她顶几天班。孙晓裕大专毕业，在一家咨询公司工作，薪水很高，赵小钏一直很羡慕她。现在表姐叫她顶班，她自然愿意——赵小钏心中的小九九可不只是顶班拿几天薪水这么简单。她准备在顶班期间好好表现，这公司不是缺人手嘛，看她表现得好的话，说不定会聘她当正式员工。因为打了这个主意，她今天早上就精心按照职场要求打扮了一下，像准备面试一样到那家公司去报到。然而，这家公司在一个地下广场里——因为现在地皮贵，很多公司都在地下广场里。不过赵小钏就是觉得在地下广场里的公司，似乎都不是什么好公司。如果这只是赵小钏的偏见，那么接下来她看到的事情却没法让她不觉得诡异。

这家公司在地下广场的 B 区，和其他区比起来，这里的光线格外阴暗，而且商户都有些奇奇怪怪——卖古董的，搞占卜的，卖哥特风商品的，还有些奇奇怪怪的门面，不知道是做什么的。赵小钏越走越觉得心里发毛。在这种地方办公的公司，会是正常的公司吗？

赵小钏开始仔细回想——老实说，孙晓裕一直说公司要求员工把私人事务和公司事务严格区分开来，因此没带大家去看过她的公司，只知道她的公司叫“万能事务所”。现在想来，她的行为也够可疑的。但是孙晓裕一直穿着入时，看起来的确像是在体面的公司工作，并且拿着高薪，再说孙晓裕是她的表姐，她实在无法想象孙晓裕会欺骗家里人，孙晓裕会领她上贼船吗？

赵小钏正在纠结，却猛然发现自己已经到了。她看了看孙晓裕给她的纸条，确认门牌号和纸上写的无误。再看公司的门面，发现它大门装饰得还挺考究，门头上有个大大的金字招牌——用的好像是繁体字，好多笔画，金灿灿的一团。大门竟然是关着的！

什么公司关着大门营业？赵小钏感到怀疑，但也更感到奇怪，下意识地盯着大门仔细打量。

“你有预约吗？”忽然一个女人的声音响起，把她吓了一跳。

赵小钏赶紧朝四周看看，却没发现有什么人。

“你有预约吗？”

赵小钏这才发现声音中有种电子音的感觉——这个声音应该是从喇叭里放出来的，赶紧抬头看，果然在门头上有一个喇叭。她忽然醒悟：在这个门框或者门边上一定有个摄像头，里面的人是通过摄像头看到了她，然后再向她发问。

“你有预约吗？”

赵小钏赶紧大声说：“我是赵小钏……孙晓裕叫我来顶班的！”

门自动开了——竟然是电子控制的，好高端的样子。赵小钏犹犹豫豫地走进去，发现前台坐着一个女人。这个女人穿着职业装，盘的头发光可鉴人，戴着珍珠项链和珍珠耳环，给人的感觉略微有些奇怪。赵小钏也说不出来哪里奇怪，就是依稀像看见了一口深不可测的井一样。

“你就是赵小钏啊，你准时到了，很好。”一个男人的声音传来。

赵小钏朝声音传来的方向一看，顿时忍不住双眉弯弯，双眼眯眯，真是个超级大帅哥啊！帅得简直有种自带聚光灯的感觉！

那男人见赵小钏的表情有些异样，露出诧异的神情。赵小钏赶紧把花痴相收起来，慌里慌张地自我介绍：“我是……我是赵小钏，今天来……来报到……”

那男子看了看手表说：“我叫丁穆，你叫我丁经理就行了。见客户的时间快到了，其他事情就在路上说吧。”

他的声音不大，也不重，但是却有种令人无法抗拒的力量。

赵小钏不由自主地跟了过去。丁穆带着她左转了一下，又右转了一下，把一个小门打开，门后赫然是一个车库。车库里停了一些车。赵小钏不懂车，但是觉得那些车都挺气派，应该挺贵。

赵小钏忍不住动了歪念头，想偷偷上网查查这些都是什么车型，结果还没来得及动手就被丁穆催着坐进了车里。丁穆让她和自己坐在后排，前排则坐着一个司机。司机跟丁穆打招呼，并没有回头。赵小钏在后视镜里看到了他的半张脸，结果被吓了一跳，这人的左眉毛上有道伤疤，一直通到额顶；右眼下有道伤疤，和眼睛平行，横贯半个脸颊。

赵小钏又惊又疑，下意识地死死地盯着后视镜，结果被司机看了一眼——那司机双目如电，眼神里却没什么感情，冷冰冰的，把赵小钏吓得再也不敢多看。

之后，赵小钏有些尴尬和慌乱，为了驱散这种情绪，便去和丁穆说话：“丁经理，请问我们这是去哪儿啊？”

“我们马上要赶去日盛集团的盛总那里，为他们解决问题。据说是他的独生子要和他钦定的儿媳妇闹离婚，需要我们化解危机。具体的情况得到那边细问。”

“啊？”赵小钏大为意外，“这个……也在咨询公司的业务范围内吗？”

“当然在啊。我们公司的业务就是在合法的范围内为客户解决所有的麻烦——你看到我们公司的招牌之后，就应该知道了。”丁穆从眼角瞟着她，微笑着说。

赵小钏更加诧异了，她当时没有特别在意过的招牌又浮现到了她的眼前，此时她才想起来，第一个拥有很多笔画的繁体字是“万”！万能事务所？！

盛总的公司到了。前台的小姐知道他们的身份后立即打电话通知了盛总的秘书。盛总的秘书亲自迎接他们，把他们领到了盛总的办公室。从前台到办公室的这条路，可说是说不尽的金碧辉煌。赵小钏从来没来过这么豪华的地方，路上忍不住东张西望。忽然意识到这样不对，赶紧敛正姿态——老实说，她今天遇到了太多怪事，现在反而淡定了，想看看会不会“一路怪到底”。

盛总的办公室到了，盛总主动走过来跟丁穆握手。老实说，赵小钏听过盛总的名字。知道他是本市著名的企业家，心想他一定是个年富力强、外表年轻、风度翩翩的老帅哥，今天一见，却不由得大失所望——这位盛总头顶已经秃了，头发也已经花白，脸皮松弛得像个沙皮狗，有些地方甚至长了老人斑，外貌超低分，也没什么气质。

没办法，有种说法是连富三代才能造就一个贵族，事实上至少得连富三代才能造出一个贵族。中国的富人大多是一代以内富起来的，大多脱不了土味儿，再加上年轻时创业苦吃多了，早衰变丑是自然的事情。

盛总跟丁穆寒暄了一阵子之后就进入了正题：“我这个人说话直来直去，我就直接跟你们介绍一下情况吧……我那个不争气的儿子叫盛斌，随他妈，长得算帅，又因为我家里有点钱，因此有很多女孩子围着他转。而我，因为工作忙，没什么空管束他，结果他就成了一个花花公子。天天换女友，那些女友也都跟妖精似的，到了三十多岁，还没结婚。我知道这样不好，不说别的，‘色’字头上一把刀，和不老实的女人交往，轻则破财，重则破家亡身。所以我就想给他介绍一个靠谱的对象。我有个朋友，也是做生意的，有个女儿，叫越茗。重点大学的硕士，人长得既端庄又漂亮，个子不高不矮，身材不胖不瘦，还有福相。为人规矩，快到三十了，都没谈过男友。我是非常中意，便介绍给这小子认识。这小子一开始口口声声说不相信爱情，不愿意结婚，我费了老鼻子劲才把他弄过去。没想到一看到越茗，他立即表现得很中意。越茗对他也挺中意，两人约会过几次后就把事情定了下来。我当时还挺开心，结果没想到一年之后，这小子又闹起离婚来，据说还是因为外面不三不四的女人……希望你们一定要想想办法，把这个危机化解掉。”

赵小钏听盛总说完话，心里已经有了一个想法。一般来说，男人要离婚都是有人在外面勾引，只要找到那个在外面煽风点火的女人，把她搞定，就能釜底抽薪般地把事情解决。她觉得丁穆肯定也是这个想法，之后果然听到丁穆问："那到底是哪个女人在破坏盛斌的家庭，您知道吗？"

"这个啊……"盛总露出一丝惭愧的神色，"我还不知道呢，问不出，也查不到。"

丁穆点点头说："好的，大概情况我都知道了。希望您静心等待，我们一定会帮您解决问题。"之后问了一些盛家的基本情况，拿了越茗和盛斌的照片，接着便向盛总告辞，然后带着赵小钏出了盛总的公司。赵小钏以为他会立即去调查盛斌的外遇对象是谁，没想到盛斌却让司机载他们去盛总家住的小区。

"盛斌的外遇对象会和盛总一个小区吗？"赵小钏很诧异。

"我们不是去调查盛斌的外遇对象啊。"

“啊？”

“我们是去调查当初盛斌和越茗结婚，到底是个什么情况。”

“啊？刚才盛总不是说了吗？”赵小钏更迷糊了。

“这你就不明白了。”丁穆从眼角朝她瞄了一眼，目光中有种深不可测的笑意，“有时候，人即便向别人求助，也会因为种种原因隐瞒真相。有时候更会因为偏见或者愿望想当然地扭曲真相，把自己的想象当作真相。因此，我们要自己去调查当年的情况——要想给客户解决问题，必须得了解所有的真相。”

赵小钏觉得他说的话似乎有点道理，却也有些不以为然——事情会这么复杂吗？

转眼间，他们就到了盛总家的小区。盛总家所在的小区自然非常豪华，但仔细看看品位却似乎不怎么样。不说别的，就说门口那个直愣愣的刻着小区名字的大石头，磨得三分刻意，五分粗蠢，放在小区门口，简直有种小孩子过家家般的感觉。

丁穆下了车，带着赵小钏走进小区。小区门口有人站岗，但对丁穆他们只是看了一眼，并没有过来盘查他们——大概是因为看到丁穆衣着得体气宇轩昂。赵小钏意识到了这一点，竟也莫名其妙地感到一种骄傲。

在小区的中心，有一个绿茵环绕的广场。有一群浓妆艳抹的中年妇女在跳广场舞。丁穆带着赵小钏到了一个隐蔽的地方站着。赵小钏这才发现这些大妈似乎在学习新舞蹈，有一个正当妙龄的舞蹈老师在教，她们则认认真真地在学。丁穆指了指其中一个有领袖风范的五十多岁的女人说：“她就是盛总的夫人桑玉兰。”

“啊？”赵小钏有些诧异，因为她分明记着之前他们没有见过桑玉兰，“你们之前见过？”

“我刚才查了一下她，”丁穆微微一笑，“就在网上。她在网上有微博，我还凑巧发现了她和小区里其他的阿姨组成了一个组合，叫‘五十度夕阳辣妹’，正在排练，准备上选秀节目。”

“啊？”赵小钏听了后颇有些哭笑不得。

“一般来说，要想知道一个人的信息，就要进入她的社交圈子。任何人，都会不知不觉把自己家的事情说给别人听。”丁穆说得挺慢，是在讲解给赵小钏听，“一般来说，每个社交圈子里，都有一个特别喜欢搜集别人信息的人，这个人堪称这个社交圈子里的百事通。只要找到这个人，并且可以搭上话，就可以知道这个圈子里所有的事情。你能找出那个人吗？”

赵小钏赶紧睁大眼睛看那些大妈。正巧这些大妈们进入了休息时间，在广场上或走或坐，相对聊天。赵小钏看到一个穿着黑丝和皮裤的大妈，挽着光可鉴人的发髻，带着夸张的大耳环，花蝴蝶一样在人群中转来转去，热情洋溢地和所有人聊天。

“会是她吗？”赵小钏把那个大妈指给丁穆看，轻轻地问。

“不会是她。”丁穆一下否决，“这种人有得到周围所有消息的欲望，但是没有得到周围所有信息的条件。这种人一看就是个漏嘴子，而且像喜欢搬弄是非的人，让人没有安全感。而那个人，”他指了指坐在一边的一个大妈——这个大妈打扮得不那么刺眼，看起来也挺敦厚老实，“这个人一直在用目光打量所有人，证明她也非常乐于知道别人的信息。而就在这几分钟内，有好几个人主动和她说话。这就证明别人很乐意跟她分享信息。而因为她的样子看起来很敦厚，不像是会泄露秘密的人，因此别人会愿意跟她进行较深层次的谈话。找她套话，应该可以套出很多话。”

“可是……”赵小钏看着那个大妈说：“她会把自己知道的事情毫无保留地告诉别人吗？”

“放心，”丁穆深不可测而又胸有成竹地一笑，“真正会保守秘密的人，是不会喜欢打听八卦的。”

过了一会儿之后，大妈们的训练散场了。丁穆叫赵小钏在一边候着，自己去和这位大妈搭讪套话，同时也是搭讪教学。赵小钏可不相信他能一下从素不相识的人口中套出很多话来，便站在隐蔽处，目不转睛地看他行动。

素衣大妈和老姐妹们告辞后，不紧不慢地踩上鹅卵石铺成的小道，朝西边走。丁穆踏上小道，微笑着走向素衣大妈：“您好，请问您知道张素白在哪里吗？”

张素白？赵小钏不知道他从哪里弄出这个人名来，感到挺莫名其妙。

素衣大妈更是莫名其妙，还仔细想了一想：“我们这边好像没有叫张素白的人啊。”

“哦，难道是我找错地方了？”丁穆茫然地朝四周看了一圈，“那还真是可惜啊，我走了这么远的路……”说着看向素衣大妈，“无论如何还是谢谢您……”

接着，做出忽然想起什么的样子：“您很面熟啊……哦，对了，我在网上看过您的微博，您是‘五十度夕阳辣妹’的成员吧？”

素衣大妈很开心，又受宠若惊：“哎哟，那还真巧呢……哈哈，真有点不好意思，我那微博挺傻吧？”

“不，我觉得挺好的。”丁穆煞有介事地说。

赵小钏颇有些诧异，他什么时候把素衣大妈的微博也查过了？后来想到“五十度夕阳辣妹”的成员们肯定互相关注。

第二章

花花公子

因为丁穆让素衣大妈觉得自己是“知名人士”，大妈感到很开心，所以，丁穆搭讪成功。丁穆便假装对“五十度夕阳辣妹”很感兴趣，不动声色、自然而然地跟她说到了桑玉兰。

不出丁穆所料，素衣大妈果然很乐意把桑玉兰家的事情告诉别人：“你说盛斌啊，是的，这小子是个花花公子，之前就喜欢和那些狐狸精般的女孩子混在一起。因为他天天忙着泡妞儿，也没什么才干，盛总对他很没有信心。现在在富人圈里流行一种做法，如果儿子不行的话，就找个能干的儿媳妇，让儿媳妇接班。盛总便在朋友圈里物色，觉得自己的朋友，越总的女儿越茗很好，学历高，有能力，生活还简单规矩，人漂亮，自己家里也有钱，有很大的后援，便把她介绍给他儿子了。”

“这么说，越茗和盛斌完全是商业联姻……”丁穆思忖着说，“那盛斌和越茗的关系怎么样？”

“这个就不大清楚了，”素衣大妈摇了摇头，“盛斌和越茗住在城西面的花园别墅社区里。小两口儿不常在这里露面。不过，盛总的夫人对儿媳妇评价挺高的，总是夸她懂事、孝顺。”

丁穆成功地套到了有效信息，和素衣大妈告辞，来和赵小钏会合。

“这下学会搭讪了吗？”丁穆问她。

“学会了。”赵小钏说——她现在由衷地觉得丁穆真的挺有本事。“那大妈叫什么啊？”

“我不知道啊。”

“啊？！”赵小钏惊了一跳：“你不是看过她的微博吗？她的

微博不是实名的？”

“我也没看过她的微博啊。”丁穆笑嘻嘻地说，“我只是想着，这个组合既然这么潮，肯定人人都有微博。”

“啊？”赵小钏觉得自己的牙齿差点飞出去，“你没看过她的微博……也不知道她叫什么，有些太冒险了吧？”

“没什么冒险的啊。”丁穆依旧笑嘻嘻的，“一般来说，人在面对奉承自己的人的时候，都会非常开心，既会放松警惕，也有些受宠若惊，绝不会多问什么。”说着笑着瞥了赵小钏一眼，“这个也是干我们这行必须知道的常识，你要好好记住哦。”

“哦，好的，当然……”赵小钏的脸红了一下。说真的，对这个常识是否科学，是否实用，她还存保留意见，但是丁穆的目光对她很有杀伤力。

回到车上后，赵小钏跟丁穆分析起了情况——不知从什么时候开始，她觉得自己不能只在一边看着或者应和，应该要努力表现，获得丁穆的肯定。

“既然盛斌和越茗是商业联姻，那他闹离婚也就不奇怪了……盛斌口口声声说自己不相信爱情，又是个花花公子，肯定不愿意被父母介绍来的妻子绑住。当初他按照父亲的要求和越茗结婚，应该只是权宜之计，现在觉得没法再维系这段商业联姻了，所以就要闹离婚。”

“不，未必是。”丁穆摇了摇头，“如果他真是一个不相信爱情的花花公子，那么对他来说维系一段商业联姻其实是一件不痛不痒的事情，甚至可能还对他有利。因为他和越茗结婚之后，父母给他的任务就基本完成，他只要能笼络住越茗，就可以任意在外面花天酒地。他既然是个花花公子，那肯定是情场老手，长得又帅，要想笼络住越茗这个之前从未谈过男友的良家女孩儿可以说是非常容易的事情。而且，既然他不相信爱情，又这么花心，就不会因为婚外的某些女人破坏对自己有利的婚姻。而且既然当初他答应了父亲，缔结这个商业联姻，一定做好了长期维系这段婚姻的准备。应该不会轻易打破它。所以真相到底如何，还得再查。”

这段话把赵小钏说得连连点头，有些惭愧，也有些惶恐——她几乎是第一次感觉到自己对人心的了解是多么的肤浅。也因此对盛斌闹离婚的原因更加好奇了。

“那……我们接下来该往哪里调查呢？”她问丁穆。

“盛总的圈子调查过了，我们当然要到越茗的圈子去调查啊。”丁穆一笑，不慌不忙地说。

丁穆叫司机把他们载到了越茗娘家所在的小区。

越茗娘家所在的小区也是十分豪华，旁边有不少高级的美容店。丁穆看到了一家美甲店，便把赵小钏叫过来对她说：“我们到这里来问有关越茗的消息。你进去美甲，我在一旁套话。”

“啊？”赵小钏一下觉得自己的脑子有些跟不上，“我们为什么要到美甲店去探听越茗的消息？店主和越茗很熟悉吗？你什么时候查到的？”

“哎呀，你真是观察力不够啊。”丁穆嗔怪地看了她一眼，“你忘了吗？在盛总给我们看的照片里，越茗有着很考究的美甲。从美甲的品位来看，她做美甲应该已经很久了。人在接受各种美化外形的服务的时候会比较放松，容易把心里的话向身边的人倾诉。而因为做美甲工序比较多，时间很长，越茗很容易把自己的很多事情告诉美甲师。而女人最喜欢向别人倾诉的就是恋爱结婚方面的事情。另外，在同一个圈子里的人很容易受到其他人的美好事物的影响。越茗朋友圈里的人看了越茗的美甲，很可能也想来这里做美甲，也可能在无意中把信息告诉美甲师。所以，我们找她套话就可以了。”

“哦……”赵小钏觉得丁穆的话很有道理，但还是有一点不明白，“这么说，这里是越茗常来的美甲店……你是从哪里查到的？”

丁穆笑着叹了口气，朝美甲店的招牌指了指。赵小钏看到招牌上画了一只美手，手上的精美甲片熠熠生辉。赵小钏依然不明白，但是不好意思再问。过了片刻后忽然醒悟——这个甲片应该和越茗的美甲一个样式。此时，美甲店里只有一个美甲师和两个帮忙的。丁穆看了看墙上，发现有美甲师一脸自信的大幅彩照，所以确定美甲师就是店主。

任何女人看到帅哥都会不由自主地变得热情，美甲师也一样。丁穆说赵小钏是他的女朋友，他带她来美甲。美甲师嫉妒地朝赵小钏看了一眼——一来嫉妒她有这么帅的男友，二来嫉妒她的男友竟然这么贴心，立即拿出美甲工具，对赵小钏说：“手啊，可是女人的第二张脸，女人不会侍弄自己的手可是不行的哦。”

虽然美甲师掩饰得挺好，但是赵小钏还是感到了她的醋意，心里感觉颇有些微妙。美甲师开始给赵小钏美甲，丁穆则在寻找不动声色就能搭上话的机会。结果他看到墙上有一个照片，里面是一双玉手戴着玫瑰色、镶钻、配着软陶花的甲片。虽然甲片不同，但手指的形态和越茗的很是相像，便问美甲师：“这双手真是美丽啊，是手模特的手吗？”

“不是。”美甲师对待他的问题比对待赵小钏的手还要认真，“这是个千金大小姐的手哦，比手模特的手还美……这是当然的，手模特哪有她养尊处优啊。”

“哦，千金大小姐……这么说她是个千万富翁的女儿？”

“亿万富翁的女儿啦。”美甲师说，“她出身可不是一般的好呢，嫁得也很好。她爸是本市的超市大王越登云，嫁给了日盛集团总裁的儿子，她叫越茗，也算是本市的名媛了。”

“哦。”丁穆的嘴边浮起一丝不易察觉的笑容——成功搭上话。

他正想着如何进一步地深入套话，没想到美甲师自己就打开了话匣子。

“她算是真真正正含着金钥匙出生的，真羡慕她……唉，这就是命啊。有的人不用费劲就能坐拥千万，甚至亿万家资。”

丁穆笑笑说：“嗯，有些人就是这么幸运。不过，有钱人的人生也会受到很多限制。比如说，婚姻……听说现在的富二代为了保证和扩张家族利益，必须得接受商业联姻那样的婚姻。我看越茗的婚姻，这种联姻的成分居多。”

“管她是不是商业联姻，只要相互喜欢就成呗。”

“哦，这么说她经常跟你夸她的老公了？”丁穆的目光一闪。

“不，她倒没跟我谈过她的老公，不过她的姐们儿跟我说过。”醋意就像藤蔓一样蔓延上来，美甲师不小心把一颗钻都粘歪了，“她老公对她可好了，相亲见过一次面后就猛追她。每次约会回来都把她送到家门口，等她走进家门后才走。他长得帅，又很会讨女孩子欢心……她老公之前有过不少女朋友，但为了她，跟所有的女友都断绝来往了。她的姐们儿都羡慕她。”

丁穆的套话活动结束了，赵小钏的美甲也做好了。美甲师给她做的是半透明的蓝色甲面，上面点了几颗钻，看起来既像薄暮中的星星，又像水面的亮光。赵小钏简直觉得自己应该找个玻璃罩，把手罩起来。如此美丽的美甲，价格自然也不菲，高得让赵小钏唏嘘不已:“虽然这指甲是挺美的,但是这价格也太高了,简直是抢钱啊！”

“你不用过意不去。”丁穆嘿嘿一笑，“这些费用会从你的劳务费里扣的。”

“什么？！”听到这话后赵小钏差点跳起来。

“哈哈，当然是开玩笑啦！”丁穆笑得就像是个搞恶作剧成功的小男孩。

赵小钏松了一口气，也跟着丁穆笑了起来。老实说她不想笑，心里还有些恼火，但是觉得不和他一起笑不行。

到了车上，丁穆分析道——其实是分析给赵小钏听：“如此说来，盛斌当初对越茗是喜欢的，所以才愿意和她结婚，那现在闹离婚，很可能不是盛斌的问题。”

赵小钏说：“那可不可能是盛斌一年之后花心病又发作了呢？”

丁穆看了她一眼说：“这个倒不大可能。因为对于一个花心而又可以不费吹灰之力得到很多女人的男人来说，要决定认真开始一段感情是很不容易的事情。既然决定认真，短时间内就不会变卦。当然了，到底怎么样，还得我们去调查一下。”

接着，司机又把他们载到了盛斌和越茗的住处。盛斌和越茗住的地方是花园别墅区，这个别墅区风景优美，山坡小树小溪穿插于各个设计精美的房子和院落之间，有种如诗如画的感觉。但是这样的房子也易于被窥探。盛斌家二楼有一间屋子，应该是所谓的观景房，一整面墙都是透明玻璃，盛斌正站在墙前，若有所思。而赵小钏和丁穆就在对面的山坡上，藏在树丛后偷看他。

丁穆从车里带来了两个望远镜，自己用一个，给赵小钏一个。赵小钏把望远镜放在眼前，可以清清楚楚地看到盛斌的样子。老实说，如果不是觉得盛斌是个负心薄情玩弄女人的花花公子——女人总是倾向于认为男人在感情纠葛中是肇事者，赵小钏几乎都要对他犯花痴了。说真的，他很帅。比盛总给他们的照片看起来帅多了。他就那样站着，一动不动，目光中似乎含着万般愁苦。就在这时，房间的门开了，一个美女走了进来，看脸就知道是越茗，也比照片上美得多，只见她看了盛斌一眼，然后在他身边轻轻地跪了下来，牵起他的手，贴在脸上，嘴里在说着什么。

“她在对盛斌说什么啊？”赵小钏既好奇又愤怒——对女人来说，只要看到女人下跪，就会短时期内丧失判断能力。

“她在说：‘亲爱的，都是我不好，求你不要和我离婚。不管你做什么都行，只要不跟我离婚就好。’”丁穆缓缓地说。

“啊？”赵小钏大为惊诧，“你是怎么知道的？你安装了窃听器吗？什么时候装的？”

“当然不是啦，我在读唇语。”

“唇语？你会读唇语？”赵小钏更加惊诧。

“嘘！”丁穆对赵小钏的惊诧不以为然，“你声音太大了！就算我们离得远，也要注意控制音量！”

“嗯……”赵小钏脸红了，却也忍不住使劲儿地盯着他偷看了一眼——说真的，她现在是对他由衷地肃然起敬，也觉得他真的很不简单，也因此对他更好奇。忽然想起自己还要看盛斌的反应，赶紧又把眼睛转回望远镜前。

被妻子如此哀求，盛斌没有什么反应，依旧是看着窗外，但是脸上的肌肉明显绷紧了，目光也有些痛苦。看到这些，赵小钏有些迷惑——老实说，当看到越茗给盛斌下跪的时候，她心中熊熊的义愤已经在耳边大声说这一定是盛斌花心又嚣张，在外面挂上了一个狐狸精，回到家里非要离婚。但是看到盛斌的目光，她却发现他的目光是那么的痛苦和无奈，就像他才是无助被动地受煎熬的那一方一样。赵小钏开始认同丁穆的说法了，也许这段婚姻的问题是在越茗这里。但会是怎样的问题呢？之前听大家对越茗的描绘，越茗绝对是十项全能的满分好妻子。现在看到她本人，那神态，那气质，让人一看就能认定她是个良家妇女。这样的女人，能出什么事情呢？因为盛斌一直一动不动像个石头一样站着，越茗叹着气出去了。等越茗关门之后，他才回头看——虽然以赵小钏的角度，她看不见盛斌的目光，但她可以感觉到盛斌此时的目光一定非常复杂，他的背影给她这种感觉。他对着门呆立了一会儿，叹了口气，从酒柜里拿出酒来，倒进杯子里，非常慢地喝着。

借酒消愁啊——难道越茗搞出了很大的麻烦？难以解决？在好奇心的作用下赵小钏竟然看得津津有味，浑然忘了时间的流逝。时间转眼就到了中午，司机给他们送来了吃的东西，一些面包和两瓶水。老实说，这样的午餐实在太简单。但是赵小钏正沉浸在“监视别人”所带来的兴奋感之中，丝毫不以为然。丁穆对她说，不可以让任何人发现他们监视时留下的痕迹，所以不管是面包的包装袋还是水瓶，都不可以丢在地上。赵小钏严格遵守这个要求，把吃完的面包袋、喝空的瓶子，还有拧下的瓶盖都装了起来。

午饭时间后，越茗出现在用花样铁栏杆围着的小花园里，侍弄自己的盆栽。这些盆栽赵小钏都说不出是什么，但见它们花红叶翠，造型优美，证明它们一定价格不菲，而且打理它们的人一定非常有品位。精致打理它们的人，显然就是越茗了。只见她拿着剪刀，对一个盆栽，左边微修一下，右边轻剪一下，接着那盆盆栽就陡然变得精致脱俗好多。而越茗在修剪盆栽的时候，显得那么的文静和优雅，简直就像一幅会动的画。赵小钏静静地欣赏着，结果看到盛斌也躲在花枝繁茂处，偷偷地看着越茗，目光复杂到难以名状。

赵小钏越发觉得这对夫妻之间有故事，而且是很不一般的故事，不由得“看了进去”，等到丁穆跟她说“可以换班了”的时候，她才发现天色已经晚了。

“换班？跟谁？我们晚上也要监视吗？”赵小钏诧异地问。

丁穆笑着说：“是啊。如果晚上不监视，就可能错过很多信息。”说着朝一处阴影里看了一眼。赵小钏也朝那边一看，顿时被吓了一跳——如果不是丁穆朝那边看，她还发现不了呢。只见一个穿着迷彩衣服的小个子避在暗处，带着一个压着眉毛的帽子，静静地站在那里，简直像和环境融为一体的变色龙。老实说，这个男人不管是身形还是长相都不起眼，但是这种变色龙的感觉又让人觉得他挺不一般。赵小钏忍不住仔细看他，结果竟然在他的帽檐下发现了一双如电的双目，竟然被惊了一跳，下意识地不敢再注视他。

第三章

怪异的夫妻

丁穆对她说，这个人叫阿龙，也是万能事务所的雇员，接下来就由他接着监视。作为同事见面的礼节，赵小钏和他握了握手。他的手上长满了老茧,还有些硌人。赵小钏本能地觉得他应该是从事“特种工作”的——她之前只在小说和影视剧里看到过这种人，不由得对他既害怕又好奇。

接下来，司机就开车把她和丁穆载回了公司——公司的车只能载他们“跑业务”，严格来说是执行任务的时候才可以使用。赵小钏依然是坐公交车回家。回到家之后，赵小钏打了孙晓裕的手机，结果孙晓裕的手机处在“暂时无法接听，转语音信箱”的状态。赵小钏又登录了 QQ，结果发现孙晓裕不在线。赵小钏本想等到孙晓裕回话再睡觉，没想到因为白天太累了，不知不觉就睡着了。第二天她醒来，检查手机和 QQ，发现孙晓裕并没有跟她联系。老实说，这对于孙晓裕来说并不算奇怪。她只要一出去玩，或者办格外私人的事务的时候，不管用何种联系工具，想立即联系到她都是不太可能的事情。

赵小钏茫然地坐在床边待了一会儿,然后梳头洗脸准备上班——老实说,她虽然觉得这个万能事务所有些怪怪的,也有点让人不安心,但是就是让她感到新奇有趣，很想在那里多见识几天，至少把那边的事情弄清楚。

赵小钏来到万能事务所后，首先和她见面的还是那位前台。那位前台一见到她就用目光打了个招呼，还示意她过去。赵小钏便走过去了。只见她把头往赵小钏这边凑了凑，神秘兮兮而又满脸迫切地问："你们昨天出任务了吧？有新奇的事情吗？跟我说说。"

"呃……"老实说，因为她的形象，赵小钏一直以为她是个沉静内敛、高深莫测的人，现在看她如此兴奋和迫切地打探消息，宛若八卦之王的感觉，颇有些不适应："这个吗？好像没有什么特别新奇的事情……"

"怎么会没有新奇的事情呢？"前台微微有些失望，但依然没有放弃循循善诱，"那你告诉我，你们这次出的是个什么任务？"

"这个啊……"一来不想得罪前台，二来因为前台的表情太过热切，赵小钏便对前台说了："我们昨天接的任务是解决盛斌和越茗的婚姻问题……盛斌就是那个有名的日升集团老总的儿子，就是个花花公子，娶了个优秀而又纯良的老婆，婚后却又要闹离婚。连他妻子给他下跪他都无动于衷，冷血得要命……"虽然之前已经觉得事情可能不像她想得那么简单，但作为一个女人，往往就是不会轻易改变对"渣男"的说法。

赵小钏正说得起劲，身后忽然传来一声咳嗽。赵小钏回头一看，赫然发现丁穆正站在不远的地方，而盛斌正带着一种不可名状的表情，站在丁穆的身边。

"啊，这个……我……"赵小钏省悟自己刚才说的盛斌的坏话已经全被盛斌听了去，一时间有些手足无措。

"没关系。"盛斌一笑，笑容中带有嘲讽、无奈和酸楚，"我知道大家基本上都是这么看我的。没关系，我早就不在意这些事了。"

"哦……"赵小钏尴尬地笑笑，同时用询问的目光看向丁穆。

丁穆的态度已经变得像刚才什么都没发生一样——这其实是消解尴尬的好对策："是这样的，盛斌先生知晓了我们在为盛总工作，帮忙解决他们的婚姻问题。所以特地到这里来，和我们谈谈，并给我们提供一些帮助。"

“哦？”赵小钏异常惊诧。

盛斌冷笑了一声：“我发现了你们的面包袋的袋头碎片，就知道有人在监视我。”

这句话就像子弹一样击中了赵小钏的心——赵小钏猛然想起，昨天她吃面包时，撕包装袋的时候把袋头撕掉了一片，当时没有在意，就随手扔掉了，吃完了面包后只记得把包装袋的袋身收了起来，完全忘记还有一片碎片在草丛里。

“这是我在遛狗的时候发现的，”盛斌继续说，“那傻孩子对这些东西格外感兴趣。老实说我一看到这个东西，就知道一定有人在监视我。而且十有八九是我家那个老头子干的——他以前就盯过我们的梢儿。所以我就去问老头子的秘书，那家伙被我一审就什么都招了。哈哈，如果你们合作方的人嘴不严，你们自己再怎么做保密工作恐怕都是不行的吧。当然了，这次你们自己保密工作也没有做好，又是另当别论了。”

他最后几句话既是对赵小钏说的，又是对丁穆说的。赵小钏听了后觉得十分刺心，丁穆听了后却丝毫没有反应。他把盛斌领到自己的办公室，打开门，请盛斌先进去。赵小钏趁这个空当溜到他身边，满怀歉疚地说：“对不起，我真是太不小心了。”

“没事。”丁穆的表情和声音都挺温和，“你这是第一次出任务，出点纰漏难免的。”紧接着却说，“按照公司规定，扣你一半的日薪就行了。”

“啊？”一听这话赵小钏立即心头冰凉，呆若木鸡。

“你也跟着进来啊。”丁穆对赵小钏说。

赵小钏一激灵，赶紧跟着丁穆进了办公室。进来之后没敢找地方坐，在丁穆身边站着。“我就开门见山了，”盛斌坐下后说，“我知道老头子一定把责任全都归在了我的身上。其实，事情不是这样。

我也非常想保全我的婚姻，而且是最真心的。”

“好的。”丁穆点了点头，“您刚才说会向我们提供一些帮助，请问是什么样的帮助呢？”

盛斌没有直接回答他的问题，而是盯着他的眼睛说：“我会额外再给你们一份报酬。但是，你们对我和你们合作这事一定要严格保密。对我家老头子也不可以说。”

“好的。”丁穆审视着他。

“那就行。我叫你们帮我调查一个人。”盛斌掏出一叠照片，递给他们。

丁穆和赵小钏朝照片看了一眼，发现那全是一个中年男子的照片。这个男子形象冷峻，举止翩翩。从照片拍摄的情景来看，他应该是在不知情的情况下被偷拍的。

“这是谁？”丁穆问。

盛斌抿了抿嘴，很费力地说：“他是我妻子的外遇对象。”

丁穆一惊，赵小钏更是忍不住惊讶出声——老实说，之前她虽然也有怀疑问题出在越茗身上，但绝对想不到她那样的女人会搞外遇。

盛斌避开他们讶异的目光，沉着嗓子说：“我需要你们调查出他的真实身份，我妻子和他的关系进行到哪种程度了。我叫你们所做的调查绝对要严格保密，千万不能让我家老头子知道，调查结果也只能告诉我一个人！”

送走盛斌之后，丁穆看着照片，陷入了沉思。

赵小钏也瞄了一眼，感慨地说：“真是没想到，有外遇的竟然是越茗。”

“未必。”丁穆缓缓地说。

“啊？”赵小钏一怔——她现在的感觉真是如坠云里雾中了。

“你看看这些照片，”丁穆把照片一张张地拿给她看，“从拍摄的角度来看，应该是偷拍。但不是很专业。所以，拍这些照片的应该是业余或者是初学调查的人。而按照盛斌公子哥儿的品性，他应该不会自己去跟踪拍摄。所以应该是他雇了什么人，去调查这个男人，因为没有调查出什么，才拜托我们来调查。照他的话说，这是他之前雇用的人的调查成果，那么问题就来了，他是叫那个人调查‘妻子的外遇对象’。既然如此，按照一般的规矩，调查者要拍到这个男人和越茗在一起的照片才算完成任务吧。”

赵小钏一激灵：“是啊！那个人没有拍到这样的照片，是不是因为他根本拍不到啊！说起来，我看他在说越茗有外遇的时候表情有些奇怪，现在想来，应该是不确定的神情……难道他只是怀疑妻子有外遇？却抓不到证据？”

“也不像。”丁穆摇了摇头，“我们试想，如果是因为妻子有外遇而导致丈夫要离婚，那丈夫至少得先抓到像样的证据。而盛斌并没有抓到像样的证据就要闹离婚，是十分不合理的，因为这样根本无法成功，还会让自己陷入完全被动的境地。而越茗的表现也很奇怪，她之前对盛斌下跪了。如果她是为了外遇的事情下跪，那么之前应该对盛斌做过坦白。如果她已经对盛斌坦白自己有外遇，那么盛斌就已经抓到了决定性的证据。既然有了决定性的证据，那他干吗还要调查那个男人呢？而且盛斌这次反复强调，这件事绝对不可以让自己的父亲知道。如果他是为了抓到妻子的外遇而闹离婚，根本没有必要对父亲保密。因为就我们之前调查来的情况看，他离婚最大的阻力是他的父亲。这一点也是非常可疑的。”

“是啊……”赵小钏觉得脑中的雾更浓了，简直浓得连成一片，苦笑着说：“那会是怎么回事呢？”

“当然得由我们继续调查啊。”丁穆耸了耸肩说。

在盛斌家里，越茗正抱着双臂站在窗前，皱着眉头凝视着窗外出神。盛斌悄悄地走了进来，站在她身后。越茗忽然感到有温暖的气息吹着她的耳廓，赶紧转身，结果一下撞在丈夫怀里。她下意识地想要退开，却被盛斌一把抱在了怀里。越茗颇有些惊慌，下意识地避开他的目光，颊上浮起两片红云——却不仅是因为羞涩而产生的。

“你好像很有心事。”盛斌审视着她，目光温柔而生疏，也有些忐忑，“这些天一直是这样，有什么想要告诉我的吗？”

越茗这才看向他的眼睛，微笑着——微笑中压抑了很多东西，“没事，只是最近工作上的事情有些累心……”

“那就休息一阵子。”盛斌盯着她的眼睛，目光依然很温柔，却恨不得看到她心里去，“老头子的事情让他自己操心去。”

越茗继续看着盛斌的眼睛，她的眼眸就像黑水晶一样透亮，略微带一点儿棕色，就像幽深的湖底一样美丽。而这美丽的湖底，正有暗流悄悄地涌动，“没关系，其实我挺喜欢工作的。只是这阵子稍微累了一点儿。昨天我已经休息了一天，加上今天，恢复得挺不错的。相信明天我就可以精神抖擞了”。

“哦。”盛斌低低地应了一声。他已经找不出话来说，但是依然不松手，只是凝视着她的脸。她现在完全没有化妆，但是皮肤就像敷了粉一样的粉嫩白腻。弯月般的眉毛又黑又浓，带着自然的光泽，长长的睫毛卷曲着，就像洋娃娃一样美丽可爱。而她的嘴唇，有着樱桃般的颜色，似乎一触即破。

盛斌忍不住对她吻了下去。越茗惊慌地把脸偏向一边。盛斌如梦方醒，停止了吻她的动作。越茗从眼角忐忑地打量着他。盛斌的眼中掠过一丝怒意和寒意，若无其事一样放开了她，转身向外走，“你好好休息。我今天晚上要写一些东西，不会打扰你，你好好休息吧”。

此时的赵小钏和丁穆正在外面监视，把这一幕也看在了眼里。

第四章

惊人的逆转

“刚才的情况你也看得很清楚吧。”丁穆问赵小钏，“感觉到了什么？”

“我的感觉啊……”赵小钏苦笑着说，“我的感觉是盛斌真的是挺喜欢越茗的，但好像两人之间有了什么隔阂。”

“应该不止。”丁穆若有所思地说，“看来是要进行更深层次的调查了。”

更深层次？赵小钏的第一反应就是要询问他们家的保姆——这个屋子这么大，盛斌和越茗从小家庭条件优越，肯定对保洁不在行，必须得雇一个或者几个保姆才行。

“要么……询问他家的保姆？”赵小钏这样想了，也这样说了。

“他家内部的事情的确只有保姆才知道。”丁穆微笑着说，“不过有些深藏在人心里的秘密，不是那么容易问出来的。”

忽然，一阵践踏草丛的声音传来。

赵小钏回过头，赫然发现一个女人被阿龙反剪着双手，推了过来，顿时被吓了一跳。

“咦？”丁穆也有些惊异。

“这个女人一直鬼鬼祟祟地在盛斌家旁边晃悠，”阿龙说——这是赵小钏第一次听阿龙说话，竟然被吓了一跳，阿龙的声音和他的眼睛一样，十分的特别，简直像深潭里的龙吟一样。不过声音倒是不大，但是其中包含的力量和气势十分雄厚。

“昨天我当班的时候她也出现了。刚才我看她绕到那边，准备用石头砸花房玻璃，就把她抓来了。”

看来是阿龙来准备接班，结果看到这女人可疑，便把她制伏抓来了。

“哦。”丁穆看向那个女人，赵小钏也赶紧把那个女人打量了几下。这个女人梳着马尾，穿着入时，但眉宇之间有些乡土气，脸色煞白——可能是因为被阿龙反剪着双手的关系，不知为何，却没有大叫。

“你暂时先把她放开。”丁穆对阿龙说。

阿龙手一松，那女人差点扑倒在地，站稳了之后张大嘴——显然是准备大叫，却不知为何只发出了一声细细的“啊”，比幼猫的叫声还要小，接着还剧烈咳嗽起来。

“你还是不要提气大叫比较好。”阿龙冷冷地说，“你现在依旧气血不畅，大叫或者大声说话的话，是给你自己找不痛快。”

“你这坏蛋……”那女人愤愤地说，她的声音依旧很低，还伴随着喘息声，“你凭什么抓我，我胳膊都被抓坏了……而且你这属于‘妨害我人身自由’，我可以告你。”

“我看恐怕不是这样。”丁穆微微一笑，“我朋友刚才说看到你准备砸盛斌家的花房玻璃，准备犯下‘故意毁坏财物罪’，我朋友阻止你属于见义勇为。盛斌家我是知道的，所有的东西都很贵，那个花房恐怕也是造价不菲，你把它给砸坏了，绝对会造成重大财产损失，可以被归为情节严重的故意毁坏财物罪。按照我国法律规定，故意毁坏公私财产的，数额巨大或者有其他特别严重情节的，处三年以上七年以下有期徒刑。”

那女人被说怔了。

丁穆挑了挑眉毛，用鄙夷的目光扫向她的眼睛，“你说我朋友把你的胳膊抓坏了，我们可以立即带你去验伤。如果没有伤的话，我们也可以告你欺诈或者恐吓哦。”

那女人的脸青了，恨恨地站了起来，“好吧好吧，就算我倒霉……”

阿龙无声地伸出手臂拦住她。

那女人怔住了，回头气急败坏地说：“你们又想干什么？”虽是气急败坏，但她的声音依旧低得像幼猫。

“简单啊，你刚才可是准备犯‘情节重大的故意毁坏财物罪’，虽然只是属于犯罪预备阶段，但是对于情节重大的犯罪，只是进行‘犯罪预备’也会被追究责任的哦。”丁穆笑吟吟地盯着她的眼睛，“如果你不把事情说清楚的话，我们是不会放你走的哦。”

“好吧……”那女人悻悻中带着怀疑，朝他们打量了一圈，“你们到底是干什么的？被盛斌雇来看家护院的？不会吧？专门防我的？他也觉得辞退我亏心，怕我回来报复吗？”

哦，丁穆眉梢一扬，这句话里信息量很大哦。

就在这时，那女人看到了赵小钏放在草地上的望远镜，顿时明白了，“你是被盛总雇来监视盛斌那个花心大少的吧？怕他又搭上什么坏女人了？”

“哼。”丁穆从喉底冷笑了一声。看来她的身份已经很清楚了。她应该是盛斌家之前的保姆，估计因为什么被辞退了，所以回来报复。听她的口气，她在盛斌这里工作的时间应该不短，而她昨天才摸回来报复，那么她应该是刚刚被辞退。盛斌和越茗闹离婚的时候，她可能旁观了绝大部分，应该知道很多事情。

丁穆看着她的眼睛，缓缓地说：“辞退你亏心？是吗？”他怀疑保姆被辞退是因为知道了什么，但是不可以直接询问，所以这样间接敲打，促使她自己说。

“当然亏心了！”保姆愤愤地说，“我只是不小心把越茗插花的花瓶打碎了，越茗都没说什么，盛斌倒大发雷霆，然后就把我给辞退了……越茗也真是的，不就是她自己到陶吧做的花瓶嘛，又没有花几个钱，盛斌要辞退我，也不帮我说说情……她明知道我在自学法律，还在存上培训班的钱，非常需要钱，还任由盛斌把我辞了，真是薄情寡义啊！”

丁穆和赵小钏对视了一眼。怪不得她对法律术语那么熟悉呢，原来是在自学法律。丁穆又看向保姆，眼底浮起一个笑泡儿。熟悉法律的人更容易被法律圈住，知法的人一般不敢胡乱犯法。此外，她刚才的话透露了一个信息，那就是她对盛斌和越茗都有不满，那么她很可能不会刻意为他俩隐瞒事情。

“这样吧，我就打开天窗说亮话。”丁穆对保姆说，“我们是被盛总雇来，调查盛斌和越茗的婚姻到底出了什么问题的。如果你愿意提供信息给我们，我们可以给你一定的报酬。你拿到报酬后，就可以直接去上培训班了。”说着从口袋里拿出两张纸递给她，“这是合约，一式两份。你可以在报酬那一栏签上你想要的数字。不过，我要提醒你，你提供给我们的信息，必须是真实的，而且必须得就这些信息和对我们提供信息的事情保密。否则你就得按照协议上说的，赔偿十倍的金额。”

保姆愣了一会儿，接过合约——她真的被丁穆唬住了，在报酬那一栏写上了一个合理的价位，写上了自己的名字和身份证号，写上了自己的卡号和开户名，并且掏出钱包，拿出身份证，让丁穆拍了照片。赵小钏在旁边看着，得知这个保姆叫吴串香，今年 19 岁。吴串香处理好这些之后就是一副准备坦白一切的神情：“好吧，你们问吧。”

盛斌和越茗夫妻间奇怪的事情还真不少，比如说，盛斌和越茗是分房睡的，两人隔壁而居，在中间的墙上开了一道门，把他们两人的房间搞得像套房一样。吴串香对这种生活方式的评价是奇怪得不能再奇怪。虽然他们的房间之间有个“夫妻通道”，但是对中国的夫妻而言，分床睡已经很奇怪了，更别说是分房睡，而且他们新婚就是这样了——越茗和盛斌结婚刚三天，越茗就到隔壁房间睡去了。之后不久，盛斌找人在两人房间共同的墙壁上开了个门。

一开始，吴串香以为是因为他们之间没什么感情——之前听说过他们可能是商业联姻，但是见两人婚后相敬如宾，感情很好的样子，盛斌对越茗尤其在意——吴串香被盛斌辞退的事情充分说明了这一点。婚后半年，盛斌和越茗开始有点小摩擦，每次都是关起门来吵，不知道在吵什么，最后都是盛斌气冲冲地出来，越茗追出来道歉，每次盛斌都会接受。不过每次虽然是越茗主动道歉，但从二人之间的情况来看，倒是越茗占了上风。

虽然有人说吵架其实是增进夫妻关系的一种手段，但是越茗和盛斌的夫妻关系显然没有得到增进。吵了一段时间架之后，盛斌又开始去过夜生活，每天回来时都特意弄出声响，把吴串香和越茗都吵醒。起初吴串香怀疑盛斌又是出去和女人厮混，但是后来发觉不是——她在盛斌婚前就给他当保姆，知道他和女人厮混后会有什么表现，而且盛斌回来后衣服上既没有女人的香水味，也没有口红印或者化妆品残留，更没有女人的头发什么的，也没有什么酒味。而且有一次她看到一个很漂亮很时尚的女人偷偷跑来找盛斌，她听到了他们的谈话——这个女人说她对盛斌一见钟情，要跟盛斌交往什么的，结果盛斌想都没想就拒绝了她。她死缠烂打不愿走，盛斌就怒斥她，叫她滚蛋——这和他婚前的行为可谓天壤之别。在婚前，他对女人，不管是有情还是无情，都会风流地和她周旋一阵子。再往后，则更加奇怪了——盛斌忽然不再往外面跑了，每天晚上都在家里守着，也不再跟越茗吵架了，和她依旧相敬如宾，对她非常地好，甚至可以说是讨好。但是他们之间的气氛，却变得生疏而紧张。吴串香越发奇怪了，非常想看清楚到底发生了什么事，结果却没来得及看完就被盛斌辞退了。

丁穆听了之后，沉思了一会儿，又问吴串香：“那更深层次的东西你知不知道呢？”

吴串香一怔，接着哈哈一笑：“没办法，我是做保姆的，知道的也只有这些，如果你要问他们夫妻性生活的，那也只有……”她像是想起了什么，忽然怔住了。

“什么？”丁穆不失时机地追问了下去。

“这个……”吴串香迟疑地说，“有一次，我夜里起来喝水……我一般夜里睡得都比较沉，但是那天睡前吃了咸的东西，半夜被渴醒了……我正在喝水，结果听到盛斌和越茗的房间里有奇怪的响动，我就朝那边走过去，走到走廊拐弯儿的时候，结果看到越茗从房间里逃出来，盛斌追出来，把她抱住，拖回去了。”

“拖回去了？”丁穆目光一闪，“那他们当时具体是什么情况，你记得吗？”

吴串香认真地回忆道：“当时越茗，应该是披着睡袍，里面好像没有穿睡衣，露出来的全是白花花的皮肤。而盛斌也是披着睡袍，里面也应该没穿什么衣服。”

“呃？”赵小钏不由自主地想象了一下那个场面，脸也不由自主地红了：这好像代表一件很邪恶的事情。

“那这件事发生在什么时候？”丁穆紧接着问。

“这个啊，”吴串香又是仔细地回忆了一下，“具体时间记不得了，不过应该是盛斌天天晚上出去乱跑之前的事情。”

“哦。”丁穆点了点头，他的表现可淡定多了，就像只是听到了什么平常的信息。掏出钱包给了吴串香一些钱，“这些先付给你，剩下的我们会通过银行卡打给你，你可以走了。”

吴串香接了钱。虽然对他们这伙人还有好奇和疑惑，但是为了不找无谓的麻烦而影响他们给钱，立即一声不吭地离开了。

丁穆叫阿龙接班监视盛斌家，自己则带着赵小钏回事务所，到了车上后对赵小钏说："看来我们得和盛斌谈一谈了。"

"啊？"赵小钏一怔，心想刚才就在他门外，为什么不能进去谈呢，忽然省悟这事应该是需要回到事务所正式谈。

"丁经理，我可以预先问一下，我们准备找盛斌谈什么呢？"

"你觉得呢？刚才吴串香说的那件事，让你想到了什么？"丁穆倒反问她。

"这个啊，"说起这个赵小钏的脸有点发烧，"我觉得像是非礼……不，婚内强暴？"

"这就是我们要跟他谈的事情。说不定，这是真正解决问题的关键。"

"啊？"赵小钏觉得公开谈这样的问题，实在有点尴尬。但想到丁穆一定会一本正经地和盛斌谈这个问题，觉得那场面一定古怪得很，忍不住偷偷笑了一下。接着，她又想起了要付给吴串香的那笔钱，忍不住问道："丁经理，我们付给吴串香的那笔钱，最终是谁负责支付呢？"

"这个啊，我们会找盛总报销。"

赵小钏不由自主地想起了盛总的脸——一开始的时候她觉得他有些猥琐，回想起来却觉得他不失为一个善良的老头儿。老实说，这个善良的老头儿要是知道他儿子有对媳妇进行婚内强暴，会是什么样的反应，她真的想象不出。

"唉，盛总要是知道这件事，不知道会怎么想……"她心里这么想，嘴上也这么说了。

"盛总不会知道这件事的。我们最终目的是解决客户的问题，有些事情，如果不适宜让客户知道的话，我们是不会让他们知道的。"

“啊？盛总不会过问他的钱花到哪里去了吗？”

“不会，”丁穆轻笑了一声，“我们和客户的约定就包括，他们给我们提供项目资金，我们有权自行使用而不汇报。一方面是为了保证我们行动不受任何阻碍，另一方面也是为了避免遭到干扰。正如我们之前发现的，有些客户身边的人嘴不够严啊。”

第五章

妻子的秘密

到了万能事务所后，丁穆一个电话把盛斌约了过来。盛斌对事情的进展十分关心，来得非常迅速，进门后第一句话就问："查清那个男人的身份了吗？"

丁穆没有回答，只是把办公室的门关上。盛斌见他如此，心跳顿时加速："怎么了？"

丁穆看了看他，缓缓地说："盛斌先生，为了事情能得到真正的解决，希望你能够诚实地回答我的问题，不要有任何隐瞒。"

"当然，"见他这样盛斌不由得更加心慌和怀疑，"是什么问题？"

"好的。"丁穆镇定地盯着他的眼睛，"你对你的妻子，越茗，有性虐待或者是性变态的行为吗？"

"呃？"听到这个，赵小钏一惊，同时不由自主地感到害臊——她身为旁观者都害臊了。

"什么？！"盛斌听到这个问题后差点跳起来，还好忍住了，脸憋得像猪肝一样，怒气冲冲地低吼："你在胡说什么？"

丁穆的眉头微微一皱，但是态度依旧很沉着："据我们调查，你和越茗一直是分房睡的，是你要求在你们房间之间的墙壁上开了一个门。而你们的保姆曾经目击到越茗在半夜里，衣衫不整地从房间里跑出来，而你则追了出来，把她拖了回去。综合这些情况，最合理的推测就是你对她有性虐待或者是性变态的行为，她一直在躲着你。"

"我绝对没有对她做过这种事！"盛斌压低声音咆哮，一副委屈愤怒得要爆炸的样子。不过，他也很快意识到暴怒是无法为自己辩白的，很快便冷静了下来："我没有对她做过这种事，我没有说谎。如果我对她做了这种事，应该是她先要离婚吧？就算她怕这件事传出去不好听，或者是怕担上离婚的责任，在我要闹离婚的时候，她应该会立即答应，而不是拖着不愿意离婚吧？"

"哦。"丁穆点了点头，"你是真的准备离婚吗？"从盛斌的表现来看恐怕不是。

"不是！"盛斌果然说，"我不是真的要离婚，只是想吓唬她，逼她……把事实真相告诉我。但是不知怎么地被老头子知道了，老头子就来胡乱搅和了。"

"哦。"丁穆微微一笑，"这么看来，你有很多事情需要告诉我们了。"

盛斌犹豫了一下。

"我们只有知道全部的信息，才能真正地帮你解决问题。"丁穆看向他的眼睛，似乎要把什么东西注入到他的脑海里。盛斌犹豫了一会儿，抿了抿嘴，就像终于决定打开一扇沉重的大门一般说道："好吧。既然如此，我也没法瞒下去了。我妻子，越茗，从结婚到现在，还没有让我碰过她……我的意思就是指发生关系。"

赵小钏和盛斌很吃惊，这还真是没想到。

盛斌咬了咬牙，继续说："我和越茗刚刚谈恋爱的时候，如果一有亲昵的举动，她就会有不适应的表现。我问她为什么，她就说她比较保守，这些事情等到结婚后再说。我尊重她，就没有更进一步，也因此更喜欢她。结果没想到，新婚之夜的时候，她还是拒绝我，说她没有准备好。我当时挺惊讶，也挺生气，问她如果没准备好，为什么要和我结婚。结果她跟我说……她说她从小就认为婚前禁欲是神圣而且应当的事情，因此非常注意保持和异性的距离，也刻意回避和性有关的事情，结果一不小心过了头，导致她即便和我结了婚，也没法立即跟我过夫妻生活。她说她非常喜欢我，害怕她一迟疑，我就会被别人抢走了，所以急着把婚事定下来。当时她也是向我下跪道歉，并请我给她点时间。唉，当时的我一见她下跪，第一反应竟然只是害怕她膝盖硌痛，至于她其他要求，根本是想都不想就答应下来。老实说，我前半生都是个花花公子，在那晚之后，竟然发自内心地想做一个高洁的男人，为她守身，等到她适应为止。结果，没想到这一守就是半年——现在才觉得我真傻，竟然被她那些话骗了，归根结底还是太喜欢她了。”

说到这里，盛斌又重重地抿了抿嘴，脸色变得挺难看。

丁穆稍稍等了他一下，结果发现他没有继续说下去，便问：“那你有没有想过，她可能是有性冷淡方面的疾病？”

“她没有。”盛斌想都没想就回答，之后知道自己必须把一切都说清楚，又咬了咬牙，“我也怀疑过她有这方面的疾病。即便有，也没有关系，带她去治就好了。只是暂时无法直截了当跟她谈，怕冒犯她……然而就在这个时候，我发现她在看那种成人看的动漫。就是涉及性元素的那种。我很生气，也很迷惑，便问她是不是骗了我。结果她还是之前那番说辞，还是说自己没准备好，叫我给她时间。我很生气，又见吵架根本没法解决问题，索性不再跟她沟通。为了给她施压，我赌气再出去过夜生活，但也只是做做样子。结果，她竟然对我不管不问。我更生气——因为这让我怀疑她是不是不在乎我，又怀疑她是觉得自己理亏，才纵容我出去为所欲为。我发觉这样会起到反效果，赶紧又停止了——我已经被她搞得焦头烂额，快要崩溃了。然而就在这时，我发现了一件更要命的事情。有一天，我竟然发现她在夜里偷偷地出去。”说到这里，他脸上的肌肉剧烈地抽动，证明这件事当时对他的打击很大，“她穿着黑色的衣服和软底的鞋子，悄无声息地溜出去。如果那天我不是凑巧没有睡着，根本发现不了……相信那天应该不是她第一次溜出去。我发现她这个行为后感到很震惊，忍不住跟踪她。结果我发现，她遛到了市中心的喷泉广场，避在黑暗里，似乎在观察什么人。我顺着她的目光看过去，发现她在看一个坐在喷泉边的躺椅上的男人。我当时以为她是来见自己喜欢的男人的，一时间简直要疯掉了。几乎立即就要冲出去和她理论，并且想把那个男人暴打一顿。然而我没有轻举妄动——幸亏我没有轻举妄动，才能发现情况有些古怪。”

盛斌咽了口唾沫。从他的神情来看，他的思绪分明回到了那个夜晚，当时心里的疑惑也分明浮现在了脸上：“当时……她只是在黑暗中避着，根本不上前和那个男人见面，甚至还有种刻意不让他发现的感觉，完全像是在监视他。她就那样看了他一会儿，接着转身往回走，我赶紧往回赶，好不容易才在她进门之前进门……后来她又是晚上出去了一趟，这次是在一个公园，那个男人也在那里。她依然是躲在暗处观察那个男人，观察了一会儿就离开。这次我也跟踪她了，并且给那个男人拍了照片。我觉得她和这个男人之间一定有什么特别的关系，但是又无法贸然问她，于是就迂回婉转地刺探她，结果她嘴巴闭得很紧，什么都不说。后来我急了，就吓唬她说我要离婚，想逼她坦白……结果她只是向我道歉，说什么都是她的错，求我别离婚……她就是这样油盐不进，而我又是这么没用，被她一求就心软……更糟的是这件事不知怎么的被老头子知道了，过来胡乱向我施压，我简直是一支蜡烛两头点了，搞得焦头烂额。而越茗因为我的刺探，意识到我发现了有关那个男人的事情，就不再出去见他了，我也在家里守着她——我怕会出事。至于那个男人，我就雇了一个家伙去帮我查，结果这个家伙几乎什么都没查到，只是蹲守在那个广场和公园，等那个男人出现的时候拍了几张照片，连他的家都没找到，等于没用。”

丁穆眉毛一扬，说：“正因为如此，你才找到我们，让我们来帮你调查这个人。你雇用的那个人是什么人？是专业做调查的吗？”

“算是吧。他在一个私人侦探所工作。我叫他不要告诉别人，秘密地帮我调查这个男人。”

丁穆轻轻地皱了一下眉头。

“怎么了？”盛斌敏锐地捕捉到了他这个表情变化，并且意识到这可能代表“事情不好办”了。

丁穆看了看他，说：“既然这个人是专门调查的，那么他在这个男人现身后，尾随他发现他的工作单位或者是他的家并不是什么困难的事情。这就证明，他在尾随这个男人的时候被他甩掉了。而在都市中，被一个人无意识地甩掉可能性很小，所以唯一的解释就是这个男人注意到了他，特意把他甩掉的。因此，你已经打草惊蛇，那个男人应该会刻意隐瞒行踪，不会再出现了。”

盛斌一惊，脸色变得十分难看。

而丁穆却话锋一转：“不过，我们应该还可以找到他。”

盛斌松了口气。

丁穆瞄着他，继续说：“你刚才漏了一件事，那就是保姆所说的那个晚上，到底发生了什么。”

盛斌听了后脸红了，踌躇地说：“必须说吗？也许那没什么用处……”

“必须说。”丁穆沉着地说，“只有你告诉我们所有信息，我们才能彻底地解决问题。”

盛斌想了一想，涨红脸一咬牙说：“好吧……那天，我发现她在看那种书籍，觉得她应该还是有那种需求，有点生气，也有点不解，再加上其实我一直对她是很渴望的，一时冲动就对她……她反抗，我就有了类似于强迫的举动，结果她反抗得很厉害，我就停止了。

不过正因为这件事我和她的关系真正进入了困难期，我之后就假装去过夜生活，故意……气她了。”

丁穆点了点头说：“好的。具体的情况我们都已经知道了。我建议你回家后就像你这些天所做的事情一样，只是守着越茗，对于任何事情，都不要轻举妄动。保证电话通畅，保证我们可以随时联系到你。”

盛斌答应了，走的时候颇有点心事重重。赵小钏觉得他应该是对他们能不能找到那个男人有疑虑。老实说，按照现在的情况，这个男人的确是很难再被挖出来了。她试探着问丁穆这方面的情况，结果丁穆的回答大出她的意料之外。

“这个啊，完全不用担心。我们这边已经有人在查了，相信很快就能查到。”

“啊？”赵小钏对此有两个疑点，一个是丁穆竟然说“很容易查到”，和他刚才对盛斌的说法大相径庭。另一个是丁穆说已经有人在查了——到目前为止，她好像除了丁穆、前台、阿龙、司机外，还没见到事务所还有其他人。

“已经有人在查了？是谁在查啊？”

“哦，是牧晴在查。她还在出外勤，到一个地方调查另一件事去了。我已经把各种资料发给她了。相信等她回来的时候，调查就会有些眉目了。”

“啊？”赵小钏乍一听来觉得这很不合理，“在出外勤，同时还要调查那个男人？做得了吗？”

“完全没问题。”一个女人的声音忽然在耳边响起，赵小钏被吓了一跳，差点要跳起来。转头一看，发现身后站着一个白白净净、五短身材的女孩子，打扮得很朴素，只有头上一个镶满彩色水晶和珍珠的发卡十分抢眼。

看着赵小钏惊诧的样子，丁穆忍不住笑了起来：“哈哈哈，你不用惊诧，牧晴就喜欢这样‘神龙见首不见尾’，可以说是她的风格。”

牧晴眯着眼睛笑了：“我就是喜欢在别人不注意我的情况下，悄悄地活动。”她笑起来的时候眼角出现了几道细纹，证明她已经不是很年轻了。但是从其他方面看，她都像是个小女孩儿。

“哦，好……”赵小钏打量着她，还是无法掩饰自己的诧异。

牧晴拿出一个小小的笔记本电脑，打开来向丁穆汇报她调查的过程和结果，既像是在讲解，又像是在请丁穆监督。

“我听说越茗的行为后，就觉得越茗应该也在监视和调查那个男人。而她对他的那两次窥视，更像是要进行某种行动之前的准备。于是我就黑进了越茗的电脑，发现她的电脑里有个加密文件夹，里面有一些文件。”说着点开一个文件夹，里面是一些图片，“这些都是些自拍。然后，我又查了越茗的QQ，发现她专门注册了一个号和这个男人进行聊天，这些自拍图都是那个男人发给她的。”

“那聊天的内容是什么？”丁穆目光一闪。

牧晴朝他看了一眼，笑了：“看来你已经猜到了，不愧是我的大穆穆。”

一听这话赵小钏的下巴差点飞出去，大穆穆？！叫自己的上司这种昵称？虽然丁穆挺帅，也挺和蔼可亲，可是，竟然称大穆穆？！

“正如你所想的，他们是在进行类似网恋的聊天。不过越茗在和他聊天的时候，发给他的都不是自己的真实照片，而是从网上盗来的，别人的图片。她每次在给他发图之后，都会怂恿他发自己的图片给她，并且强调自己想看看他工作和生活的地方。”

牧晴说着把那一幅幅图片放大，一幅幅地翻给他们看：“而这个男人也比较机警，没有给她发过有门牌的图片，也没有发过房间和景物的全貌。在聊天过程中也没有真正透露过自己的住址和工作的地方，都是含糊其辞。不过，这些图片和文字里还是有一些蛛丝马迹的，越茗也发现了，所以她把自己认为有用的东西单独保存下来，应该是进行分析。非常可惜，她并没有分析出他的具体住址和工作的地方，只是推测出他常去的地方，一个是喷泉广场，一个是绿玉公园以及他去的时间——他经常晚上去那里散步。"

"所以，她就在晚上去了那两个地方……"丁穆沉吟道。

牧晴笑吟吟地对他说："知道越茗这些行为后，你觉得她像在做什么？"

丁穆的眼中掠过一丝胸有成竹的笑意——他已经知道答案了，转头问赵小钏："你感觉到了什么？"

"这个啊，"赵小钏皱着眉头说，"感觉她像是要把这个男人骗出来，设个圈套给他钻？"

"是的。"牧晴弯起眉毛一笑，"就是如此。她是在'狩猎'，她那两天应该是在做'狩猎'前的准备。"

"'狩猎'？"赵小钏对这个充满血腥味的词很不适应，"她为什么要'狩猎'他？他是什么人？"

"他啊，"牧晴骄矜地一笑，"他把自己的身份隐藏得很深，以越茗和那个私人侦探的水平，是绝对找不出他的身份的，不过对我来说却绝对是小菜一碟。我通过他和越茗聊天时的数据记录，找出了他的 IP 地址。结果发现他应该住在花园河小区那一带，而且我发现他发给越茗的一张照片里，窗户对着珍珠塔，从他的窗户看过去，除了珍珠塔之外看不到其他的景物，所以就可以确定附近没有高过他所在的楼房的建筑。然后，我以此确定了这座楼房就是花园河小区的一本大厦。而通过窗口和明珠塔的角度分析，我确定了他房间的大体位置。另外，我还发现他在窗口挂了一个贝壳风铃，由此确定——"说着又打开了一张照片，"这是我从网上搜来的，一个网民对一本大厦的随手拍……”把照片上的一小块放大，并增加像素，那赫然是个贝壳风铃。

“所以我确定这里就是那个男人的家，一本大厦 1103 号。然后通过门牌号我就查到了此人名叫苏敬之，自己开超市，超市的地点在凌源河路 126 号。”

“欸？欸？欸？”赵小钏听她连珠炮般地说着，脑子简直要跟不上了，听到这里不由得失声问：“知道门牌号就可以直接查到这么多信息吗？”

牧晴眯着眼睛看向她，做了个卖萌的表情：“老实说，之间还是要经过好多步的，不过对我来说很简单啊。”

“呃？”见她这样，赵小钏一时不知道该说什么好。

第六章

多年前的惨案

“好了，既然知道了这些信息，就该由我们进一步去调查他是个什么人了。”丁穆说。

“哎？这些信息已经很详尽了吧？”赵小钏觉得有些奇怪，“还需要继续调查吗？”

“当然需要。”丁穆若有所思地说。

赵小钏不敢再多嘴，准备出发。结果发现牧晴并没有再出门的意思，不禁有些奇怪。丁穆发现了，笑了：“我们的牧晴只喜欢在网络上进行调查，出门跑腿的事情还是我们干。”

“欸？可是她不是刚刚出外勤回来吗？”

“到那个地方只是为了就近捕捉一些信号而已。”牧晴又是一副卖萌的神情。

司机又把丁穆和赵小钏拉到了凌源河路。赵小钏现在知道了，这位司机叫徐壮。她是从前台那儿问来的。他那阴沉的样子和脸上的伤疤让赵小钏很不安心，因此她很想再进一步问他是个什么样的人，但是想到自己还是不要乱惹麻烦比较好——乱打听同事的底细可是职场禁忌。但是，每当从后视镜里看到他那傍着伤疤的眼睛时都感到心里凉飕飕的——没办法，只有不看。

到了凌源河路之后，丁穆和赵小钏佯装成路人，慢慢地踱到了苏敬之的超市。现在只有八点多钟，在这个夜生活丰富的城市并不算晚。因此苏敬之的超市还开着。这个超市就叫“敬之超市”，方方正正的一个店面。丁穆和赵小钏进去转了一圈，然后站到隐蔽的地方，看着超市若有所思。

“你看了这家超市后有什么感觉？”思索了一会儿之后，丁穆问赵小钏。

“感觉？就是一家超市啊。里面的东西满满的，超市员工也好像挺正常的。”赵小钏有些丈二和尚摸不着头脑。

“不对。”丁穆沉着嗓子说，“你再想想。”

再想想？赵小钏努力想了想：“要说还有其他的，那就是感觉这个超市不是挺有生气。”

“应该说是漫不经心。”丁穆借口说，“一个人经营店铺的态度，可以从他对货品的选择，对货品的摆放布局，甚至对货品的定价看出来——有时候货品定价的花招也可以成为促进销量的因素。而这个超市货品的品种、摆设和定价都表明店主对它们基本没花什么心思，店员的状态也十分散漫，证明店主对超市经营的态度，其实是漫不经心的。而且‘敬之超市’这个店名对顾客丝毫没有吸引力，读起来也相当拗口，绝对不是一个利于销售的名字。在我看来，这个超市顶多能做到收支相抵，要想盈利是十分困难的。而据我所知，一本大厦的房价，在本市是数一数二的高昂。苏敬之要靠这样的超市赚到在一本大厦买房的钱，几乎是不可能的事情。你说这代表什么？”

“因为他有其他的收入来源？啊，不对，牧晴并没有查到他有其他的产业，这么说，他有灰色收入？”赵小钏陡然发觉这个苏敬之背后可能很黑暗，陡然心跳加快。

“应该是有见不得光的收入。”丁穆沉吟着说，“你回想一下，盛斌曾经说过，他雇了一个私人侦探社的员工去盯苏敬之的梢儿，结果被他甩掉了。然而即便发现自己被人跟踪，甩掉专业的跟踪者也是不容易的事情。而且，要在被专业人员跟踪的时候及时发现自己被人跟踪，那则需要非同寻常的敏锐。这就证明苏敬之可能具有反侦察、反跟踪的能力，或者长期做过反侦察和反跟踪的事情……”说到这里他忽然顿住了，接着掏出手机，打电话给牧晴：“你查一下越茗的经历，她是在这个城市里长大的，还是从其他城市搬过来的？”

牧晴很快就给了回复：“她是在这个城市长大的。”

“那最近几年，在这个城市里，有没有数额巨大的、未被侦破的抢劫案或者是连环抢劫案？”

“最近几年没有。”

“那最近二十年，或者是三十年呢？”

“有的，有三宗，有一宗还是连环抢劫案。”

“那和性犯罪相联系的抢劫案有吗？”

“有的，就是那宗连环抢劫案！”

在花园河小区外的街心公园里，苏敬之正在踯躅。他走到一丛长满半开鲜花的树丛前，嗅了嗅鲜花芬芳的气息，朝四周看了看。忽然，从他背后的树丛里跳出来一个人，用手臂紧紧地勒住了他的脖子。

苏敬之猝不及防，转瞬间就被勒得面庞青紫，晕了过去。那个人则继续勒紧不松手，一副要把他勒死的样子。就在这时，从树丛里冲出来一个穿着黑衣的小个子，抓住了那个人的手臂——黑衣小个子拿住了他的穴道，他不得不松手。

苏敬之滚倒在草地上，依旧不省人事。就在这个时候，又有一男一女跑过来，男的用手电筒照向被黑衣小个子制伏的那个男人，发现他竟然是盛斌。而那个制伏他的人，则是阿龙。

“你这是干什么？”丁穆颇有些诧异。

盛斌的神情就像暴怒的猛兽一样，拼命想摆脱阿龙的掌握，继续攻击苏敬之：“你们别拦我！我什么都明白了！是他强暴了我妻子，在我遇见她之前，对吧？！”

“啊？”丁穆和赵小钏倒是一惊。

“我回去后仔细一想，就想明白了！”盛斌狠狠地说，“这家伙能够及时发现有人跟踪他，并且甩掉跟踪他的人，证明他时刻注意有没有人盯上他，还会反跟踪……有这种表现的人，十有八九是逃犯！而我妻子其实是在调查他！她一个大家闺秀为什么要跟踪逃犯？！肯定是因为他早年伤害过她！我妻子对性生活有障碍，一定是他害的！一定是他之前强暴过她！”

丁穆用力抿了抿嘴，轻轻地叹了口气："所以你就假装成你妻子，用 QQ 约他出来见面，想自己当执法者，对吗？”

而阿龙一直在他的住宅外监视，见他形迹可疑地出来，自然就跟了过来，而且一边跟踪他，一边跟丁穆联络。

“欸？”赵小钏一激灵，“可是牧晴不是监控了越茗的 QQ 吗？应该监控了吧……那他约苏敬之出来，牧晴应该能发现啊？”

“想想其实不难解释，”丁穆审视着盛斌——他觉得他要对盛斌进行再认识，因为他发现盛斌其实很聪明，“他肯定是设法登录了越茗的 QQ，发现了苏敬之的号码以及越茗和他聊天的记录。之后再换一个号码，用和越茗相同的昵称，用和越茗相同的头像，对苏敬之说自己被盗号了，再加他之类的，之后便约他出来见面……啊，不对！”他转向盛斌，“之前你已经对苏敬之打草惊蛇了，仓促约他出来见面一定不成功，你是通过其他方式把他引到这里的，对吗？”

盛斌咬紧牙关，额头上青筋暴露，脑海中浮现出今天早些时候的事情——越茗今天似乎有什么心事，站在阳台上久久地发呆。他趁这个机会，溜进了越茗的房间。他已经得出“那个男人”（现在他知道他叫苏敬之）是伤害越茗的逃犯的结论，想看看越茗的电脑上有没有关于他的信息。结果他发现越茗的笔记本电脑开着，一个纸条被压在笔记本的下面，上面写了几个字“花园河小区”。一个QQ隐身的图标在电脑的右下角——越茗登录了QQ，忘了关了。他赶紧点开QQ，竟然发现里面只有一个好友。他点开聊天记录，迅速看了一下，立即知道这就是苏敬之的QQ号。他迅速思考了一下，赶紧把苏敬之的QQ号记了下来，然后新注册了一个QQ号，用一个美女的照片做头像，去加苏敬之。苏敬之对美女很感兴趣，便加了他。不过他也不是那种对网络毫无警惕性的人，一开始就问加他做什么。他只好编了个理由，说自己是在用QQ的“同城交友”功能，偶然把他搜出来的。觉得他的头像挺帅，就加了他了。苏敬之“哦”了一声，之后就没有再说话，不知道相信没有。他赶紧查看苏敬之的QQ空间——苏敬之的QQ空间的设定是“好友可见”，发现苏敬之有篇杂记，写自己心情不好的时候就喜欢在晚上去小区附近街心公园里“嗅绿色的气息”。

盛斌忽然想起压在笔记本电脑下的那张纸条，觉得他十有八九是在花园河小区，便立即过来——在推测出苏敬之可能强暴过越茗后，他恨不得立即要他的性命，一分一秒都等不得。

“我为什么不能当执法者？”盛斌仰起头看着他们，愤怒地冷笑，“又要说‘一切都要交给警察解决’那一套吧。如果把他交给警察，这件事就可能曝光，会让我妻子遭受二次羞辱。而且在我看来，现有的刑罚，对这种人的处罚都太轻了！他应该是死罪！”

丁穆看着他的眼睛，不紧不慢地说：“其实公安机关可以对一些案件的情况进行保密，再做点后续工作，让事情不泄露是完全可以做到的。也许你觉得刑罚偏轻，但是你不能自己当执法者。如果你杀了他，你就要被判杀人罪，对你妻子来说，将是再一次的伤害。”

盛斌咬了咬牙——他的神情已经不再像之前那样冲动，但是愤懑更甚。

“不过，”丁穆叹了口气，“事情其实不是你想象得那样，被强暴的不是越茗。”

“欸？”盛斌一惊。

“二十年前，在本市曾经发生了一系列针对有钱人住宅的连环偷窃和抢劫案。据说作案的是个三人的盗劫团伙。当时的人对金钱的保管方式还不成熟。很多人把金钱和贵重物品放在家里，结果都是损失惨重。而越茗的家里也受到了劫掠。越茗的妈妈在家里，被发现时头部受伤，昏迷不醒，抢救了几天后醒来，但是痛不欲生，说自己遭到了一个罪犯的强暴。因为情绪悲痛，病情恶化而死。当时的新闻里没有提到越茗，但按照现有的情况推算……”

苏敬之忽然一骨碌爬了起来，朝街心花园外冲去。啊！原来他早就恢复了意识，在等待机会逃跑！

丁穆、盛斌和赵小钏都是一怔，还好阿龙反应及时，放开盛斌冲了过去。

苏敬之冲出了街心公园，冲到了马路上。而阿龙也踏上了马路的边缘，两人的间距只有几米。

“唰！”偏偏在这一刻，一辆汽车呼啸而过。阿龙本能地止步，苏敬之却不要命地冲了过去，转眼便消失在夜幕里。

“可恶！可恶！”阿龙气得连连跺脚，“都怪这该死的车！我差一步就能追上他了！”

盛斌呆呆地看着吞没苏敬之的黑暗：“这么说，越茗当时也在现场，但是可能藏了起来，没有被劫匪发现……她目睹了劫匪作案的过程，并且记住了他们的长相，尤其是……欺负她妈妈的那个人……她因为目睹了那种事，才会对性生活产生厌恶，对吗？”

“应该是这样。”丁穆紧紧地皱着眉头。

盛斌茫然地四处看，忽然惊呼一声。

“怎么了？”其他人赶紧看向他。

盛斌大睁着双眼，一副失魂落魄的样子：“我好像……看到了我妻子……”

大家赶紧朝他看的方向看，结果只看到一个漆黑一团的小巷。

“你是不是看错了？”赵小钏迟疑着问盛斌。

“不，不会！”盛斌激动地说：“那肯定是她……我就是看到她压在笔记本下面的纸条，才知道苏敬之住在这个小区！”

丁穆、阿龙和赵小钏都很吃惊，这倒真是出人意料。

盛斌慌张地拿出手机，拨了越茗的手机号，没人接。他又拨了家里的电话，通了，但接电话的是保姆（新雇的），说越茗在他出去之后也出去了，到现在也没有回来。

“天哪……这下完蛋了……”盛斌挂掉电话，面如土色，忽然冲向丁穆，“你知道苏敬之具体的门牌号吧！快告诉我！”

“怎么了？”丁穆本能地一怔。

“还问怎么……”盛斌的脸都涨紫了，“现在想来，她可能是今天下午，刚刚推测出苏敬之的所在地……她之所以失魂落魄的，肯定是打算动手了！”

丁穆等人又是一惊：动手？！难道是想亲手杀了苏敬之？！

虽然记得苏敬之不是往自己家方向逃的，但为了安全起见，大家还是去苏敬之的家里去看了一下。苏敬之家的房门紧锁，管理员也说苏敬之没有再回来过——看来他果然是十分警惕，一旦发现被人追捕，就立即弃巢而逃。盛斌打电话回自己家，结果保姆说越茗没有回来，再打越茗的手机，还是打不通。盛斌急得几乎要崩溃了，口口声声说越茗肯定是去追苏敬之了，她一个弱女子去追苏敬之，肯定会反而被他所害。

“你们倒是想想办法啊！”在焦急的情绪下，盛斌暴跳如雷，忍不住就去揪丁穆的领子。

“你冷静一点！”丁穆用力掰开他的手。“你慌成一团，对事情没有任何帮助，而且会妨碍我们救你的妻子！”

盛斌一怔，还好他还算理智，强压下自己的情绪。

“让我理一理思路……”丁穆用两只手按着太阳穴，既像是在对别人说，也像是在自言自语，“苏敬之他一发现有人追捕就直接逃走……他本来只是来街心公园里散步，身上不会带有什么财物，他这样直接逃走，证明他在别处还有一处巢穴，里面有他所需要的一切，甚至还可以长期躲藏……”

“而且，还是越茗知道的地方。”赵小钏忽然接了一句。

“什么？！”丁穆一激灵。

赵小钏接着说——因为事态紧急，她说话也像连珠炮一样：“盛斌不是刚刚还看到越茗吗？那个时候，苏敬之已经跑远了吧。越茗既不能让像猎犬一样追踪他的气味，也不可能在他身上装什么定位装置，如何追踪他呢？除非她知道他将去什么地方！”

大家都静了下来，聚精会神地听她说。

“而且，她应该是从苏敬之跟她聊天时透露的信息中推测出苏敬之老巢的位置的……那是她唯一的信息源，我们得马上让牧晴再分析那些信息。”

牧晴刚接到任务时有些无所适从：“我之前已经仔细分析了所有的图片和信息，暂时没有发现什么……可能那些信息隐藏得比较深，我再仔细看看……可能需要点时间！”

“大概需要多久？”丁穆问她。

“我不知道……现在是需要推理了……啊，对了！如果越茗这些天才确定苏敬之老巢的所在地的，那她这些天一定进行了大量的调查，包括网络搜索……我只要远程登录她的电脑，看看她的搜索记录就可以了……”牧晴的脑子果然很灵光，“天保佑她走的时候不要关电脑……好的，查到了！她这些天一直在搜索‘风尘三侠’，然后反复访问城郊景区——柳杨堤的门户网站！”

柳杨堤之前就是个防洪堤坝，但是因为本市近几年来大力发展旅游业，把所有能够和景点沾边的地方全都搞成景点，柳杨堤就是其中一个——管理部门在上面种满了杨柳，还放了一些雕像，把它设成了景点，还搞了门户网站。

第七章

复仇的女儿

徐庄把丁穆他们载到了柳杨堤，阿龙则单独开车跟着。刚一上柳杨堤，赵小钏就看到堤坝上有个很大的三人石像，立即明白“风尘三侠”是指隋末唐初的英雄人物虬髯客、李靖、红拂女的合称。而在柳树堤上，最显眼的就是这个三人石像。

上了柳杨堤之后，徐壮就放慢车速，方便大家查看堤上的情况。现在已是深夜，柳杨堤上路灯亮着，堤上空无一人，连只流浪狗都没有。

“苏敬之的老巢会在这里吗？”盛斌既焦急又茫然，“这里显然不能住人啊？”

丁穆轻轻地咬着牙齿，皱眉思考，就在这时，牧晴又打来了电话。

“我现在知道越茗为什么要搜索‘风尘三侠’了！那是有一次苏敬之和她聊天的时候，偶尔提到‘窗外的李靖一脸严肃，似乎也在批评我’。我一开始以为李靖是真实存在的人名，便没有在意。现在联系越茗搜索的内容，才明白‘李靖’是‘风尘三侠’中的李靖。而这三个石像面孔分别朝向三个方向，而苏敬之可以看到李靖的脸，证明他的住宅应该在正对着李靖像脸的那个方向，并且是在能看到它脸的那个角度！他的住宅应该在柳杨堤北面的宏门小区，在第十二栋的第七或第八层！”

丁穆他们赶紧赶向宏门小区——这个小区已经很老了，没有人看门。他们冲到第十二栋前，发现第七层有一个窗户里露出微光，赶紧朝那间公寓冲去——那间公寓的门虚掩着，门缝里透出道道微光，像是手电筒发出来的。

盛斌虽然焦急，但也知道此时不能轻举妄动。阿龙定了定神儿，然后一把推开大门！

屋里有两个手电筒掉在地上，一个指向大门，一个则对着另一个方向。他们朝另一个手电筒对着的方向看去，顿时惊得张大了嘴：只见苏敬之倒在地上，不省人事，手脚也被绑住。越茗正往他的脖子上缠绳子，一见到他们，眼中顿时怒火汹涌，用猛兽护食般的语气说："不准妨碍我！"手电筒的光本来就有把人的脸变得可怕的作用，而现在她满脸怒火，看起来就像复仇的夜叉，让人不寒而栗。

盛斌松了口气——他才不管越茗现在是否可怕，只要她无恙就好，"太好了……我还一直担心你会吃这个家伙的亏，没想到是你把他给放倒了。你是怎么做到的？"

越茗一怔，脸上的肌肉怪异地扭曲了几下——显然盛斌的问话在她的心里引发了奇妙的效应，脸色不再像以前那样可怕，但是语气怪怪的："我是先找到这个地方的……亲爱的，你知道我很喜欢唐传奇，所以想到他说的李靖应该是那个李靖……到这里后问明苏敬之是这间公寓的主人，雇了个人蹲守在这里寻找机会。功夫不负有心人，有一次终于等到了苏敬之酒醉而归，开门后忘了拔出门的钥匙……"

"拿到钥匙？那是多久之前的事情？那个时候你就打算对他下手了吗？那很危险啊！有没有遇到危险？"盛斌又紧张了。

"没有……"见丈夫如此关心自己，越茗的脸色又柔和了一些，语气也不再那么怪，"我当时以为这里是他常居的居所，就用钥匙打开门，潜了进来，藏到角落里，想等他来的时候把他解决掉……但是没想到等了好久，都没见他出现，这才明白这里不是他常居的住所。那天他应该只是来小住而已……我不能一直藏在这里等他出现，所以只能找他常居的住所……今天下午我终于发现他常居的住所应该就在花园河小区……发现那个秘密后，我心里就波涛汹涌，波涛汹涌你明白吗？拼命想办法，想办法报仇……结果因为心情激动，顾三不顾四，让你发现了我的电脑和纸条，引得你去……”说到这里她的脸庞剧烈地扭动，深深地低下头去，再抬起头的时候已经是一副柔肠百结的神情，“看来你已经什么都知道了……对不起，我很没用……因为那件事，我心里一直有个疙瘩，没法和男人在一起……只要是现实生活中的男人，一靠近我，我就会想起那天的事情，我就没法……我本来以为你可以治好我，但是还是不行……对不起……我不是刻意骗婚，骗你娶一个……不让你碰的老婆……”接着流下两行清泪，“我一回来看到我的电脑被移动了位置，纸条也有点皱，我就知道你发现了……接着看到你急匆匆地出去，我就知道你一定是知道了所有的事情，可能是要去找苏敬之算账……我已经很对不起你了，绝不能再让你被卷进这种事……所以我赶紧开车去追你，结果，竟然发现有辆车悄悄跟着你，开车的，就是这个家伙吧！”说着狠狠地朝阿龙瞪了一眼——阿龙是习武之人，但看到她的目光，还是忍不住打了个寒战。

“我很奇怪，不敢轻举妄动，只敢悄悄地跟着。结果看到你要勒死苏敬之，我吓坏了，想要阻止你——无论如何，我都不能让你的手上沾上血。结果看到那个黑衣男（自然是指阿龙了），跳出来阻止你。而另外两个家伙就冲出来了。”说着看向丁穆他们，目光更加让人不寒而栗，“你们是什么人？警察吗？”

“我们不是警察，只是要帮你们解决问题的人。”丁穆小心斟酌着用词，连脸上的表情都是小心翼翼。

“哈？别告诉我你们是那种专管闲事的超级英雄！”越茗大声冷笑。就在这时，苏敬之醒了过来，看到越茗后大惊失色，本能地想要挣扎。越茗的眼里露出要把他撕成碎片的神情，用力收紧绳子。

“等一下！”丁穆赶紧说。

“干什么？！”越茗恨恨地看向他，眼中透出野兽要吃食般的神情。

“我们都知道你心里有多愤怒，也知道这家伙是罪有应得，但是如果你杀了他，只会进一步伤害你自己！”丁穆一边跟她说话，一边看着她手里的绳子。他知道女人力气不够大，只要能够让她一直分心说话，她就没有足够的力气勒死他。

“你是想说我要是杀了他，我也会被判杀人罪是吗？哈哈，如果我神不知鬼不觉地杀了他，也没人来判我的杀人罪，对吧？归根结底不就是因为被你们发现了，如果我杀了他，你们就把我送到公安局去。我要是不想自己坐牢，就不能报仇，就是这么一回事而已。我告诉你们，就算我今天杀不了他，我以后也要一直追捕他，总归要让他死在我手里！”

“你听我说……”见越茗情绪激动，丁穆更加小心，“我知道，真正让你愤怒和痛苦的，不仅仅是因为他对你母亲做的事情，而是因为他给你的内心造成了伤害，彻底改变了你的生活……”

越茗像被什么东西击中了，陡然热泪盈眶，脸色也柔和了一些。

丁穆知道被自己说着了，继续说：“你现在杀了他，也许会让你出气解恨，但是未必能治好你心里的创伤……相信我，淤积了这么久的心理创伤，没有任何一件事能让它一次治好……另外，你杀了他，还会让你的心理背上新的负担，也许你觉得他是罪有应得，死不足惜，现在杀他只会觉得称心快意。但是你毕竟不是杀人狂魔，而且是个心地善良的人。对于人类来说，杀人是最让人背有负罪感的事情。等到你复仇的快意渐渐消退的时候，负罪感就会慢慢出现，腐蚀你的心智，让你背上新的包袱，心里如果有很重的包袱，就会丧失过正常生活的能力，你恐怕再也无法和你的丈夫幸福地生活了。”

越茗彻底被触动了，犹疑着问："我该怎么办？"

丁穆心头暗喜，但是一点都不敢操之过急："你应该让苏敬之接受法律的惩处……相信我，以他犯的罪，他在监狱里出不来了，在监狱里活受罪，一直到生命结束，要比被你一下杀死痛苦百倍。而且，他当时是和几个劫匪一起犯罪，他的同伙同样没有落网，如果你把他杀了，他的同伙就几乎没有被抓到的可能了。他们残害的不只是你们一家人，有很多人的家人被他们杀害了，他们也在等待他们受到审判和惩处，他们的心情和你应该是一样的！"

越茗的目光闪烁，揪着绳子的手已经松了下来："可是，放走他，我心里的创伤能被治愈吗？"

"可以的，只要你去接受专业的心理治疗……"

越茗眼泪落了下来："我试过，没有用……"

丁穆一边审视着她的表情，一边谨慎斟酌着用词："那是因为你当时没有决定放开手……如果你心理上的创伤是一棵大树，你不把它的根弄断，你是无法清除它的。你现在决定丢开手，就等于把它的根弄断了……一定可以治好的！"

越茗终于被说动了，深深地叹了口气，慢慢地站起来，跨过苏敬之，蹒跚地走到盛斌面前。盛斌一把拥她入怀，她把脸紧紧地贴在他的肩膀上，泣不成声。

丁穆走到苏敬之旁边，用鄙视的目光罩住他，同时用手电筒照他的四周。赵小钏也跟了过来，发现在离他不远的墙角下有几块石灰样的东西，还有个挖耳勺。再远一点，有几滴血迹。离血迹不远处，有一块沾着血迹的石头。往墙上看，则是一个小小的凹洞。原来之前苏敬之是在这里用挖耳勺挖墙，结果在这个时候越茗悄悄地用钥匙开门进来，用石头打晕了他，再把他绑起来的。他在挖什么？把什么东西封在墙里了吗？为什么要用挖耳勺来挖？

丁穆感觉很奇怪，便试着用指甲抠了一下凹洞，发现里面只是石灰。他叫阿龙过来——阿龙手劲大，而且可以准确地拿捏力度，在墙壁上一抠，竟然抠出了一个小小的用塑料袋包着的东西，打开一看，是一对猫眼石和一块上等蜜蜡以及两颗又大又圆的珍珠——原来他到这个房子来是为了找这个。而他的现金之类的东西估计还藏在其他地方。丁穆仔细端详这三块宝石和两枚珍珠，发现即使只是在手电筒微光的照耀下，它们也是精光油亮，显然价值不菲。对这对猫眼石来说，即便上面增加一道划痕，也是极为可惜并且会影响它价值的事情，至于珍珠和蜜蜡则更是娇贵。所以苏敬之才用挖耳勺轻轻地挖，而且在挖的时候不敢有丝毫分神，才会丝毫没发现越茗来到他的身后，才会在毫无防备的情况下被越茗打倒。

接下来，大家兵分两路——徐壮和赵小钏送盛斌夫妇回家，阿龙和丁穆送苏敬之去公安局。在路上，越茗断断续续地跟赵小钏说了她是如何发现苏敬之的——她是在网上偶然发现他的。有一次，她在微博上刷美甲的话题，发现了一个喜欢美甲，并且美甲品位还不错的女人。因为是同道中人，她便关注了她的微博，结果有一天这位美甲达人发了一张聚会合照，苏敬之就在背景里——他在角落里喝着酒，完全不知道自己入了镜。

虽然已经过了很多年，越茗还是一眼就认出他是当年那个劫匪。顿时，所有的往事都回忆起来了，她觉得自己简直像在被地狱的火焰灼烤，决定要自己亲手杀了苏敬之，为妈妈报仇。赵小钏听了后很受触动——她觉得越茗真是个刚烈的女人，对她肃然起敬，又感觉到这些年她受到的心理煎熬一定是难以想象的，又为她感到心酸和义愤。还好最后有了个圆满的结局，又为她感到欣慰。等到一切都搞定的时候，天边已经微微破晓。赵小钏这才意识到她竟然已经忙了一夜，令人讶异的是她竟然丝毫没有感觉到累。更奇妙的是昨天晚上完成的事，让她有了种难以言喻的、前所未有的成就感。她细细地品味着这份成就感，忽然想起一件要命的事情，顿时什么成就感都没了——这可是她有史以来，第一次夜不归宿，而且也没跟家里打招呼……家里的爸妈一定急疯了，说不定已经发动亲朋好友到处找她了！她掏出手机，果然看到手机上一大串未接来电——她怕手机忽然响，会破坏行动，把手机调成了静音状态。她赶紧给家里打电话："妈，你听我解释……我一直都在忙工作呢……"

第八章

苦恼的女老板

因为工作了一整夜，丁穆让赵小钏回家休息，下午再来上班。赵小钏回家蒙头就睡，醒了之后竟然发现收到了孙晓裕的短信，孙晓裕跟她说，她的事情还没处理完，需要赵小钏继续为她代班，可能至少需要三个月。做过三个月后，说不定就能成为长期员工了。赵小钏看到后心里一阵激动，想要找她彻底问问公司的底细，最终却没有这样做。这个公司的确和一般公司不一样，可以说是很奇怪。但是对她有强烈的吸引力，还给她一种莫名的安心的感觉。她很喜欢在那里工作，既然如此，何乐而不为呢？

吃完午饭后，赵小钏就去了公司，结果被公司旁的一个小店橱窗里的水晶项链吸引了——这个水晶项链被称为“改运超级组合”，但吸引赵小钏的只是它五颜六色的色彩。赵小钏走近橱窗，观赏着一团珠光宝气，忽然看到在小巷里有个人影——在地下广场里自然也有小巷，比地上的小巷要阴暗得多。赵小钏下意识地走过去，结果发现那是徐壮，正面对着巷子尽头的墙壁蹲着，嘴里似乎在念念有词。发现这个后，赵小钏的心里忍不住“咯噔”一下，说真的，因为他脸上带疤，长相凶恶，总觉得他会有阴暗的内心和阴暗的过往，甚至怀疑他是逃犯什么的。现在见他这样，好奇和恐惧一直大涨，忍不住蹑手蹑脚地往前去。然而她刚刚走到徐壮的身后，徐壮就“唰”地站了起来。回头看到赵小钏，露出惊诧的神情。赵小钏又害怕又尴尬，正要找借口，忽然看到墙角有个猫崽，正在吃堆在它面前的一堆猫粮，发现赵小钏看向她，立即仰起它那毛茸茸的圆脸，睁着黑溜溜的眼睛朝赵小钏打量。

“哎哟，好可爱！”赵小钏看到它顿时什么都忘了。

“它是这边的流浪猫，我每天都来喂它。”徐壮说——他的声音也是低沉沙哑，很像“大老粗的坏人”，但是他的表情很是温暖和腼腆，“我给它取了个名字叫妞妞。本来想把它带回家养的，可惜它自由惯了，不愿意被关在一个地方。”

“哦。”看着它那可爱的样子，赵小钏忍不住伸手想去抚摸它，结果那只猫认生，警惕地往后躲。

徐壮赶紧用手抚摸着它，帮它解释：“它只是有点怕生，你和它熟了就好了，它很乖的，非常乖。”

经过这次，赵小钏对徐壮的印象可以说是有很大改观——虽然还不知道他的底细，但觉得他的内心还算善良——至少有一部分是善良的。

到了今天，丁穆才算给她安排工作地点——前几天她一直在和丁穆东奔西跑，也没什么机会坐下来工作，所以就没给她安排办公地点。而现在给她安排工作地点了，竟然就在他的办公室里——就在他的对面给她安设了一个办公桌。赵小钏觉得有点奇怪——她明明看到这里有很多办公室，有些办公室还是空着的。难不成这是对她的重点培养？好像又有点太隆重了！罢罢罢，不要乱想，也不要乱问，如果是有缘故的话，过段时间就会知道了。

万能事务所的生意还真是兴隆，今天又来了一位客户。是位很有钱的妇人——欸？有钱的妇人不是可以被称为是贵妇吗？不好意思，从她的形象只能看出来她很有钱，却没法用“贵”字来形容她。她满身上下都是名牌，但就是搭配得不好，简直有种故意堆起来给人看的感觉。十个手指头都戴满了镶嵌着珠宝的戒指，黄白红绿挤在一起，有点令人眼晕，也有点令人恶心。脸上画着很浓的妆，乍一看还不错，但越看越让人觉得艳俗和刻薄。至于头发，则用了很多的发胶和发蜡，是那种很招摇的发型。这些乱七八糟的东西堆积在一起，让人怎么看都觉得不顺眼。

赵小钏努力地把骇笑憋在心里，暗自猜度这位女性会来要求解决什么麻烦。

“我希望……你们能帮我解决我老是被人讨厌的问题。”那位女性双眉一挤，闷闷地吐出这句话。

欸？赵小钏刚才好不容易憋进去的笑差点喷出来，下意识地掩住口——原来她也知道自己惹人讨厌啊！那干吗还保持着这样的打扮？这位女性扭着手指说：“我叫刘兰芝，今年四十二岁，十八岁的时候结婚，二十岁的时候离婚，后来带着孩子创业，终于有了点钱和产业……不知道怎么回事，这些年我发现我越来越招人讨厌，连我自己的女儿都讨厌我，还有我的初恋情人……前阵子我碰巧和我的初恋情人重逢了……之前他和我一个村，一起玩泥巴长大的，我和他就对脾气。但是因为他家里穷，付不起彩礼钱，我爹就把我嫁给了我原来的丈夫。后来我跟那个男人过了个稀里哗啦，两年就离婚了，还拖了个孩子。当时那个心里头啊真跟黄连似的，格外想念我那个初恋情人。结果前一阵子，我又遇到了我那个初恋情人，巧了，他现在也是单身。我那时心里还挺高兴的，心想这次可以再续前缘了，最重要的是我现在有钱了，不会因为钱的问题再结不上婚了。结果没想到见面后处了没多久，他竟然开始刻意躲着我，我找到他问他为什么，他就说我现在变得让人讨厌了……和以前的我不一样了……唉，以前的我是啥样啊，我心里咋没啥影子呢？唉，我现在是彻底没办法了，听说你们什么问题都能解决，所以只有来求你们帮忙了……”说着偷眼看丁穆——看来虽然寄希望于他们，但还是对他们心存怀疑。

看到这个后赵小钏心里有些不快——既然怀疑，还来做什么。

丁穆却不以为然，叫她登记了一些资料，便把她送走了。

“她好像还奇怪自己为什么讨厌呢。”送走了刘兰芝之后，赵小钏忍不住说，“其实她不讨厌才奇怪呢……那打扮，那语气……一坐下来就自说自话，显然目中无人，还有她那眼神，显然不相信人啊！就算不相信人，也不该那么直白地表示出来啊！她要想叫人不讨厌她，首先得把她这些毛病改改！否则没人会喜欢她吧。等她把这些毛病改掉了，估计就差不多了。”

“我看不见得。”丁穆翻看着她的资料说，“她来我们这里要求解决她的性格问题，其实是有些荒谬的事。她之所以愿做这件有些荒谬的事情，证明她已经经过了很多努力，都没有成效，实在没有其他办法了。而一个人的生活和性格出了问题的时候，最先做的就是找其他人咨询商讨，我们市有很多这样的咨询师，肯定已经有人向她提出过这样的建议，但是她依然不改，就说明一些问题。证明她有无法改正错误的深层次原因。我们必须把这个深层次的原因挖出来，才能真正解决她的问题。”

“欸？”说真的，赵小钏觉得刘兰芝来找他们事务所解决自己的性格问题，实在荒谬（丁穆刚才不也说了这是个荒谬的事情吗），就算看到丁穆接了这个生意，在心底深处依然不觉得他会认真处理这项工作，但见他分析事情很是认真，竟然像真的想办法解决刘兰芝的问题一样，不得十分好奇和诧异，但她很快就无暇好奇和诧异了。因为丁穆竟然把这项工作交给她了。

“欸？欸？”乍一接到工作的时候赵小钏张口结舌，半晌才怯怯地问：“我行吗？”

“你已经跟我出去跑了一趟任务了，该学的都学到了，应该没问题了。”丁穆对着她温暖和蔼地一笑，赵小钏却觉得这笑容现在让她汗毛直竖。

按照惯例，她出公务可以用车，但是赵小钏没有要车——一来上次她看阿龙出任务是自己开车的，她一个小虾米，出任务叫人接送的话怎么看都有些不对劲。第二，到底该怎么解决问题，她根本没有思路，要了车后，总不能叫徐壮拉着她着在街上乱转吧。于是她用自己的小包，兜着文件走到了街上。

在街上转了一圈之后，赵小钏才有了初步思路。在上次的事件里，她和丁穆是进行全面调查、掌握了所有资料后，才找出了问题真正的原因，解决了问题。所以她现在也要对刘兰芝进行全面调查才行。可是要全面调查，也必须有个明确的思路，她总不能像没头苍蝇一样乱转吧……

“我找到他问他为什么，他就说我现在变得令人讨厌了……和以前的我不一样了……”

刘兰芝的话忽然在她耳边响起，赵小钏忽然有了想法。她说她之前不一样，那么一定是某些事情促使她改变了。既然如此，她就要调查她的生平……怎么调查她的生平呢？

赵小钏想了一想，立即走进一个网吧。找了个光线足的位置，打开刘兰芝填写的材料仔细看。看刘兰芝的衣着，她应该是个成功的企业家——一看果然是，她自创了一个卫生巾品牌，在本市及周边地区的市场里还算一个畅销品牌。既然是成功的企业家，为了宣传自己及宣传企业，一定有找记者做过个把专访。赵小钏一搜，果然有。而仔细看了那个专访之后，赵小钏对刘兰芝的印象不仅好了很多——刘兰芝真是泡在黄连里苦过来的。刘兰芝生在莲花村，家里有六个小孩，她排行第四，从小到大，几乎没穿过一件好衣服，吃肉的次数掰着指头数都能数出来。她十八岁跟前夫结婚，一进门就伺候前夫一家老小，除了做家务还要干农活儿，一点儿闲工夫都没有。一年后生了个女儿——在乡下生女儿的待遇可想而知，她生完孩子后三天就就被要求干活儿，因为干不了重活儿，就拎着篮子到城里卖鸡蛋。鸡蛋都卖完了，而她自己，却没有吃到过一个鸡蛋。

后来，她看到村里有小姐妹到城里打工，挣的钱比在土里刨的多得多，自己也想去城里试试看。结果她婆家不愿意——她婆家也穷，当初娶她的时候花了很多很多钱，怕她到城里就一去不复返了。为了阻止她去，公婆用各种难听的话斥骂她，丈夫还打她。他们不这样做还好，他们一这样做，把刘兰芝的倔劲儿激了上来，偏要去城里闯荡一下。为了怕他们限制她自由，她就假装不再对进城感兴趣，等婆家放松警惕了，抱着女儿跑了出来——她知道婆家歧视女儿，怕她走后婆家虐待女儿。

虽然是义无反顾地到了城里，但她对在城里如何生存其实是毫无头绪。她当时兜里只有几张毛票，不敢轻易买水，也不敢轻易买吃的，因为买了东西后她就身无分文了。她抱着女儿，茫然地、一刻不停地在城里走，看到有人招工，就去碰运气。后来，她终于在卷烟厂找到了一份临时工的工作。找到工作后，她才敢吃进城后的第一口饭。

进了卷烟厂后，她起早贪黑地工作，拼死拼活地省钱，省够一笔钱后，就拿出来摆小摊，再挣，再省，再存够一笔钱，开小店……就这样拼死拼活奋斗了十几年，她终于成了一个成功的企业家。在采访她的记者问她为什么要做女性用品的时候，她说了一段超级心酸的往事。她说她因为家里穷，从小时候到有点钱之前，根本没用过卫生棉。生理期的时候就用村里老人教的方法，做两个长布口袋，上面带着带子，里面装上炭灰或者是柴火灰，轮换绑在身上，当卫生棉用。等到一个里面的灰都被血浸透之后，就把里面的灰倒掉，把布袋洗干净晾着，等第二个布口袋不能用的时候，再把这个装上灰再用。这种东西显然会让人很不舒服。她当时就特别想用卫生棉，这在当时却是个奢望。因为当时的愿望十分强烈，所以等到她可以开公司的时候，第一个想法便是做卫生棉，之后则做得很好。

第九章

实干家为何令人讨厌

看完刘兰芝这段采访后，赵小钏先是觉得鼻子酸，接着又觉得有些不可思议，进而怀疑这是不是假的——首先，这段经历实在是苦得离奇，简直超出了她的想象范围。因为无法想象，所以怀疑根本就不存在。其次，在她看来，经历了这种苦难而成功的人，一定会有那种出尘的气质，有那种经历大风大浪后不再怕任何风浪的淡定和大气，而且也应该很有品位。对比刘兰芝的形象和作派，简直放不到一起去。她想到近年来有很多企业家为了把自己造成神，都会找些记者写些言过其实的报道。这个刘兰芝的报道，有可能是找枪手编的——简直是越看越像。想到这里，赵小钏对刘兰芝的印象顿时又糟了几分，第一想做的就是查清这些是不是编的。

既然抱着这样的想法，赵小钏的第一站自然是刘兰芝刚来城里时工作的卷烟厂。她按照那个厂名找过去，非常庆幸地发现那个厂还在。不过虽然还在，但只是勉强维持的水平。工厂虽然还在照常生产，但是厂房破旧，周围的居民区也挺破旧——听周围的居民说，卷烟厂的居民大多就挨着厂房住着。

赵小钏粗粗算了一下，刘兰芝是二十年前到这个厂里工作的，那知道刘兰芝的事情的人应该是四十多岁到五十多岁之间。现在是上班时间，在职的员工肯定在工作，她只有找那些退休在家的。男职工不喜欢跟人八卦，那她就应该找一个女职工。

赵小钏秉着这种想法在巷子里寻觅，结果看到一个戴着塑料发卡，穿着化纤衣服的五十多岁的妇女在自家门口洗菜——用一个塑料盆，用很少的水洗着不少菜，盆里的水已经又脏又混，她却舍不得换水。赵小钏觉得找她合适，便朝她走过去，结果差点被绊倒——原来在她身边还有一个矮矮的水龙头，还有一个用水泥砌成的小阴沟，都是黑乎乎的，不仔细看根本看不到。

“您好。”赵小钏说。那女人朝她打量了几眼——因为赵小钏比较有礼貌，她也学着赵小钏的腔调回了个“您好”。

赵小钏更加觉得有希望：“您好，我想向您打听些事儿，听说本市的女企业家，刘兰芝，之前是在这里上过班吧？请问您能告诉我一些她当时的事情吗？”

没想到那女人一听到“刘兰芝”的名字立即面庞含霜，目光刀子般盯了赵小钏一眼：“你问她的事情？你是她什么人？问她的事情做什么？”

赵小钏吓了一跳，赶紧说：“我不是……她什么人……我只是个学生，老师布置我们写论文，要拿本市的企业家做事例分析……”

赵小钏这个谎编得还不错，那女人的脸色缓和了一些，对赵小钏说：“是要写论文啊，那好，你会把真实情况写进去吗？”

“当然。”赵小钏赶紧点点头。

“那好，我跟你说啊。”那女人朝赵小钏靠近了些，“那个刘兰芝啊，典型的是小人乍富啊……她刚到这里的时候，连双像样的鞋都没有，每天就‘一层皮’……”

“一层皮？”赵小钏乍一下没听懂。

“就是每天就穿一套衣服，没有替换的。”那女人嘴角洋溢着轻蔑，接着又转为嫉恨，“结果后来发达了，趾高气扬地到厂里‘衣锦还乡’，身上穿的都是洋品牌，浑身上下，耳环、项链、玉佩、手镯、戒指，到处都是亮闪闪的。哎呀妈呀，一看到我们，鼻孔立即仰到天上了，立即靠过来炫耀，说自己戴的是这个金，那个宝石，卷着舌头说洋文，说她穿的都是洋名牌……呸！这样奢侈，还这样炫耀，老天都会惩罚她的！俗话说，三十年河东，三十年河西，她有什么本事啊，不就是走了狗屎运吗？说不定哪天她又会一穷二白，穿回那张皮去！”

赵小钏听了后暗自苦笑——老实说，她对这女人的说法颇不以为然。想象一下刘兰芝回厂炫富的样子的确是令人讨厌。不过炫富其实是人人都会干的事情，就算她炫富炫得过火了点儿，这女人也不该恶狠狠地诅咒人家倾家荡产。另外，不管怎么说，刘兰芝能够获得成功必然有一定的能力，也必然付出了很多努力，这女人不能用“走狗屎运”来涵盖她的成功。罢罢罢，看来她找到了个对刘兰芝怀有偏见，甚至心怀私愤的人。这种人最容易干的事情就是用偏见给往事“染色”。看来她得另找个人打听。不过，这女人的话里也间接透露了一个事实，那就是刘兰芝的确在这厂里干过，而且一开始的时候也很苦。那篇报道里写的，有可能是真的。赵小钏又在巷子里寻觅，结果看到了一个看起来六十多岁的老婆婆——算起来二十年前她应该四十多岁，应该也有机会和刘兰芝一起工作。看她穿得挺朴素，面相也平和，也许会对刘兰芝有客观的评价。

“刘兰芝啊，”提起刘兰芝的时候，老婆婆的嘴角有一抹感慨的笑，非常的淡，几乎看不出来。“她是在这里干过……她也挺苦的，她现在富了，也应该。”

赵小钏这才觉得这是真正的“有门儿”，赶紧问：“那您还记得刘兰芝在这里工作时候的事情吗？她为人怎么样？和大家的关系怎么样呢？”

“她啊，”老婆婆微微一笑，“怎么说呢，刚来的时候，性子很直，但是个好孩子，对人挺好，而且都是掏心掏肺的，不跟人玩花花肠子。她跟大部分人处得都还行，但是就是有些人欺负她。你也知道，在20年前，一个女人，自己带着孩子出来打工，很难不被人另眼相看。

因此少不了有些人对她闲言碎语，损她讽刺她。再有，就是她当时没有住处，自己带着孩子，和其他外地来的临时工一起挤到员工宿舍里。有几个人嫌她孩子哭，影响她们休息，经常半夜里跟她翻脸，要撵她出去睡……当时她没有办法，就一个人抱着孩子，站在厂院中心哄孩子，等到孩子睡熟了，才敢悄悄地摸回去。要是那孩子不识相，又哭了，她又得被撵出来……”

赵小钏心里“咯噔”一下，仿佛看到了刘兰芝黑夜里站在厂院里，哆哆嗦嗦地哄孩子的单薄背影。这个影像在她的脑中定格了几秒，接着激起了无限心酸，然后是无限的义愤，刘兰芝的工友真是太不像话了！如果她是刘兰芝，发达了后也一定要回来，狠狠地气他们一下，要他们知道他们是狗眼看人低……

欸？赵小钏忽然发现自己大概明白刘兰芝为什么会变成那样了。她在这个厂里吃了很多苦，受过一些人的欺凌，那之后的创业之路肯定也是铺满荆棘。正因为吃了很多苦，受过一些人的欺凌，她成功后才会有种代偿心态，要把自己的富裕狠狠地炫耀给人看，之前被人盛气凌人地对待过，所以现在也要盛气凌人地对待别人。但是，如何消除她这种代偿心态呢？

赵小钏赶紧又把自己想象成刘兰芝，如果她是刘兰芝的话，怎样才能解气呢？那当然是让这些欺负人的人受到惩罚啦。欸？刚才那个满腹怨愤和嫉恨的女人应该也是欺凌刘兰芝那些人中的一个吧。她现在满腹嫉恨，其实就是对她最好的处罚吧？要嫉恨别人，首先得觉得自己不如别人，她赵小钏要是能让和她作对的人都觉得他们不如她，那肯定很称心快意啊！对！就让刘兰芝知道，当年那些欺负她的人已经在心理上被她打垮了，应该就能消除她的代偿心态了！

赵小钏这样想着，嘴边不由自主地弯起微笑。

“小姑娘，你想好如何写论文了吗？”老婆婆笑着问她。

赵小钏如梦方醒：“是的，想好了，谢谢您！”

说罢转身就赶往刘兰芝的公司，刘兰芝公司的前台听说她是万能事务所的职员，赶紧向刘兰芝报告。刘兰芝立即叫她领赵小钏去她的办公室。而等赵小钏来到她办公室的时候，刘兰芝却旁若无人地在笔记本电脑上打什么东西，过了一会儿才不慌不忙地朝赵小钏看过来。赵小钏知道她是在特意摆谱——虽然已经知道她摆谱有因，见她这样赵小钏还是有些不爽。赵小钏深吸了一口气，对她露出笑脸：“您好，我想我已经找到解决您的问题的方法了。”

“是吗？”刘兰芝朝她瞄了一眼，还是那种不信任的神气，“要真能解决问题的哦。我丑话先说在前头，那种什么‘换位思考，我要是别人会怎么想’以及‘不谦虚待人，会给自己种下麻烦的种子’之类的就不要说了，这样的话我不知道听了多少，完全没用哦。”

“不是那样的话哦。”赵小钏努力保持微笑，“那些人只是看到一些表象就对您做出评断，再想当然地用一些教条式的心灵鸡汤来劝您，肯定是没用的。”

“哦？”刘兰芝目光一闪，“这么说，你看到的不是表象？”

赵小钏继续微笑着，已经微微感到有些累：“恕我冒昧，我调查了您的生平，发现您在奋斗过程中真的吃了很多苦啊。”

刘兰芝那僵硬的高傲立即消失了，看赵小钏的目光也亲切起来。

“我也知道您在奋斗过程中，受到了一些狗眼看人低的家伙的欺凌。”赵小钏这样说着的时候，一股义愤油然而生，“我知道您这样做，是想给他们点颜色看看。”

刘兰芝的目光开始增温——这表示赵小钏说得没错，但是随即又变得复杂起来：“你是想说……我应该放弃对他们的恨意吗？”

“不，”赵小钏摇了摇头，“其实，在我的调查过程中，发现那些人对您充满嫉恨。满怀嫉恨对一个人来说，通常是最严厉的惩罚。

其实，您已经对他们还以颜色了，所以，就不需要再做什么多余的事情了。”

刘兰芝静静地听着，有种颇受触动的感觉。赵小钏暗暗开心，心想自己的这次任务恐怕可以圆满完成了。就在这时，刘兰芝的手机忽然响了，听起来像是短信铃声。刘兰芝拿起手机，用手指在屏幕上一画。想了想后又是一画，忽然勃然大怒：“这个臭丫头！跑去夜店了，还发短信给我报平安！”接着抓起电话，按了几个按键后大吼：“大安，大安！把车开出来！到楼下等我！”然后整了整头发和衣领，站起来准备走，忽然想起了一件事，转头对赵小钏说：“你也跟来吧！你们不是要帮我解决麻烦吗？就跟我一起去抓那个臭丫头！看有什么办法把这个臭丫头的问题解决一下！”

欸？赵小钏心想我们只是受邀解决你的性格问题，没说要解决你的家庭问题。但见刘兰芝喊得急，只得跟她去。在跟她一起坐电梯下楼的时候却想到自己大概也要解决她的家庭问题。她的性格问题也可能有一部分是她的家庭问题引发的。

到了门口之后，大安已经把车停好了，自己站在车外面，就跟着侍候刘兰芝上车。赵小钏一开始听到大安这名字的时候，觉得他应该是个土气的中年人，没想到大安是个帅气高大的青年人，身上还有种文化的气息，竟像有些学历的。

刘兰芝上了车后，就催促大安开车到新安夜总会。在车上絮絮叨叨地怒骂春妮不懂事，都二十多岁了还天天玩，要玩也不玩点正经的，还去泡夜店。泡夜店就泡夜店吧，还装模作样地发短信报平安，简直浑蛋到极点。赵小钏在一旁听着，没敢吱声——刘兰芝那样子，分明是已经愤怒得失去控制了。听起来，这个春妮应该是她的女儿。她之所以接到短信后能知道春妮是在报假平安，大概是她在春妮的手机上装了 GPS 定位系统，她用手机监控春妮的行动。

老实说，一发现刘兰芝是在用 GPS 监控自己的女儿，赵小钏就有种抵触情绪——她和春妮的年龄相差不大，换位思考，如果自己的父母用 GPS 监视自己，她也会挺愤怒的。不过，她也不是那种会到夜店疯玩的人，所以还不能把自己全情带入。

第十章

弄巧成拙

新安夜总会很快就到了，这时候只是傍晚，夜店刚营业不久。刘兰芝气冲冲地冲了进去——虽然现在还不算晚，夜店里人也不多，但是因为里面的光线太过光怪陆离，刘兰芝乍一下看不清楚谁是谁。她又气又急，招来经理，用训斥的语气询问，经理自然表示自己什么都不知道。刘兰芝没有办法，便拨女儿的手机，结果看到一个穿着热裤和短衫、烫着怪异头型的女孩慌忙看手机，立即几步抢上去，抓住她的肩膀把她扳了过来。

刘兰芝冲上去的时候是一副马上就要大发雷霆的样子，把女孩扳过来之后却“咦”了一声，愣了半晌后才说：“怎么是你？春妮呢？”

刘兰芝又怒气冲冲地回了家，赵小钏再次被拉着同行。刘兰芝的家是那种别墅式的住宅，有个不小的院落，里面中了些花草，还有一个葡萄架。春妮正悠闲地坐在葡萄架下看书。赵小钏看到春妮的时候颇有些意外——之前受了刘兰芝的影响，觉得她应该是个“疯玩女孩”，没想到她衣着朴素，没有化妆，没有戴首饰，只梳了个简简单单的发髻，在那里忘情地对着一串葡萄画画。刘兰芝气哼哼地把手机丢在她面前的小石桌上，把手机上粘的水钻都摔掉了。“你这是什么意思？！你把你手机给孙娜那疯丫头，叫她去夜总会玩的时候，给我发短信报平安，你是特意要我玩的吗？”

“谁让你把 GPS 装在我的手机里？我跟你开个小玩笑罢了。”面对刘兰芝的火冒三丈，春妮颇不以为然，懒懒地回答。

“开玩笑？！”刘兰芝更加愤怒，“这是能胡乱开玩笑的？！

我看到这个手机在夜总会的时候，我的心都差点被你气炸了，你知道吗？”

春妮瞥着她，依旧不以为然：“谁让你不信任我的？我说过我不玩了，就是不玩了，你不信任我，我当然要给你上一课了。”

“你……”刘兰芝被气得暂时说不出话，只是干咽，之后猛然咆哮起来：“不管怎么样，我都是为你好……你怎么这么不争气啊！你知道吗？！你妈我今天这产业，不是凭空捞来的，你能长那么大，也不是像山里的草那样，自己长起来的，是我辛辛苦苦把你养活大的！当初不知道有多少人，瞧不起我们娘儿俩，说我们日后都是饿死在街头，被狗拖的货，我们就要好好地过好日子，狠狠打他们的脸！”

赵小钏听到这里，对于刘兰芝和春妮的母女关系，心里也有了个数——看来刘兰芝把自己对那些欺凌过她的人愤慨，也转嫁到女儿身上了——她自己下意识地要对那些人进行各种还击，也要求女儿“上进”，对他们也进行还击。可能由于还击心过于迫切，所以她对女儿逼得太紧，才导致女儿对她有逆反心理。见刘兰芝还在对女儿大吼大叫，赵小钏赶紧拉了拉刘兰芝的衣袖。

刘兰芝停止了咆哮，用气得通红的眼睛看了看赵小钏：“怎么了？”

赵小钏看了春妮一眼——知道在女儿面前对妈妈进行心理分析不靠谱，对刘兰芝低声说：“这个恐怕也和你委托我们解决的问题有关，我们还是换个地方说话吧。”

刘兰芝看了春妮一眼，气哼哼地离开，把赵小钏带到了自己的卧室。那个大安也一起跟了过来。

刘兰芝的卧室非常大，用屏风隔成若干空间。刘兰芝看着卧室，感慨地说：“想想我小的时候，和家里的其他小孩挤在一间小茅屋里，茅屋小得就像一个斗似的，夏天热，冬天冷，窗外就是猪圈。当时我最大的愿望就是有一间自己的卧室，越大越好！”因为刚才的奔波和恼怒，刘兰芝满头满脸都是汗，便去卫生间洗了把脸——虽然已经富了，但她还没有像其他人那样奢侈到细节，只是到卫生间用肥皂洗了把脸。出来后竟然把赵小钏惊到了——素颜的刘兰芝长相清秀，看起来只像三十四五岁的，一双眼睛颇有婉约的女人味——之前因为眼妆的关系，赵小钏只觉得她的眼睛咄咄逼人。

“说真的，您这样比您化妆的时候漂亮多了。”赵小钏忍不住说。

“是吗？”刘兰芝有些诧异，轻轻抹去眉毛上残留的水珠，“但是不化妆不行啊，不化妆没有精神。”

等刘兰芝坐下来之后，赵小钏把自己的见解跟她说了一下。刘兰芝听了后，思忖了好久，然后说她会好好想想，但是她的表情已经分明表示她已经接受赵小钏的意见了。赵小钏觉得自己这个项目已经圆满完成了，在心里暗自高兴。几天之后，刘兰芝果然把项目费打给了公司。丁穆不置可否，但是从表情上看应该对赵小钏很满意，赵小钏对此很是开心——无论何时，得到帅哥的嘉许，都是很受用的。男女搭配干活儿不累，就是这个道理。

过了一段时间，赵小钏忽然想看看刘兰芝的“性格转变”效果如何，便在微博搜索了一下她的名字，结果搜索出来的结果让她张口结舌。有一条微博，大骂刘兰芝小人乍富，诅咒她没有好结果，点赞的人还挺多。一看到“小人乍富”这个词，赵小钏第一个想起来的便是那个恶狠狠诅咒刘兰芝的四十多岁的女人（其实现在好多中老年人都挺潮的，有手机就有微博），感到非常诧异，赶紧点开评论，结果哭笑不得：看来刘兰芝前一天又带齐了全套行头，到卷烟厂秀了一遍，还含沙射影地讽刺了某些人，所以才让这些人群情激奋。而且细看评论，赵小钏发现大骂刘兰芝的人已经不仅仅是工厂里的人了，还有社会围观人士——显然刘兰芝过分招摇和嚣张的行为已经引发了原本无关的人士的愤慨。

对此赵小钏的反应完完全全就是“下巴都要飞出去了”——怎么会有这种事发生？她不是已经准备改了吗？怎么比不改还要恶劣呢？

赵小钏立即要再去找刘兰芝。丁穆微笑着看着她，真实意图不可捉摸：“你确定需要吗？她已经把项目费缴清了，而且还没有再次提出委托。你确定你还需要去帮她解决后续问题吗？”

“当然！”赵小钏想都没想就说，“既然她委托我们解决问题，我就应该彻底帮她解决问题！否则等于白拿了人家的钱，既不专业，也不讲良心！”之后却发现自己言辞不当，顿时涨红了脸：“啊，对不起，我只是说我自己，没有说你的意思……”

“这个当然不算说我啊，”丁穆笑吟吟地说，“我也没有打算阻止你去解决后续问题。”

赵小钏松了口气，赶紧告辞出去了。丁穆看着她离去的背影，微笑着点了点头。

刘兰芝见到赵小钏的时候颇为惊诧：“怎么了？难不成是项目款没到位？我可是看着他们打过去的……会计把收款名或者账号写错了吗？”

“项目款是到账了！”赵小钏连忙说，”我到这里来，是因为我该做的事情还没有完成！”

“啊？”刘兰芝倒是一副诧异的样子。

赵小钏哭笑不得也有些迷惑：“您委托我们，是要解决您性格让人讨厌的问题，但是据我所知，您好像没有改正您的错误，甚至还更进了一步……”

“哦——”刘兰芝明白过来，笑了，“你是说我再次‘衣锦还乡’，气工厂那群笨蛋的事情吧？哈哈，我知道那些家伙现在一定气得鼻孔冒烟，屁股冒火了吧，哈哈，想起来就开心！”

“您这是为什么呢？”赵小钏惊诧而又不解地看着她，“我不是跟你说过，他们已经被自己的嫉恨深深惩罚了吗？”

“问题就在这里。”刘兰芝伸出一根手指，朝她一点，“那些家伙凭什么嫉恨我啊？我的一切都是我自己奋斗而来的，我也的确比他们强万倍，他们有什么资格嫉恨我啊？他们敢嫉恨我，就证明他们还没有对我服气，我就要把他们打垮，哈哈！”

“啊？”赵小钏骇然——现在形势可说是越走越怪，已经完全超出了她的预想，“可是您这样您的性格问题不就无法解决了吗？甚至变得更糟……你这样已经引发了更多对你的不满了你知道吗？你这样又何必呢？”

刘兰芝笑着摇了摇头，“小姑娘，你是好意，我谢谢你。其实啊，这事情你已经不用管了。我找你们解决我的性格问题，是因为我自己对这件事感到苦恼。而现在我不感觉到苦恼了。因为我发现我这样做是非常正确而且必要的，而且还应该继续做。那些王八蛋，我真的必须彻底打垮他们才行。至于其他人怎么想，那就随他去吧……所以我的问题等于解决了，所以就不需要再麻烦你们了！”

赵小钏听得张口结舌——这么说她的努力不仅完全没有奏效，还让事情变得更糟？怎么会有这样的事情？她想要再劝劝刘兰芝，但看她那个样子，实在不知道自己还能劝她什么，只有低着头离开了。回到公司后心情糟得难以言喻，而丁穆偏偏又问她情况怎样。在那一瞬间，赵小钏真的不知道该怎么开口。但想到失败了就失败了，瞒着别人也不是事儿，就对丁穆和盘托出，然后低着头等他批评。

没想到丁穆并没有批评她，语气和神情依旧很温和：“你知道你自己犯了什么错误吗？”

“这个啊……”丁穆提出这个问题后，赵小钏这才发现自己对此依旧昏头昏脑，“我想，我大概是用了错误的解决方法，或者是判断错误……啊！我可能没有找出她真正的问题……我没有对她进行真正彻底的调查，就想当然地认定她是什么问题了！”

丁穆微笑着点了点头。

赵小钏感到脑中豁然开朗，非常振奋，但也很不好意思，朝丁穆难为情地笑了笑，回到座位上，重新思索调查方向——老实说，她的思索可不像丁穆他们那样开阔，虽说要另找方向调查，其实根本不知道该往哪里找。她没有办法，便下意识地刷起了微博，想歇歇脑子之后再想。然而就在这时，她刷出一个吐槽的微博。原话比较跳脱，大意就是现代的有些名人，还是不开微博为妙。本来形象很是高大上，结果一开微博就暴露自己智商、情商不足，导致形象尽毁。赵小钏看到这里，顿时心中一亮：对啊！她可以去刘兰芝的微博看看啊！也许在那里，她可以发现刘兰芝内心的真正情况。

大部分人都有个毛病，很多在现实生活中无法面对面跟人说出来的话，在网上就可以说出来，而且是可以很轻易地说出来。

刘兰芝的微博乍一下还不好找，因为她的名字和《孔雀东南飞》的女主角撞了。且她的微博流量显然不高，所以排名比较靠后，赵小钏搜索的时候翻了一页才找到她。而她的微博竟然有一百万粉丝——点开粉丝界面后看，发现大多是没有头像的。大概都是买来的粉丝。赵小钏已经有种想要大笑的冲动，等她进了刘兰芝的微博后，简直都要大笑不止了——刘兰芝所有的微博，只有两个内容，一个是各种顶着浓妆，狠狠修图的自拍，一种是回忆和感慨自己艰苦奋斗历程的话。前面那些自拍就罢了，后面那些话却很成问题——字里行间里满是掩饰不住地对自己“艰苦奋斗，终于成功”的自豪感，认为自己的奋斗历程可歌可泣，用各种溢美之词进行赞誉。老实说，赵小钏也认为她的奋斗历程算是可歌可泣，光那个用灰袋子当卫生棉用的经历，一想起来就足以让她心寒，但是这些话，实在不适合她自己说。而且就算是别人帮她说了，也似乎有些不妥。比如说这一条：“有些人没有钱，不成功，总是怪父母，怪社会，怪运气，就是不知道怪自己。父母、社会、时运是会对人产生一定的影响，但是如果自己不努力，就只能那样了。而我，从小生活在一个孩子众多的贫困大家庭里，没有自己的床，冬天都没有一双好鞋，从出生到二十岁，吃肉的次数掰着手指头都能数出来。过我这样日子的人很多，但是他们好多人都没有想办法摆脱它，只有我一个人，兜里只揣着几毛钱，咬着牙从山沟里走了出来，在城里咬着牙奋斗，一路一脚血，最终终于成了一个成功的企业家。所以，再看到那些愤恨贫困，却安于贫困的人，我真想对他们说一句：‘看看我，你们应该能找到人生的答案。’”

老实说，赵小钏身为一个平和的网民，看到这样的话语都有些不舒服。心想那些专门喜欢喷死“过分正能量”的喷子看到后肯定会大跳其脚，结果竟然意外地发现没有什么人喷她。然而她很快就反应过来，刘兰芝恐怕是限制评论了。结果一点评论栏，发现果然是。再看她这条微博有几个转发，点开一看，果然是被限制评论的喷子通过转发的方式谩骂她。而刘兰芝倒也没服软，追到喷子的微博里和他对骂。喷子的话语固然肮脏，刘兰芝的嘴巴也不干净，喷了几个回合之后，竟然是喷子败下阵来，留了一句：“你还是著名企业家呢，就这种素质，你的认证该不是假的吧？我懒得再跟你说了。”

第十一章

小狼狗其实是真爱

其实喷子已经被她打败了，这个就是喷子缴械投降的标志，而刘兰芝却不依不饶，又喷了他好几句才偃旗息鼓。老实说，赵小钏对网络喷子也不待见，见刘兰芝这样喷他们也觉得解恨，但是依然觉得刘兰芝这样做没必要。回到她的微博页面，结果在微博缝子里发现一条微博，是这样写的："看样子现在没人愿意承认别人的成功是可贵的啊。既然如此那又怎么样？你们不懂我，也没有关系。"

看到这条微博后，赵小钏一度以为她会停止这种招喷子的行为，结果发现这条微博发后没有几个小时，她重新开始发那种歌颂自己艰苦奋斗的历程的微博。看到这里赵小钏真的是哭笑不得了，心想看来她真的是必须让别人承认自己奋斗得很艰辛，成功得很辉煌……欸？说不定这就是她心理的症结呢？她是不是就是想得到别人的承认呢？对了，她之所以为工厂的人嫉恨她而感到愤怒，是觉得这些人没有真正对她心服口服，没有真正承认她而已。如果让她感到自己真正得到了承认，她是不是就会变好呢？

虽然这次又有了结论，但赵小钏不敢再轻易行动了。她把自己的想法告诉了丁穆，问他有什么看法。丁穆思忖了一下，说："这么看来，倒是很有可能。你想过怎么帮她解决问题了吗？"

"要真正得到社会的认同，靠炫富是肯定不行……要么，让她做慈善？"赵小钏的声音挺轻，因为她对自己完全没自信。

丁穆苦笑了一下："你确定以她现在的心理状态，不会在做慈善的同时，请记者大肆炒作吗？现在高调做慈善的人网民最讨厌，如果她那样做，恐怕会被骂得狗血喷头吧。被骂得狗血喷头之后，她一定会起逆反心理，在错误的道路上越走越远吧。”

赵小钏无声地点了点头，然后又回去细看刘兰芝的微博——她这次吸取上次的教训，一定要把事情查透了再真正下结论。也许，还有一个至关重要的点她没发现，只要发现了它，所有问题就能迎刃而解了。

赵小钏翻着翻着，结果发现了一个微博。这个微博只有一张图片，并没有配文字。这张照片是别人给刘兰芝拍的。里面的刘兰芝侧着身背着光站着，背景则是阴天的一片烟波水域。赵小钏看到这张照片后就觉得心里漫起一片凉意，忽然感到挺凄凉的——她觉得刘兰芝发这张照片，分明就是说自己形单影只，缜密心事无人知。接着，就像雷轰电掣一样，赵小钏想起不久之前，自己也发过类似的照片。

那个时候，她考研刚失败，而男友又跑了——这个男生是她大学四年来一直憧憬的对象，到了大四上半学期，短暂地交往了一段时间。老实说，这位男生属于百分百的男神级别，前女友也是女神级别。当他提出要和赵小钏交往的时候，赵小钏简直有点恍然若梦。而在她被甩后，事实的真相显现出来，她才知道这其实一点都不梦幻。原来这位男神的女神，不仅长得漂亮，成绩和能力也是一等一，在大三上半学期就确定了辉煌的职业前途，因此人生道路就和这位男神有了分歧。她为了事业，挥剑斩情丝，把男神给甩了。男神既然是男神，自然非常自负，实在受不了这种心理落差，便随便捡了个往日的崇拜者弥补空缺。赵小钏便中奖了——其实赵小钏暗恋他，他一直都知道，只是假装没注意罢了。

在和赵小钏交往了几个月后，他的心态恢复，野心重燃，觉得赵小钏实在不够资格当他的女友，就把赵小钏给甩了。赵小钏知道真相后差点气昏过去，向别人倾诉，但别人又劝不到点子上，顶多说“至少你还长了个心眼儿，没有跟他发生关系，面子虽然丢了，里子还在”。这显然没有劝到点子上，而且让她更生气——照这样说，她感情的付出就等于空气了吗？结果她越想越生气，再加上考研失败了，那感觉就像自己是一片枯叶，被寒风卷着，到处乱飘。当时她心情很糟，就拍了一张自己在树荫下的侧影，是用自拍杆拍的，光线很暗，还处理成了黑白色，肃杀得很。她就把它放在自己的微博上，等到心情复活后，才把它给删除了。

刘兰芝放的那个类似的照片引发了赵小钏的联想，接着自己尘封的记忆也跟着汹涌而出。她记得自己刚刚失恋的那段时间，虽然心理状态糟得不能再糟了，但在外人面前一直勉强装好，有时候装过分了，还遭到一些人的鄙视。现在想来，自己的行为和刘兰芝有些相像，很可能根源也是一样的——当初她这样做，其实是因为自己境遇太糟，自信缺失，害怕人家瞧不起她。而反观刘兰芝，她非要别人承认她，不也是自信缺失的表现吗？而她的事业已经很顺利了，唯一可能让她自信不足的只可能是她感情失败……而她发的这个照片，很可能就是在说这一点！

赵小钏想到这个后倒没有急着和丁穆讨论。一是她还没有确定，需要再调查；二是她觉得女人的感情问题是很私密的事情，除非到了非说不可的时候，还是轻易不要拿出来当讨论题材比较好。

赵小钏直奔刘兰芝的公司，结果听说刘兰芝已经回去了。她又跑去刘兰芝家里，结果听保姆说刘兰芝在后院“有点事，最好过一会儿再来”。赵小钏觉得这个说法有些奇怪，便偷偷溜到了后院。透过铁栅栏和茂密的花枝，竟然发现刘兰芝正在和大安抱在一起接吻！

赵小钏的感觉就像被一股狂风吹了脑袋，心里的所有想法都像多米诺骨牌一样开始顺次倒塌了。年过四十，依然俘获小鲜肉，那之前所谓感情上的挫折其实都不算啥了吧？那她在爱情上也是赢家，因为爱情失败就自卑，根本不可能吧？

赵小钏忽然想起了一个传统说法，因此心中的最后几张多米诺骨牌就没倒下来。很多人都觉得年轻男孩找年长富婆只是为了钱。这个大安和刘兰芝相恋，是不是也是为了钱呢？而刘兰芝虽然某些做派很讨人厌，但是应该还是比较精明，否则她的企业不会做得这么大，如果大安是为了钱接近她，她应该可以看出来。如果她看出大安是为了钱才接近她的，那就不是感情上的成功，心里的伤口就没有被治愈，那她因为感情失败而自卑的事情，也完全说得通啊？！

就在她这样想的时候，大安和刘兰芝松开互相搂抱的手，互相凝视着对方。大安看着刘兰芝的目光十分温柔和有温度，应该是真的对她非常喜欢——赵小钏相信自己的判断。女人在旁观别人的感情的时候，第六感往往是蛮准的。而刘兰芝看向大安的目光，也是充满了痴恋。看上去两人似乎真是一对真心实意的情侣。

眼看赵小钏的结论又要被推翻，她赶紧提醒自己凡事不能看表象，自己的感觉也未必那样准。还是得先调查一下再作结论。于是乎，她又去了刘兰芝的公司，打听大安的基本情况。大安的基本情况不是什么机密，她很快就打听到了很多信息。而这些信息偏偏和她的设想冲突：大安，全名张明安，是个大学毕业生。大学还不错，只是专业有些冷门，所以只好凭着大学时学过开车，找司机的工作。而刘兰芝之前的司机是她的老乡，有酗酒的毛病，有一次喝了酒还给刘兰芝开车，他通过嘴里含醋的方式骗过了刘兰芝，却没有骗过警察的呼吸酒精检测。刘兰芝暴跳如雷又后怕不已，立即把他炒了。招募司机的时候正好张明安来了，刘兰芝就聘用了他。

他一直勤勤恳恳地开车，态度也平和，一点儿都没有大学生的娇骄二气或是“有文凭却只能当个司机”的愤世嫉俗。刘兰芝颇为欣赏他，他们两人是平平淡淡地日久生情，没听说张明安有对刘兰芝过分讨好或者是追求的行为——这些人的话可靠吗？应该是可靠的。老板的私生活，历来是员工关注的焦点，也很难有员工不知道的片段。而且值得注意的是，这些人对张明安评价都挺高，没有任何负面评价。要知道，主动接近女老板的人很难不被人戴上有色眼镜来看，只要有一点行差踏错，都会被无限放大，再被狠狠贬损。而没人对张明安有不好的说法，证明他是绝对行得正走得直。而且，据说即便是和刘兰芝确定了恋爱关系，张明安对人的态度也没有丝毫改变，更没有要求刘兰芝给他换个职位，弄个经理来当当。

听说这些后，赵小钏有些迷惑。看来张明安是真心喜欢刘兰芝了，也倒是有些罕见……欸？一般女人对罕见的感情都会心存疑虑，刘兰芝已经四十多岁了，这个年龄的人思想可能会比较守旧，再加上她是从山里出来的，思想上可能还会有一些保守，说不定即便发现张明安真心爱自己，也会心存自卑，不敢相信这段恋爱可以存续下去，进而成为她没有自信的根源？

只靠自己想，是想不出结果的。赵小钏觉得自己还得进一步调查。接下来还能怎么调查呢？恐怕就只有询问当事人了。如何询问？恐怕得需要一点儿技巧。而现在的赵小钏可是全无技巧，只有走一步算一步了。

赵小钏又溜回到刘兰芝家附近，结果看到张明安从刘兰芝的家里走出来。赵小钏下意识地跟在他的后面——她把脚步放得很轻，目不转睛地盯着张明安，结果忘了看脚下的路况，一不小心踩到一个小孩丢弃的溜子上，直接栽倒在地。

张明安回过头来，发现是赵小钏，略微有些惊讶，但也若有所思。

赵小钏感到很尴尬，拼命想尽快逃走，结果没想到脚扭了，仓促间连站都站不起来，十分狼狈。还是张明安把她扶起来，扶她坐到绿化带边的躺椅上。

“你是在调查我是不是想图谋刘姐财产的小狼狗啊？”张明安

笑着问赵小钏。

“啊，这个……”赵小钏难堪至极，“我已经查清楚了，你不是……”忽然想到这样等于说自己怀疑并调查他了，更加窘迫，赶紧说：“对不起……我们是受邀来解决她的性格问题的，而引发性格问题的因素可能在生活里的任何方面，所以我们就必须调查她生活的各个方面，并不是猜疑你……”

“没关系。”张明安的态度倒很淡定，“在我决定和刘姐恋爱的时候，就已经准备好面对各种猜疑了。”

赵小钏心头一动：“这么说，你们爱得也挺不容易的。”

“也还好吧。”张明安下意识地揉了揉鼻子，“在开始恋爱前，是设想会受到很多阻力。不过开始恋爱后发现也就那样。真正大的阻力，还是来自观念上的。主要是我担心，和刘姐谈恋爱，会被人误会。但后来想到，只要自己心里坦荡，何惧别人误会。而且只要我努力变得优秀，也没有什么人敢开口说什么吧。”说这话的时候他的眼中满是豪气，同时也是踌躇满志，可见他已经给自己的未来设了规划，并已经开始为之奋斗。

“唔，”赵小钏有些感动，对他也有些肃然起敬，因此感觉和他交谈也变得容易了，“其实，我觉得也许刘兰芝受到的阻力比你还要大些。她受到的阻力，应该也都是来自心里的。我觉得在她内心深处，肯定对自己是否能跟你白头到老没有自信。这一点对她整体的自信心打击都挺大，导致她下意识地在各方面过度表现自信，才有了现在的这个局面。应该就是这样……你仔细想想，她在和你相处的时候，是不是有些犹疑不定，不敢更进一步的感觉？”

张明安不可名状地笑了一下：“其实，我和她已经打算今年十月结婚，各方面都已经定下来了。”

“欸？”赵小钏此时的感觉宛如高处失足，惊骇的同时又觉得自己蠢得可怕，“天哪，我真是笨蛋……原来从头到尾都是我自说自话啊。”

张明安被她逗笑了，笑了几声后脸色忽然变得十分正经：“不，你不蠢……其实她是在某些地方没有自信。我可以感觉到，但是就说不出是什么。”

“欸？”赵小钏一怔。

张明安又变得有些动情：“也许你会觉得奇怪，我会爱上她，其实就是因为这一点呢。老实说，我刚刚给她工作的时候，也和其他人一样，觉得她是一个飞扬跋扈、喜欢炫耀的女强人。结果后来渐渐发现，她其实是缺乏自信，因为缺乏自信，所以故意做出假象，用假象当盾牌来保护自己。这一点让我挺意外的，让我觉得她也是个需要人怜爱的弱女子。然后，又发现她人其实很不错。以前那个司机，其实是她的一个老乡，想到城里打工赚钱，却什么都不会，人也挺笨。他虽然是刘兰芝的老乡，但是等于不认识。刘兰芝只是见他处于危难之中、窘境之中，便雇他当了司机。后来因为他酒驾，而且不知悔改，才把他裁了。当然，有关她心地善良的事例，还有很多很多。我就这样稀里糊涂地爱上了……哈哈，在我们确定关系后，需要见家长。我妈知道我要找一个比我大十几岁的离婚女人，拼死拼活地跟我闹。结果我态度比她坚决，不管她同不同意我们都要在一起。她暂时没有再说什么，但还是极不乐意。然而等到我带她见我爸妈的时候，她买了好多菜带过去，跟我爸妈寒暄了几句，然后说了一声‘我去干活儿了’，就袖子一捋下了厨房。结果就像玩儿似的，三下五除二地做出了一大桌子菜。要论手艺和效率，强过我妈十倍不止。再加上她长得又年轻，我妈彻底没话说了……”

赵小钏听得很是入神——老实说，虽然一开始觉得有些怪，但是渐渐地，她觉得这是她听说过的最浪漫的爱情故事。

第十二章

丧心病狂的绑架

张明安见赵小钏睁着大眼睛注视着他，倒觉得自己不该只诉衷情，赶紧说："不过，她缺乏自信，的确是有的。跟她交往时间越长，这种感觉就越明显。说不清她是哪一方面没自信，感觉是方方面面，却方方面面都不是。一开始我觉得她这种特质惹人怜爱，之后却发觉这会对她很不利。所以，特别希望你们能尽快找到解决她的问题的方法……不，拜托你们！"

听到这个后赵小钏只有苦笑，说真的，她到现在都还毫无头绪，听张明安说拜托的话，简直有点无地自容。但是他那个样子又实在令人不忍拒绝，只好答应说自己"一定会解决"，搞得心里更加空虚和没底，直到回到家，都觉得自己心里有个晃晃荡荡的无底深谷。

晚上睡觉前，赵小钏只想到网上随意瞄一眼，却不知为什么翻到了前男友的微博。微博上有他的几张新自拍，看起来还是那么的阳光和清新。

赵小钏看着他的照片，感到相当受刺激——她也说不清是什么感觉，只是感到有股火焰，又烫又辣，直冲到她的心坎和眉间，在那里打转。她盯着他的照片看了一会儿，忽然有种把他好好修理一顿的冲动——刚分手的时候因为受伤过度，还要为前途忧虑，她竟然漏掉了对他的报复。现在想报复的感觉十分强烈，决定处理完刘兰芝的事情，就开始实施报复。要报复他，首先得把他查个底儿掉。怎么查？处理完刘兰芝的事情后找牧晴好好学学。

赵小钏好好地睡了一觉，迅速洗漱后就往刘兰芝家去，为了节省时间，只在路上买了个烧饼夹里脊做早餐。要知道一个人内心的秘密，不靠近观察她是做不到的。所以，她打算今天对刘兰芝进行跟踪观察。然而刚到刘兰芝家门口，她就接到了丁穆的电话。

“你在哪里？”丁穆沉着嗓子，语速挺快，似乎发生了什么严重的事情。

“我在刘兰芝家门口啊！”赵小钏惊得胃里的烧饼夹里脊都移动了些位置。

“那正好，你快点进来吧！”

赵小钏急急地走进刘兰芝的家，看到大厅里的情况，不由得惊得抽了口冷气：刘兰芝穿着睡袍，没有化妆，头发只是松松地挽在脑后，脸色比死人还要惨白。张明安站在一边，脸是青的。丁穆和阿龙都来了。丁穆面前放着一个笔记本电脑，上面用导线连着一个设备，而这个设备则用导线和电话相连。而在电脑屏幕上有个视频，视频里是牧晴严正以待的脸。赵小钏骇异地想问出了什么事，却在开口之前自己省悟了：“天哪，有人被绑架了？！谁被绑架了？”

刘兰芝看了看她，一张嘴眼泪就掉下来了：“我今天早上去春妮的房间去看她，结果发现她房间里空空的，被子也叠得好好的……我觉得她是自己出去了，没想到没过多久，就有人打电话来，变了声，说春妮在他们手里，叫我给赎金……”

“那你报警了吗？”听到这里赵小钏失声说。

“他说如果我要报警，就杀了春妮……我怕他在我家附近留人监视，或者是用其他方式监视我……”刘兰芝眼泪像滚瓜一样落了下来，下意识地攥紧了沙发套子，“但是我也知道，有些绑匪，为了怕被抓到，根本就不会把人质放回来，往往是一拿到钱就把人给杀了……所以我就找你们来……如果你们能把情况查个大概，那时候就可以直接报警，叫他们抓人了……”

“还有比一拿到钱就杀人更糟糕的情况。”阿龙忽然开口。

刘兰芝一抖，泪汪汪地盯着他。阿龙继续说：“有的鲁莽凶残的绑匪，为了保证绝对没有活口导致自己被逮，甚至在索要赎金之前就已经把人给杀了。所以如果绑匪再打电话来，你必须要求和春妮通话。”

刘兰芝的表情如遭雷击，就像一瞬间被完全冻僵了一样。

赵小钏觉得阿龙说话过于残忍——虽然这可能是真相，但这么直接说实在是太无情了，忍不住看了他一眼。

“对的，应该叫春妮跟你通话。”丁穆赶紧说，“如果春妮够机警，说不定还能用某种方式间接地透露一些信息。”这听起来有些悬。但是他现在必须给刘兰芝一点儿希望，中和一下她的心情。再说这悬归悬，但也不是不可能的事情。

刘兰芝用力地咽了口唾沫，从表情来看，她就像把一座冰山给咽下去了。

有些人一被逼到绝境，就会崩溃得不成样子，再也做不成任何事情。然而有些人在被逼到绝境的时候，却会被激发出所有的潜力和勇气，敢于去面对。刘兰芝显然是后一种人。她的神情陡然变得如平静的湖面一样镇定，眼中也充盈着一种力量，整了整头发，然后坐直了。

“我们现在先把情况梳理一下，推测一下可能是谁绑走了春妮。”丁穆的目光在大家脸上流转了一圈，最后定格在刘兰芝的脸上，“我已经看了春妮的房间，从房间的状态看，她应该是准备远行，所以把所有的东西都整理好了，然后自己走出家门，之后被绑。所以，她应该是被熟人绑走了。你觉得什么人可能做这种事？”

“这个……”刘兰芝飞快地来回转动眼珠，“应该就是她的那些狐朋狗友，他们以前经常喊她出去玩……可是她的那些狐朋狗友太多了，我一时间无法确定是哪些人……”

赵小钏心头一动，眼前忽然闪现那天她看到的春妮的样子，赶紧插嘴："我觉得应该不是。"

大家全都看向她。

突然成为大家注视的焦点，赵小钏有些紧张和忐忑，但还是勇敢地说出了自己的看法："我见过春妮，当时她说她已经改了，不会再和那些狐朋狗友出去玩了，我觉得她应该不是说假话。而且如果只是跟狐朋狗友出去玩，她绝不会把房间搞得像要出去远行的样子，绑架她的一定另有其人。"

刘兰芝咬了咬嘴唇，努力想了一下，接着脸上陡然变色："天哪，该不会……该不会是我以前的司机陈军吧？以前在我不用车的时候，她就让他用车拉着她到处玩，和他倒还谈得来……而这死丫头天天幻想着开个车游遍大江南北……该不会是他来骗春妮，说他要带着她去远游，这傻丫头就不存戒心地出去了，之后就被他绑架了……是的，肯定是这样！"

赵小钏觉得刘兰芝的说法虽有些道理，但是依然有疑点，便再次勇敢地说出了自己的看法："我觉得未必……我和春妮只有一面之缘，但是我觉得她非常聪明，非常机警，也非常有心机，就凭她可以发现手机里被你装了GPS，还不动声色地耍了你一通的事情……陈军是因为酒驾被你辞退的，当时一定闹得很不愉快。他要是再来找春妮，说要带她出去远游，以春妮的机警，肯定会怀疑的。所以我觉得绑走春妮应该不是他，应该是和春妮更亲近的，而且完全不会被她怀疑的人！"

刘兰芝怔住了，呆睁着眼睛茫然地说："你说得倒也有理……还会是谁呢？"

就在这时，电话铃忽然响了。大家都像过电一样地从猜测中惊醒，接着各就各位，包括通过电脑连线的牧晴。刘兰芝深吸了一口气，稳稳地拿起电话筒，沉着嗓子说："喂——"

"刘兰芝吧？钱筹好了吗？"电话那头赫然是个松鼠一般的声音。看来对方用了变声——很粗浅的手法。

"正在筹。"刘兰芝的声音很稳，"你让我听听春妮的声音。"

"什么？"

"我必须得确定她还活着，否则我不能给你钱！"说到最后几个字的时候，刘兰芝的声音不免还是有些颤抖。

电话那头沉默了片刻，接着几声微响，春妮的声音陡然炸了开来："妈！妈！你听我说！不要给他钱！不要——"

电话一下被挂断了。

刘兰芝手一松，话筒掉了下来，挂在桌边。张明安赶紧把它拿起来放回原处。丁穆赶紧问牧晴："追踪到他的所在地了吗？"

牧晴皱着眉头说："通话的时间有点短……我没法确定他所在地的坐标，只能确定他在城西这一块儿。"接着发来了一个电子地图，上面用红线圈出了一块。

"天哪！天哪！"刘兰芝失声说，"这个死妮子怎么……绑匪会不会因此杀了她？"

"不会的！"丁穆的语气斩钉截铁——他知道他现在必须用语言给刘兰芝信心和力量，"劫匪已经知道如果她死了你就不会给钱，所以暂时不会伤害她。"接着朝赵小钏看了一眼，"刚才赵小钏有句话说得很对，绑匪的确是和春妮很亲近的人，而且亲近到让春妮觉得他不会真正伤害她，所以才敢叫你不给他钱！"

刘兰芝一激灵，喃喃地说："天哪……我知道是谁了……张铁蛋！"

大家从没有听说过这个名字，都诧异地看着她。

"哎呀，张铁蛋！"刘兰芝爆叫了起来，同时用力地晃动着双手，

“我的前夫！春妮的亲爸！”

原来，从刘兰芝逃出山沟到现在这二十多年间，刘兰芝和张铁蛋并不是全无联系。在中国的朋友圈里，人一有钱就会出名。当刘兰芝有了自己的第一家店后，就被进城打工的老乡注意到，回去跟张铁蛋说了。张铁蛋便气势汹汹地进城要把刘兰芝抓回家——其实是想抓她的钱。刘兰芝那时已经算是成功了，胆气也壮了，便指挥店里的小工把张铁蛋赶走，然后起诉离婚，依据就是分居两年以上并且感情不和。然而法院一查情况，发现刘兰芝和张铁蛋当初根本没领结婚证——当时的农村人都这样，顶多是事实婚姻，再加上“分居两年以上”和“感情不和”，非常爽利地判离了。而张铁蛋并没有就此罢休，又在以后多次找来，试图接近春妮——名义上是因为父女亲情，实际上是想以春妮为突破口，对刘兰芝的钱伸手。

对于他这种用心，刘兰芝看得真真的，因此严防死守，每一次都及时发现他，然后把他赶走。上次把他赶走是一年前，之后没见他冒头，以为他放弃了。现在想来肯定是他贼心不死，又偷偷地摸来，把春妮骗走。虽然春妮很机警，张铁蛋很浑蛋，但是父女亲情是难以斩断的天然关系，而春妮和刘兰芝的关系现在又处在微妙状态——子女一旦和父母的一方发生冲突，就会下意识地偏向另一方。如果张铁蛋找过来，以亲情为基础，再加以花言巧语，很容易便能把春妮骗走。

刘兰芝当然没空把这些事情说得这么细，只是非常简要地把情况跟大家说了一下，然后焦急恐慌地问：“如果真是他的话，他会对春妮怎么样？会伤害春妮吗？”

丁穆腮心底有根筋微微地动了动，说：“老实说，他虽然是春妮的亲爸，但已经把春妮当作人质来向你勒索钱财，很难保证在某些情况下他不会对春妮不利。我们还是得尽快找到他们，把春妮解救出来。不过正因为他是春妮的亲爸，因此还是不同于一般劫匪，所以我们救回春妮的希望相对大些，并且也应该会有多一点时间推理分析。”然后看向刘兰芝的眼睛，“我知道这个要求也许有些过分，但是现在必须得这样。你和张铁蛋相处的时间并不长，但是毕竟做过夫妻，应该会知道他的一些偏好或者是习惯。你仔细想想，张铁蛋在躲藏的时候，会有什么特殊的偏好？他一般觉得什么地方比较安全？他掳人勒索后，最可能藏在哪里？”

“这个……这个……”刘兰芝皱紧眉头，陷入思考，同时下意识地晃动双手，“他……好像没听说过他觉得哪里格外安全……不过我记得，他喜欢看《水浒传》，特别喜欢里面的梁山泊，说自己要是上山为王的话，也要选个依山傍水的地方，如果出了问题，就一个猛子扎水里逃走，谁都追不上他……对，这家伙虽然干啥啥不行，但是从小就善于游泳，是村里那帮娃子里水性最好的！”

丁穆赶紧查找那块地区里的水域，结果发现那里只有一个天然湖，这个天然湖名叫庆喜湖，不大不小。大家赶紧赶往庆喜湖，在湖边找了一圈——因为最近市里要开发各处自然资源，庆喜湖的湖边也被修整过，因此庆喜湖周围没有什么较高的草木，大部分是河滩地。大家沿着湖边找了一圈，结果没发现有什么人，也没有发现什么房舍等可以供人躲藏的地方。

刘兰芝以为自己判断错了，顿时崩溃痛哭：“天哪，我错了……我竟然错了！我真是没用，没用透了！你看看，一路走来磕磕绊绊的，失败过那么多次，吃了那么多苦……没用啊……真没用……这倒还罢了，结果临了，连自己的女儿都保不住，我还活在这世上做什么？！”

赵小钏一激灵，她觉得刘兰芝的话很奇怪，忍不住问：“你虽然吃了很多苦，但是你还是成功了啊！怎么会觉得自己没用呢？”

刘兰芝猛地摇了摇头，泪水飞溅："成功了又怎样？我应该做得更好的！我应该不走那些弯路……如果我能更聪明一点儿，更有能力一点儿，就能不走那些弯路，更早成功的！"

赵小钏觉得心头被深深地触动了，忽然什么都明白了。无论如何，挫折和坎坷，都是会在人心里留下伤痕的。有些人可以用成功抹去它，但是有些人则没法这样做。他们有的是对自己要求高，有的是因为吃的苦实在太多，在心里留下的伤痕太深，无论如何都无法轻易抹去。刘兰芝就是这样的人。她是因为对自己往日的坎坷无法释怀，所以对自己产生不满，甚至产生怀疑，才会对自己没有自信，进而下意识地做出各种"自信过度"的行为。要想解决她的问题，就得消除她对自己的不满，让她肯定自己。

"你千万不要这样说！"赵小钏一字一顿地说——她在每一个字上都灌注了力量与情感，希望能把这些话敲到她的心里去，"你很聪明，也很有能力，你已经做得非常好了！要是换了别人走你的路，恐怕根本挺不过来，恐怕早就半路放弃了！你千万不要对自己没有信心！"

"不！我就是没用！"刘兰芝用力地摇头，"我要是有用的话，怎么连我的前夫和女儿都找不到？！"

赵小钏语塞。

"快看！"阿龙忽然开口，声音就像箭一样射进每个人的耳朵里，"他们在湖里！在湖中心的小船上！"

大家赶紧朝湖里看去，果然看到湖里有一叶小舟，舟上隐约有两个人。

丁穆赶紧从他斜挎着的工具包里拿出来一个望远镜，朝那两个人看去，然后又把望远镜递给刘兰芝："是春妮。旁边那个男人是张铁蛋吗？"

刘兰芝赶紧把望远镜接过来一看，发现春妮身上被绑着，绳索的末端连着一块大石头，显然张铁蛋准备“一出状况”就把春妮推进湖里。顿时又气又急，大叫起来：“张铁蛋！你这个丧尽天良的浑蛋！”

张铁蛋这才注意到岸上有这一群人，也辨出了刘兰芝的声音：“三八婆！你怎么来了？！老子不是还没喊你来交钱吗？”

“你这浑蛋！快把妮子放了！否则我有本事叫你死也没处死！”刘兰芝气得浑身发抖，大声咆哮。

“你这三八婆找警察了是不是？！”张铁蛋也变得异常激动，“好啊！反正横也是死，竖也是死，老子今天就跟这个不认爹的白眼狼同归于尽，叫你这个惜钱如命的三八婆抱着枕头哭死去！”

丁穆赶紧拍了拍她的肩膀，示意她先别说话，然后自己对张铁蛋喊道：“张铁蛋先生是吧？我跟你说，我们不是警察！我们只是来帮忙的朋友！你听我说，无论如何，你是春妮的亲爸，因此你们现在顶多是家庭内的纠纷，只要你把春妮放了，一切都可以既往不咎……”他知道一般绑匪被发现后，最怕的就是遭到法律的惩处，张铁蛋也不例外。如果他惊慌过度，很可能会伤害春妮。所以想办法哄骗他，减轻他的压力。

在他喊话的时候，阿龙悄悄地走开了一段距离，摘下帽子脱下外套，悄无声息地下了水。

“我才不信呢！”张铁蛋没有轻易上当，“那个三八婆最是凶狠无情了，又恨我恨到了骨头里，这次我绑了这个白眼狼，找她要钱，她肯定恨不得把我炖了吃了！我敢说，我要是把这个白眼狼放了，她绝对报警抓我！我才不上当呢！”

第十三章

母爱大于天

见张铁蛋已经丧心病狂，丁穆赶紧朝刘兰芝看了一眼。刘兰芝会意，赶紧大声喊：“他没骗你！只要你放了春妮，我就打算既往不咎……无论如何，你都是春妮的亲爸，我不能让我孩子的亲爸坐牢！再说，这件事要是张扬出去，我也会非常没面子……人活一张脸，树活一张皮，我身为一个企业家，面子也是非常重要的！就算光为了面子，我也不会报警抓你的！”

张铁蛋似乎略微所动，思考了片刻，之后大声喊：“那行啊！我放春妮！不过得拿到钱才放！快把老子要的钱按数拿来！一分都不能少！”

“什么？！”刘兰芝差点气晕过去，“你这个丧尽天良的东西！竟然还要钱！”

“我为什么不能要钱！你的钱本来都该是老子的！”

“都是你的？！凭什么？！”

“老子是你丈夫！你的钱当然都应该是我的钱！当初你把我一脚踢开，不就是怕我分你的钱吗？！”

“我的钱凭什么是你的钱？！我的钱都是我自己流血流汗，一分一分挣来的！就算你是我丈夫，你也不能分我的钱！更何况你连做丈夫都没资格！我是因为你没资格做丈夫，我才和你离婚的！”

丁穆看着张铁蛋和刘兰芝打起了嘴仗，心里暗暗窃喜。他们的架吵得越长，给阿龙的时间就越多。赵小钏也没有注意到丁穆的用心，她只是听着张铁蛋和刘兰芝打嘴仗，对张铁蛋感到十分的愤慨，忍不住大声喊道：“张铁蛋！你这样还算是个爸爸吗？！你这样做对得起你的女儿吗？！”

张铁蛋一怔，朝赵小钏爆叫起来：“这个白眼狼根本就不认我做爹，我干吗还要当个好爹？！”

“是你把她绑票之后，她才不认你做爸爸的吧？！你绑架你自己的亲生女儿，再以此向她妈勒索钱财，这是一个爸爸能做的事情吗？！是你自己先对不起她！她不认你做爹，根本没什么不对！”

张铁蛋一时语塞，犹疑地朝春妮看了一眼。看来父女亲情果然是比较强的纽带，在想到父女亲情的时候，他还不至于完全丧失人性，厚颜无耻。

赵小钏继续朝他喊话，不知不觉中带上了感情：“虽然春妮离开你的时候可能还不到两岁，但是她出生之后，你一定抱过她，亲过她，看着她，想着她就是你的亲骨肉……”

张铁蛋被深深触动了，呆呆地看着春妮。就在这时，阿龙忽然从水中冒出，一把把张铁蛋抓下船去。张铁蛋猝不及防，一下就被拉进水中，却奋力挣扎，一脚把船踢得一斜。春妮在上面没站稳，“扑通”一声掉进了水里，而那块石头也因为春妮坠船的重量加之船身倾斜所致一起掉进了水里！

糟了！

阿龙赶紧放开张铁蛋，去救春妮。春妮的身体被绑着，又被坠上了石头，沉得非常快。张铁蛋不管春妮，立即奋力朝另一个方向游泳逃跑。丁穆立即沿着河岸，朝他游的方向跑——不管他的水性多好，他都是要上岸的。他要在张铁蛋上岸的时候截住他。张明安也跟着丁穆一块儿跑了过去——他早就对张铁蛋恨得牙根儿痒痒，只想在他上岸的时候把他抓住揍一顿。

此时，岸边只剩下刘兰芝和赵小钏。刘兰芝担心女儿，也一个猛子扎入了水中——从她入水的姿态看，她的水性也应该不错。赵小钏此时才发现岸边只剩下了她一个人——她从没有遇到过这种情况，一时间完全不知道该怎么办，只是神经质地把头发捋了又捋。

人在焦急的时候时间会被无限制地拉长，赵小钏觉得时间似乎过了很久，仿佛过了好几天。

“唰！”一个人头忽然从湖面里钻了出来。是阿龙！只是他一个人！原来，阿龙潜入水中，割断了连接春妮和那块石头的绳子，然而就在这时，一股暗流卷了过来——这是个活水湖，湖底有暗流，春妮被卷走了。阿龙一时追不到她，又因为在水里潜得太久，胸中存气不够，不得已浮了上来。

赵小钏虽然不知道发生了什么事，但是知道阿龙一定是在水下遇到了困难，没能救起春妮。同时想到刘兰芝也在水下没上来，赶紧朝他喊：“刘兰芝也下去了！”

阿龙一惊，赶紧又潜入水中。赵小钏呆呆地看着他潜下去，心里一片冰凉。因为她虽然不知道阿龙有多大本事，但知道他肯定有超过常人的能力。他无法救起春妮，那刘兰芝肯定也不行，说不定刘兰芝也已经溺水沉底儿了。

“唰！”又有一个人从湖里钻了上来，手里似乎还托着一个人——一只手拽着这个人的肩膀，另一只手拼命地划水，往岸边游。赵小钏看呆了，转眼间那个人已经游到岸边，竟然是刘兰芝，而她救上来的那个人就是春妮！赵小钏赶紧把刘兰芝往岸上拉。

刘兰芝和春妮上岸后，赵小钏赶紧给春妮解绳子，刘兰芝也帮忙解——看她的脸色，她的体力似乎早已透支了，但是她就像一点儿没感觉到一样。等绳子被解开后，她就给春妮按压胸口，做人工呼吸。赵小钏在旁边紧张万分地看着，觉得时间几乎都要停滞了。

“咯咯！”春妮终于咳出水，醒了过来。刘兰芝这才松了口气，接着便彻底虚脱，倒在了湖边。阿龙从水里浮起来，看到这个情况，赶紧朝岸边游来。

刘兰芝虽然虚脱了，但是她注视着春妮的目光是那么的明亮，那么的专注。似乎整张脸都明亮起来。赵小钏被深深地感染了——她知道，刘兰芝的自信心应该可以归位了。因为她做到了常人难以做到的事情——连阿龙这样的人都无法把春妮救起来，她却救起来了，唯一的理由就是她伟大的母爱使她在那段时间里拥有了远超于常人的力量。这件事没有让她遗憾，让她在自己面前证明了自己，她以后应该再也不会埋怨自己，对自己没有自信了。

张铁蛋虽然游了很远，但还是在上岸的时候被丁穆和张明安抓获了。刘兰芝毫不留情地报警，送他去蹲了班房。春妮也没有意见——通过这件事，她看清了世上只有妈妈是当真对她好。刘兰芝休养了几天，好了之后，就把那些怪里怪气的自拍和招黑的微博全删了，只发了一张自己穿着职业装的素颜工作照，其他就是用谦逊和淡定的语气讲述自己的经营理念，点赞者很多。

到此为止，刘兰芝这个项目才算真正结束。在此之前，赵小钏还打算等项目一结束，就开始调查和打击报复自己的前男友，现在却有些犹豫。然而，这并不是她现在主要的困惑。她现在主要的困惑是阿龙对她的态度，有些不大对劲：现在她遇到阿龙的时候，阿龙总是把头扭向别处，就像不愿意和她的目光接触似的——有时候她只是碰巧遇见他，也没有打算看他，他却一看到她就把脸扭到一边，对她的反感表示得不要太明显。对此赵小钏很迷惑，很忐忑，也很委屈，因为她清楚地记得她没得罪阿龙啊。刚参加工作不久就被同事讨厌，那真是个很令人头痛的事情。而且更糟糕的是阿龙是个武林高手，心思看起来也高深莫测，赵小钏其实一直是对他有点发怵的。

她想找人帮她问问阿龙，她到底哪里得罪他了，但是一时又找不到人——毕竟她和其他同事也不算熟悉。

第十四章

为前男友查狐狸精

新的项目来了，是盛斌介绍来的，他跟丁穆说情况的时候脸上略带几分尴尬，说这是他的一个朋友的朋友，大学毕业后在一家民企当高管，之后和董事长的女儿有了感情，正在热恋中。但是，他犯了个毛头小子常犯的错误，被另一个花枝招展的女人迷上了，跟她处了一阵子。然而就在他和她秘恋期间，有一次约会被人跟踪偷拍了，被拍了好几张亲热照。现在拍照的人匿名把照片发了过来，叫他给钱，否则就把照片发给董事长和其女儿。如果照片到了董事长或者其女儿的手里，他不仅恋爱玩完，说不定饭碗也会丢。他赶紧凑了钱送过去，结果那人拿了钱后竟然继续要钱，要的钱比上次多得多。这下他招架不住了，找盛斌的朋友商议。盛斌的朋友敏锐地感到他不能任由敲诈者敲诈下去——敲诈者的贪欲是无止境的，很可能会无止境地要钱，得想办法把这件事一次性解决。

于是盛斌的朋友就找盛斌商量，盛斌想起了万能事务所，便把这个受害人带来了。赵小钏乍一听说这个受害者的事情的时候，打心眼里不想把他当成受害者——他的境遇是别人想要却得不到的，他却搞出这种事，典型是自己作死。一开始受害者觉得羞耻，不敢进来，等盛斌叫他他才进来，赵小钏看到他顿时瞪圆了双眼，感觉心里有个火山剧烈喷发，千万头全身浴火的马从岩浆中奔腾而出——这个人不就是她的前男友姜步云吗?

俗话说，仇人相见分外眼红。而她现在可不是“分外眼红”这么简单，她现在只感到一股炭火般的热流涌向头顶，既想对着姜步云大骂，又想对着他大笑。但理智告诉她，千万不可以轻举妄动，因此她只是直挺挺地站着。而姜步云也认出了赵小钏，一时间十分尴尬和迷惑，想和她打招呼，但没有这样做，只是朝她僵硬地笑了笑。赵小钏也朝他笑了笑，但知道自己现在肯定笑得像狼外婆一样，笑容没打开就被收起来了。

姜步云如芒刺在背（因为发现赵小钏在这里）地把各类信息提供了一遍，包括亲热照的拷贝，然后就示意盛斌想离开。盛斌觉得他这是害臊，便没有废话，早早地告辞了。他们走后，丁穆看着那几张亲热照思考着，无意识地把目光朝左边一掠，忽然看到赵小钏的目光，顿时被吓了一跳，赵小钏的目光带有杀气，简直亮如饿虎。

忍不住笑道："怎么，你对这个案子很感兴趣吗？"

"也不是特别感兴趣……"赵小钏赶紧笑着遮掩，"只是觉得这几张照片有些奇怪……"

"哦。哪些地方奇怪？"丁穆对她的看法很感兴趣。

"我有些说不好，只是觉得有些奇怪而已……可以把照片给我看看吗？"而赵小钏却只是想看看现在姜步云身边的首席狐狸精是谁——为什么是首席？

丁穆便把照片递给她。这个照片上的女人真的是挺娇美可人的（听姜步云说，这个女的叫伊美），但仔细看看，轮廓其实并不怎么样，多亏了化妆以及表情媚态。在照片里露着肩膀，和同样露着肩膀的姜步云亲密地依偎着。另外几张和这个差不多，还有一张是亲吻照。看到这个赵小钏心里很是恼火，在心里把姜步云和这个女人唾骂了千遍万遍。不过，还是暗自庆幸没有更暴露的照片，欸？

本来说照片奇怪只是托词，而她现在却发现这个照片真的有疑点。

"经理，"赵小钏赶紧对丁穆说："你看，在这些照片里，他们的肩膀都是赤裸着的，也就是说，他们可能都没穿衣服。也就是说，他们可能被拍到了更暴露的照片。我看过一些类似的八卦或者是社会案件调查，为了恐吓受害者，勒索者往往会把拍到的最暴露的，甚至不堪入目的照片发给受害人，而这个勒索者发给姜步云的都是还可以入目的照片。如果他可以拍到更暴露的照片，为什么不拍？如果拍到了，为什么不发呢？我觉得这个挺可疑的。”

丁穆想了一想，微笑着朝她点了点头：“不错，眼光变敏锐了。那对此你有什么看法呢？”

赵小钏盯着伊美，虽然伊美没有看镜头，姿态也比较自然，但就是觉得她的身上透着一丝狡黠的气息：“我觉得，也许偷拍的人想给照片里的人留点情面……偷拍的人是在给伊美留情面，不愿暴露她的裸体！这个偷拍的人也许和伊美是同伙！”

“这个推测很有道理。”丁穆笑着说，“那现在我们就要调查伊美的底细了！”

“我去！”赵小钏赶紧说。

丁穆见赵小钏这么积极，似乎察觉到了什么，不动声色地笑了。

接下来，就是赵小钏去伊美的住处调查，牧晴则调查伊美的网络关系——人在网上的行动往往会暴露很多事情。如果有必要的话，她还会黑进伊美的电脑，查看里面的东西。赵小钏这次还是自己坐公交去调查。丁穆提出叫司机送她，但是她拒绝了——她的理由是坐公交去可以最大限度地降低别人对她的注意，而且说不定能在路上发现意想不到的线索。而其实最主要的原因，是因为这事有关姜步云，她非常想一个人处理这件事。伊美住在一个普通的小区——看来和姜步云相好没得到什么实惠。如果是她伙同他人勒索姜步云的，那么这可能就是她的动机所在——本来以为钓到了一条肥鱼，结果却没有什么实惠，难免不想施计让这条肥鱼出点血。

赵小钏正在留神观察，忽然手机响了。等看到来电显示的时候，竟想对着屏幕吐口唾沫，也痛恨自己干吗还没把他的电话号码删了，是姜步云打来的电话。

她本来不想接，想直接按拒接键，但是迟迟按不下手，又觉得这个铃声震得心尖儿难受，还是接通了。

“喂——”她用爱答不理而又厌烦的语气说，然而她刚开口，姜步云也开口了，而且是急急地在吼：“你怎么在那个事务所？这件事和你有关吗？！”

赵小钏觉得他的声音很炸脑子，因为自己同时也在说话，根本没听清楚他在说什么，便也没好气地大声说：“嚎什么嚎什么？你要再嚎我可就挂电话了！”

姜步云喘了几口粗气，努力控制住语气和音量：“你为什么在这家事务所？这件事和你有关吗？！”

赵小钏花了好几秒钟才明白这句“和你有关吗”是什么意思——姜步云竟然怀疑她也和勒索案有关，顿时火冒三丈，简直想对他破口大骂，但想到自己应该专业点儿，越是在他面前越要专业性强，于是克制住火气，冷笑着用职业性的语气对他说：“对不起，您想多了。我只是在这家公司上班而已，在您来之前，我根本不知道您是这次的客户。”

“真的只是凑巧？”姜步云竟然还有怀疑。

赵小钏心里怒气勃发，但依然克制着：“当然。您自己想一想，您和万能事务所合作，完全是您自己的决定，也完全是您自己找来的。哦，对了，您是您朋友介绍来的，如果您怀疑我们事务所，那岂不是也要连您的朋友也一起怀疑？您是觉得您的朋友也信不过吗？”

姜步云说不出话来了。

赵小钏从鼻子里哼了一声，职业性的口吻里带上了几分尖酸的意味：“另外我需要提醒您一句，您现在正处于非常大的危机中，您必须对事务所完全信任，毫无保留，积极配合，事务所才能帮您解决问题。如果您对事务所心存怀疑，有所保留的话，就等于在溺水的时候拒绝别人递给你的救生圈，而且是唯一递给你的救生圈，那是非常不明智的。”

姜步云也是头脑灵光的人，听了这些后赶紧换了副口气：“哎呀，对不起，我只是太着急了，有点分不清好人坏人了，真是对不起……说起来我们也好久没见了，再次见面我竟然闹了这么大一个乌龙，真是太失礼了。这样吧，你要是有空的话，我请你吃个饭……”

“不好意思，我在工作。”赵小钏没等他说完就打断了，“抱歉，我得先挂了。”挂完电话之后，只觉得心头思绪一阵乱涌，过了好久才勉强平静。

这里的小区居民态度良好且喜好八卦，不需赵小钏多费周张就跟她说了伊美家里的情况。原来伊美是和她的父母住在一起——听到这后赵小钏颇有些意外，因为感觉和父母在一起住的女孩都相对较乖，不像是会闹出此类事件的人。不过，凡事不能一概而论。如果她的父母也是二流子滚刀肉的话，上行下效也不奇怪。想到这里赵小钏就想看看伊美的父母，结果这位居民说伊美的母亲叫任爱美，是个喜欢穿旗袍的长胡子的女人。

长胡子的女人？还喜欢穿旗袍？赵小钏颇有些哭笑不得——还有这样的人啊？又问伊美的爸爸是做什么的，这位居民说她爸爸叫伊宏，是个做经销生意的中间商，好像是什么经销都做。长得老实巴交的，没什么特点，至于是个什么性格的人他还不知道——伊美一家搬到这里只有两个月，还没怎么和小区居民深入交往。

能从左邻右舍那里问到的也就只有这么多了，赵小钏悄悄走到了伊美家的楼道附近。此时，她听到一连串清脆的高跟鞋底敲击地面的声音传来，赵小钏转头一看，差点笑出声，她现在才明白，那个小区居民的形容多么精准到位——眼前的，就是一个长胡子的穿旗袍的女人，她看上去约莫五十岁上下，脸上的汗毛比较浓密，唇上的那块尤其浓密，看起来的确像长了胡子。而她的身上，则穿着一件像是织锦质地的旗袍，鹅黄色的底子，配着各色花朵。这种衣服非得高跟鞋来配，因此她脚下蹬着一双鞋跟可以戳死人的高跟鞋，走起来发出的声音简直像头小马驹走过来了。

看来，此人就是伊美的妈妈任爱美。赵小钏赶紧隐蔽在角落里，朝她细看。然而就在这时，一个女孩从楼道里走了出来，和任爱美打了个照面，然后喊了一声“妈”——要不是这一声“妈”，赵小钏还认不出来她就是伊美呢。照片上的伊美是浓妆艳抹的，而这个伊美完全是素颜，穿着很朴素宽松的家居服，头上只是松松地扎了个马尾辫儿，也没戴什么首饰，手里则拎着一袋垃圾。

任爱美对伊美说，她今天买了条鱼，回去给她做鱼吃——赵小钏这才注意到任爱美的手里有个装着鱼的塑料袋，伊美说她很开心，便朝垃圾桶走去。结果她和任爱美擦肩而过的时候，不小心让手里的垃圾袋擦到了任爱美的裙角，伊美赶紧说对不起。任爱美赶紧说没关系，娘俩儿倒客气得很。

赵小钏看到这一幕后颇受触动。说真的，现在和妈妈这么客气的小孩完全可以说是稀有动物了。她觉得伊美不像她心里想的那种人，有点迷惑。然而她刚迷惑了片刻，忽然想到自己还有正事要干，急忙偷偷地给伊美母女拍下照片，传给牧晴留底。虽然没有拍到正面，但是基本的容貌还是能够看得清的。

伊美扔完垃圾后就上楼去了，不久之后又下来了。这次她是浓妆艳抹，穿着一件黑色的短裙，脚上穿着一双闪闪发光的“恨天高”，到小区门口打了个的士。赵小钏赶紧也打了个的士，叫的士司机跟住伊美坐的车。

老实说，一开始赵小钏还怕司机对她的行为有疑问，没想到司机二话没说就开车跟住了伊美的车，然后半开玩笑地问："咋的？是不是你男友劈腿了，这个就是第三者啊？"

赵小钏一愣，不知道该怎么回答，只好尴尬地笑笑。心里却如打翻了五味瓶，一时间说不清是什么滋味。

伊美到了一家咖啡馆就下了车，然后直奔一张桌子。赵小钏透过玻璃，一眼就看到坐在桌边的人是姜步云，顿时怒气冲天——这家伙刚才还约她吃饭，竟然转眼就来见狐狸精了？忽然想起现在根本不是发怒的时候，赶紧勉强把怒气咽下去，跟在一对情侣后面，低着头走进了咖啡馆，在一个比较隐蔽，但是可以看到姜步云他们的位置坐了下来。

伊美对着姜步云不停地抹眼泪，求他赶紧把照片的事情解决了。姜步云被说得焦躁不安，但依然握着她的手，用温言细语安慰她。赵小钏恨得牙根儿痒痒，忽然觉得咖啡馆里似乎有类似的情绪因子，便下意识地在餐厅里寻找，结果看到不远处的一张桌子上，一个穿着运动装的人也在盯着姜步云和伊美——之所以用"这个人"来指代，是因为这个不明人士身上穿的运动装式样中性，头上戴了个运动帽，还把帽檐儿压得很低，看不清楚脸，也看不出是男是女。赵小钏敏锐地觉得此人可能就是偷拍者，至少是和偷拍者一伙的。虽然她看不清此人的脸，却隐隐地从此人身上感到了一种气势，这种气势和阿龙给她的感觉很相近，所以她觉得此人应该会功夫。这样的人她是处理不了的，赶紧给丁穆发短信求支援。丁穆几乎是立即就回了，说阿龙马上会过来帮她。

然而赵小钏等了好久，都不见阿龙出现。姜步云和伊美终于腻歪完了，起身离开。不明人士也跟了出去。赵小钏没有办法，也跟了出去。她刚刚走出咖啡馆，就感到有个人轻轻地在她的肩膀上拍了一下，回头一看，是阿龙。

“你先回去吧，剩下的交给我。”阿龙的声音很低，但是每一个音都清晰地传到了赵小钏的耳朵里。

“行吗？”赵小钏觉得自己应该跟着帮忙。“不用。”阿龙用阴森森的目光扫了她一眼，“你跟着我只会碍事。”说着，便跟着不明人士走了过去。

赵小钏被噎得差点背过气去。她本是因为不放心，才跟过去，现在则更要跟过去了——阿龙这可是极大地激发了她的逆反心理。而且，这件事有关她的“浑蛋陈世美”，她觉得自己需要跟过去看看。

今天街上人不太多，因此赵小钏还是可以找到阿龙的踪迹的。阿龙总是和不明人士保持十几步的距离。而不明人士则和姜步云和伊美保持大约二十步的距离。姜步云和伊美手拉手走着，看样子是在散心。

这个“螳螂捕蝉黄雀在后”组合很快走到了本市的老城区。这里有很多平房，和蜘蛛网一样的巷子。在这个老城区两个街区以外，是本市新建的游乐场。姜步云和伊美手拉手朝游乐园走去，不明人士却拐进了一个巷子。这显然表示他已经发现阿龙了。

“宁丢勿醒”是刑侦人员的作风，却不是阿龙的作风。阿龙也跟着不明人士走进了巷子，他想把他抓住。赵小钏赶紧也走过去，结果还没走到巷子口，就听到巷子里传出了打斗的声音。她过去一看，一瞬间简直惊诧得有些恍惚：巷子里的赫然就是武侠电影的场景，阿龙正在和不明人士拳对拳，脚对脚，拆招递招，每一招都虎虎生风。赵小钏不懂武术，但是觉得阿龙和不明人士应该是不分胜负。

不明人士似乎不想和阿龙纠缠，但是无法摆脱阿龙，只好一边打一边退。赵小钏觉得自己应该帮阿龙一把，四处看看，发现有个旧拖把挂在墙上。不知是谁的，暂时借用，拿着拖把，绕到了巷子的那头，准备等不明人士退到巷子口的时候，对准那个人的头来一下。她绕到那边巷子口，听到脚步声近了，就冲出来准备打人。结果她刚刚冲出来，就和不明人士打了个照面。阿龙则在不明人士身后一两步的位置。

赵小钏赶紧把拖把往不明人士头上砸，结果她的动作和不明人士的动作比起来像慢动作——不明人士看到她就一把朝她喉咙抓来，赵小钏一被不明人士拿住喉咙，立即全身酸软，拖把“啪”地掉在地上。阿龙见情况不好，赶紧来救，结果不明人士一把把赵小钏推向阿龙。阿龙赶紧抱住她——不明人士用的力道很大，如果阿龙不抱住她，她非撞到墙上撞得头破血流不可。不明人士就趁这个机会，在阿龙的肋下拍了一掌。阿龙中招倒地——即便如此依然抱着赵小钏。不明人士则趁机夺路而逃。

倒地几秒后，赵小钏才算回过神儿来。赶紧站起来，然后去拉阿龙：“你没事吧？”

“别拉我！”阿龙咳嗽了几声，说话的腔调也有些变化，“我现在气还不顺，现在一动的话气更会逆行！”

因为武侠小说和武侠电影的缘故，赵小钏非常清楚真气逆行将会带来什么后果，不敢再碰阿龙。阿龙躺在地上，长长地呼吸了几下——好像这叫作吐纳。过了一会儿，脸色舒展了好多，这才站了起来。

赵小钏看着他，小心翼翼地问：“你这是在运用真气吗？”

“是的，”阿龙又深吸了一口气，“好歹我也是武当山的正牌弟子，内功还是有的。”

“欸？”赵小钏大为惊诧，“武当山？你竟然是在武当山学艺的？”

“这有什么奇怪？”阿龙瞪了她一眼，忽然恼羞成怒，“啊，不对……你说这话，是不是觉得我学艺不精，不配当武当山的弟子……是假冒的啊？”

“我没有啊？！”赵小钏不知道他怎么会忽然冒出这种想法，感到莫名其妙。

“你肯定是这样！”阿龙竟然是一副深恶痛绝的样子，“你上次就是这样！质疑我！”

“上次？什么时候啊？”赵小钏更加莫名其妙。

“你还想装糊涂！”阿龙更羞更怒，“上次刘兰芝的女儿掉进水里的时候，我没能把她救上来，你看了我一眼，眼里满是质疑……后来刘兰芝自己把女儿救上来了，你又看了我一眼，质疑得更厉害……你是不是觉得我本事不够啊？我告诉你，现实中的学武之人可不像武侠剧里那样个个是超人，而且大自然的力量是很强大的，凡人很难与之抗衡，要是换了别人，说不定自己也被吸入暗流里去了！作为武当山的弟子，我一点儿都没有辱没武当山的名号！”

赵小钏这才恍然大悟，哭笑不得，心想这家伙也太敏感了。便撇了撇嘴：“我看你现在就辱没武当山的名号。”

“你说什么？！”阿龙又惊又怒。

赵小钏从眼角瞥着他，说：“老实说，我认为从武当山下来的人，不管武功好坏，就算不能侠气纵横，也不该小里小气，更不该这么敏感，胡乱怀疑别人瞧不起自己……我跟你说，当时我只是担心刘兰芝母女的安全，根本不记得看过你！什么我瞧不起你，质疑你，都是你自己想的！”

阿龙一呆，接着脸红了。赵小钏看着他的神情忽然明白了，苦笑了一下：“我大概明白了……你是对自己要求高，觉得自己失手了，对自己不满意，才会怀疑别人也会对你不满意……放心，我绝对没有对你不满意的意思，我一直觉得你很厉害！”

阿龙的脸色舒展了好多，但是依旧有点不好意思——这次是为了自己的敏感。赵小钏打电话跟丁穆汇报了情况，然后问阿龙："你有没有关系？需不需要到医院看看？"

"不需要，我回去休息一下就没事了。"

赵小钏说："那你就赶快回去休息吧！"

"不，"阿龙皱了皱眉头，"我还得回去，跟丁经理汇报一件事。"

从他的神情来看，这件事应该挺重要。而且，的确是挺重要。

"经理，"阿龙对丁穆说："那个和我交手的人不简单。那人用的是正宗的咏春拳，现今正宗的咏春拳已经很少见了，而据我的感觉，他应该是虚影大师的徒弟……"

一听到"咏春拳"和某某大师的时候，赵小钏不禁又有些眩晕。但还是提醒自己不要大惊小怪，这些派别和武术家都是现实存在的，而且都是面向社会收徒的。

阿龙继续说："据我所知，虚影大师不但是一代宗师，而且品性高洁，收的徒弟也不应该是鸡鸣狗盗之徒，现在竟然有人参与偷拍勒索，要么是这个人自甘堕落，要么事情另有复杂的内情！"

"这么一说还真是。"丁穆皱着眉头说，"那你可以联系上虚影大师，问问她有几位徒弟以及这几位徒弟的情况吗？"

"这个恐怕有些难，"阿龙叹了口气，"虚影大师虽然在念慈庵修行，但是喜欢云游，一年在庵堂里的时间不过几天……"

"欸？"听到这里赵小钏很惊诧，终于忍不住开口了，"虚影大师住庵堂？庵堂不是尼姑住的地方吗？"

"这有什么奇怪啊？"阿龙瞅了她一眼，"虚影大师就是位尼姑啊！"

"尼姑？咏春拳的大师竟然是位尼姑？"

"哎呀！你可真是孤陋寡闻啊。咏春拳的创始人严咏春是位女性，是五枚师太的弟子。她凭借五枚师太和自己的领悟，创立了咏春拳。你武侠剧都看到哪里去了？！”

“呃？”赵小钏真是第一次听说这件事，觉得既惊诧又新奇，见阿龙一副嗔怪她的样子，忍不住一撇嘴冷笑着说：“啊呦呦，我的确是不够努力看武侠剧，今天就回去补课。”

见他们斗嘴，丁穆忍不住笑了起来。赵小钏和阿龙被他笑得不好意思，也不再斗嘴了。

第十五章

越来越玄

“这个偷拍勒索者竟然有武林高手给他保驾护航，的确不简单。”丁穆说，“不过，不简单的不只是这件事。牧晴已经查了伊美的网络关系，结果发现伊美网络生活挺丰富，但是奇怪的是，从其中找不出任何可以深入调查她的线索。目前只能知道她是个艺校毕业生，但是具体在哪个艺校，却是一点儿线索都没有。牧晴觉得不甘心，便黑进了她的电脑，结果也是没能发现算得上私密的东西。她的电脑里都是些下载的影视剧和小说图片之类，没有任何隐私的东西。这些影视剧和小说图片分类非常杂，也看不出她有什么偏好。而她平时在网上跟人聊天，也只是谈明星谈时事，根本不谈自己，所以也无法从聊天中查出什么东西。”

“这个表示什么意思？”赵小钏感到这个代表伊美很有问题并且是有很多问题。

丁穆往椅背上一靠：“这就代表这个伊美很会伪装，或者是有个伪装大师教她伪装。这个偷拍勒索事件的幕后黑手非常警惕，已经预想到有人会怀疑伊美，甚至预想到有人会黑进她的电脑进行调查。”

“欸？”阿龙一听这个就急了，“那我今天岂不是会打草惊蛇？”

“目前看来没有关系。”丁穆思忖着说，“对方既然布下了这么多高手对付姜步云，就不会轻易放手，应该不会因为这点小事就逃走。不过我们接受的委托就是帮姜步云解决勒索问题，如果他们受惊后就逃走并且再也不露头，老实说也不算是坏事。我们先暂时保持守势，冷静地看看他们下一步会做什么事吧。”

丁穆叫阿龙先回去休息。赵小钏今天也累得不轻，也可以回家了。阿龙便往外走，结果发现赵小钏跟着他，不禁有些诧异，也有些慌张："你跟着我做什么？"

赵小钏嘿嘿一笑："当然是送你回家啊。"

"我不需要你送我回家。"阿龙赶紧摆了摆手。"你毕竟受了伤，而且我还有责任，如果不送你回家，我心里过意不去。"赵小钏不等他开口就紧接着说，"大侠应该帮人排忧解难，绝不可以给人增加精神困扰，对吧？"

阿龙没有办法，只好让赵小钏送他回家。阿龙住在一个朴素的小区公寓楼五楼，门上装的是普通的防盗门。赵小钏想说一句"你是武当派大侠还需要防盗门呀"已经到了嘴边，幸好及时咽回去了，因为她想起了他说的"学武之人也不是超人"。阿龙开门的时候犹豫了一下，然后低低地说："进去喝杯茶吧。"

赵小钏毫不客气地就进去了，进去之后委实被吓了一跳。怎么了？因为这根本不像个大侠的房间，简直像个女孩的房间。屋里的陈设都挺可爱的：印花的坐垫和靠背，糖果色的收纳盒……最触目惊心的是房间里竟然有很多毛绒玩具，都是特别萌的那种。赵小钏都看呆了，然后下意识地看向阿龙。原来阿龙的个性其实是软萌甜！那么酷的表象又是怎么回事啊？

"我刚才开门犹豫了一下，就是怕你发现，"阿龙幽幽地说，语气中颇带了几点怨愤，"结果证明我担心的没有错，你还是笑话我了。"

赵小钏这才意识到自己不知不觉间露出了笑容，赶紧把笑容藏起来："不，我不是在嘲笑你，我是觉得你这样很好，很萌啊！"

阿龙白了她一眼，继续幽幽地说："以前我的师兄弟也说没关系，但是背后都笑我。"

“不，不！”赵小钏赶紧说，“他们那是不懂你的萌点。我告诉你啊，你这样非常好，那种酷得不得了，不管花香水美的大侠早就过时了。你这样既有酷的一面，也有软萌甜的一面的大侠才是最好的！”

阿龙不置可否，但是脸色舒展了好多。于是赵小钏趁机又问道；“欸，我问你，你平时那种冰山的酷样，是不是因为你受了你的师兄弟们的误导，怕别人发现你软萌甜的属性，而故意装出来的啊？”

“我可没有装哦。”阿龙朝她一翻白眼，“我是自己想酷，你不是也说，一个大侠既可以软萌甜，也可以酷吗？两个不冲突！”

赵小钏一怔，接着打从心眼儿里笑了出来。这次阿龙对她的笑容没有任何异议，反而跟她一起笑了起来。

赵小钏回家后倒头便睡了，这一觉赵小钏睡得很好，感觉比看完电脑再睡好得多。而且夜里只做了一个模模糊糊的梦。在这个梦里，她隐隐约约地看到一截玉腕，上面戴着一条金钏，上面镶满了珍珠和宝石，隐隐地闪烁着七色的光，十分的漂亮。赵小钏是个从来不会对梦境追根究底的人，她只记得自己在梦里心情很好，醒来后也是美滋滋的。

她简单地洗漱后，立即赶往伊美家盯梢，同样只是在路上买了个烧饼夹里脊做早餐。她到了伊美家楼下后，先是看了看伊美家的窗户——她之前已经打听到，伊美住在 4 楼 402 室。从她所在的位置看，她们家的窗户都关着，窗帘也拉着。于是她便避在僻静处偷看伊美家的楼道，结果等了很久，都没见人下来。赵小钏觉得可能是他们家的人早起出去了，不禁有点责怪自己起得太晚。便又等伊美家的人回来。然而等了许久，也没见伊美家的人回来。她觉得有些奇怪，便去伊美家门口看，结果发现伊美家铁将军把门，门锁得牢牢的。

一般来说，铁将军把门，可能就只代表一家人一起出去了暂时没回来而已，没什么大不了的，但是赵小钏觉得有些不对劲，正在这时，忽然感到有人来到她的身后，赶紧转头，发现是丁穆。

“丁经理？你怎么来了？”一看到丁穆在这里，赵小钏就立即意识到可能出事了，“这家人……难道已经有什么异常行动了？”

“是的。”丁穆点了点头，“这一家人已经全搬走了，在我昨天来之前。”

“欸？”赵小钏一愣，“那不就是……阿龙和那个不明人士交手后不久？”

“是的。”丁穆点了点头，“我找左邻右舍打听了一下，昨天傍晚的时候，他们一家人每人拎着一个行李箱，急匆匆地离开了，之后就没有再回来。我去查了一下，他们家是租住在这里的。用的家具全是房主的。在入住的时候一次性交了三个月的租金。昨天离开的时候还不满三个月。”

“我的天哪……”赵小钏这才意识到这家人有多不简单。

丁穆接着说：“这家人可以如此迅速地撤离，可见他们一定是伙专业的骗子。不过像这样一家子结伙行骗的团伙并不多见，叫牧晴查一查，也许可以查到相关记录。”

赵小钏觉得此话不假，点了点头，忽然想起了一件事：“经理，你刚才去了什么地方？是不是发现了其他的问题？”

丁穆说，“我只是听人说，伊美喜欢没事的时候，一个人上天台。我就去天台看了看。”忽然想了一件事，“对了，天台上有个东西，我觉得很奇怪，暂时参不透。你也去看看吧，也许你可以想起来什么。”

丁穆把赵小钏带到了伊美经常停留的地方，这里靠近天台的边缘，恰巧周围又没有比这里高的建筑，从这里，就可以感到从天边吹来的冷飕飕的风。天台的边缘只有一条砖头砌成的很矮的围墙，根本起不到什么防护的作用。赵小钏一看到那个矮墙，就隐隐有种头晕的感觉。然而就在她准备把目光收回去的时候，忽然看到在矮墙旁边有一团异样的污迹，走近几步一看，发现是数个淡淡的脚印交叠在一起——这必须是有人在这里长期踯躅才能留下的痕迹。赵小钏的脑海里立即出现了伊美站在那里看着楼下的画面，不由得感到一阵冷飕飕——一般来说，人要是长期站在高处往下看，一般的解释都是“生无可恋，想要自杀”。一般来说勒索犯都是为了钱，在钱没拿到手之前，会觉得“生无可恋，想要自杀”吗？应该不会。难不成是被迫参与勒索？可是感觉也不至于。一般来说，被迫参与重大刑事犯罪，可能会觉得很惊恐很忧虑，觉得生无可恋，而这种有关风化和风月的勒索案，最终大多不了了之，她即便被迫参与，也不会有这么大压力……

丁穆看着赵小钏盯着那个印迹，笑了笑说：“那个脚印我也注意到了，不过我真正觉得奇怪的不是那个。”

赵小钏回过头，结果看到丁穆正指着地面，赶紧走近一看，发现地面上模模糊糊似乎有些什么东西，蹲下来一看，顿时如坠云里雾中。

地面上有一些用锐物划出的痕迹，一个圆圈连着一个稍大的圆圈，稍大的圆圈上又有四个线条，是个小人——老实说，这个小人画得真挺粗劣的，连代表腿的线条都画得位置不对。否则赵小钏也不至于端详了一下才看出那是什么东西。这块地方有不少个小人，仔细一看还是成系列的。再仔细一看，像是个连环画。

第一个场景里，一个小人站着，而另一个人小人站在离它不远的地方，两个小人的脚下是一溜子无序的斜线，估计是指草地。而其中一个小人“手”里还有一个不明物体。仔细看看，似乎是一朵花。看到这里赵小钏明白了。这应该是说两个人在草地上偶遇，应该是一男一女，男的应该是喜欢上了这个女的，向她求爱。在第二个场景里，两个小人手拉手了，估计是说这两个人在一起了。在第三个场景里，两个小人里多出来了一个小人，这个小人头上有个不明物体——仔细看看是一朵花，估计是指美丽而风骚的女人。这样看来，是有个美艳的女人插在了这对情侣之间。到第四个场景的时候，两个小人相向而立，似乎在吵架——小人的脸上都用不规则的线条画出了大张的嘴。而到了最后一个场景，两个小人手舞足蹈，手上都拿着不明物体——这真是不明物体了，完全看不出是什么。不过既然是拿在手上的，两人看起来又像是在打架，应该拿的是武器。

“这应该是描绘了一对情侣因为第三者插足反目成仇的过程。”赵小钏思忖着说，看了看最后一个场景，苦笑着说：“到最后来看，他们最后对立得应该挺严重的，都拿武器互殴了。”

“这会是伊美想要透露给别人的信息吗？”丁穆既像是在对赵小钏说话，又像是在喃喃自语。

“有点像……”赵小钏接着说，“这会是勒索者想说的话吗？这是勒索者的经历？难道……幕后黑手是另一个被姜步云辜负的女人？”一想到这里赵小钏感到脑中的血管都要堵塞了，感到心头的火焰“噌噌噌”地往上冒。

“未必。”丁穆的这句话等于是救了她。“既然幕后黑手已经决定用勒索来惩罚他，也就没有必要再对别人透露这种信息了——如果她想向大众控诉这件事，那么在这里画图是完全没用的。而且，即便让别人知道了这件事，也不能让她勒索的事情变得合理。而且最奇怪的，是用图画这种隐秘的方式倾诉心声，是非常私人的行为，一般来说，是当事人才会做的事情。如果有此经历的是勒索事件的幕后黑手，那伊美为她倾诉心声完全不合理，除非，伊美是当事人。”

赵小钏觉得有些不可思议：“伊美是当事人？难道说伊美是姜步云之前辜负的女人？可是渣男怕惹上麻烦，一般都是不会轻易去沾惹回头草的吧？”忽然她又想起了一个可能，“天哪，难道是像影视剧里那样，伊美整了容，改了个名字，换了个身份去接近姜步云，进行报复？”

丁穆苦笑了一下：“如果能这样解释，倒也算合理。不过这种事实在太夸张了，现实生活中发生这种事的概率应该非常小吧？”

第十六章

千金小姐

他们感到迷雾重重，而回到办公室的时候，牧晴那边也是迷雾重重。因为牧晴查了这些年的资料和相关消息，没有一家子结伙骗人的经历——一般来说，如果有一家子结伙骗人，造成的后果无外乎两种情况：一种是他们被公安机关抓获，被判年度不等的徒刑，这样新闻会有报道，警方也会有相应的信息通报。另一种是案子没有被破获，但是媒体和警方及受害人家属向社会通报消息，希望社会大众帮忙破案。她通过这两个方向查了很久，竟然一无所获。

“那会不会是这两种之外的情况？受害人没有报案，或者是媒体没有曝光？所以在媒体和网络上找不到任何信息？”丁穆思忖着问。

“我觉得不会。”牧晴皱着眉头摇了摇头，“因为被一家子结伙欺骗，这算是个很异常的事情。而人遇到异常的事情，哪怕是匿名，都会想法子找人倾诉。现在的网民在现实生活中，当自己或者亲朋好友遇到麻烦之后，都会倾向于到网上喊一喊，骂一骂。当然了，一般都不是实话实说，各种元素都会被置换，但是被一家子人结伙欺骗这一关键点一定不会被置换。而且这种事很罕见，只要被发在网上，总会受到关注，按理说不难搜到……可是我就是找不到这类信息，觉得有些无法解释。”

丁穆又思考了一下，说：“倒也未必。你是个资深的网民，肯定是觉得所有的事情都会上网。但是，也有些人一直都不喜欢网络，他们如果遇到了这种事，也许不会把这件事在网上说。当然了，那些极其注重隐私，害怕信息扩散会引发不测的人也会如此……不过，这样即便有这种事发生，也很难查到呢……”

接着，丁穆和牧晴都陷入了沉默。赵小钏也没有作声——她拼命想尽一份力，所以卖力地开动大脑，分析信息，希望能找到什么有用的蛛丝马迹。她先从自己见到伊美一家的有限的记忆开始，一帧一帧地过，忽然过到了伊美的垃圾袋碰到仁爱美的旗袍，慌忙向她道歉的那一幕。接着，之前一个人跟她说过的闲话从记忆深处猛地跳了出来，一下就撞出了火花，让她恍然大悟：“我明白了！这不是一家子在行骗！”

“欸？”牧晴和丁穆都是一怔，讶异地朝她看了过来。

“这不是一家子在行骗！”因为激动的关系，赵小钏下意识地重复了一遍，然后才想起来细说：“这一家人其实不是一家人，是幕后黑手分开雇来，组合在一起掩人耳目的！”

丁穆又是一惊，接着眼睛一亮说：“说下去。”

赵小钏说：“老实说，仔细回想起来，伊美和仁爱美不是十分相似。但是父母和亲生儿女不像的例子有很多，这个一开始并没有引起我的怀疑，也不是我认为他们不是一家子的理由。我的理由是，我昨天看到伊美下来倒垃圾时和仁爱美相遇，在和她说话的时候，不小心让手里的垃圾袋碰到了仁爱美的衣服。当时伊美赶紧向仁爱美道歉，显得很客气。而仁爱美也非常客气地说不要紧。当时我看她们‘母女’还觉得很受触动，心想着是不是格外秉承了中华民族的优良传统。但是现在想来，那根本是不正常的表现。母女之间是不会那么客气的。唯一的解释就是她们根本不是母女，虽然她们表演得十分敬业，在没有外人在场的时候也以母女相称，但是对彼此的真正的态度却是难以遗忘的。而楼顶上可疑的污迹脚印，实际上是她在学习演技或者是驱除紧张……我记得之前在一个杂志上看到过，说一个新人舞台剧演员怎么也无法自然地演戏，演技也不到位，一个表演大师就对他说，没事的时候就看看高处，居高临下地看看众生相。这样时间长了，再站在舞台上面对台下的观众的时候就不会再紧张。而观看众生相后也可以知道人们在生活中的真正样子，更有利于他对别人行为的模仿和参悟，磨炼他的演技……”

“这么说……”丁穆眼珠一转，苦笑着说，“那些奇怪的小人场景……”

“估计是她自己创造的小戏剧吧。”赵小钏皱着眉头一笑，“那篇杂志上还提到说，如果想提高演戏水平，要试试自己编一出小戏，自导自演。而我昨天看到伊美的时候，她是素颜，看起来也不那么狐媚魔道的，当时我觉得挺意外，后来才想到她见姜步云时的样子其实是演出来的……幕后黑手竟然雇几个人来扮演一家子，看来真是下了血本啊。”

“的确。”丁穆的眉头微微皱起，“这就证明这幕后黑手的目的应该不只是向姜步云要几个钱……要知道光雇几个人的成本就不小，运行这个阴谋还需要其他很多的隐性成本，即便把姜步云榨干，得来的钱恐怕都不够本。这就证明幕后黑手真正的目的不是钱。而目的不是钱的阴谋很罕见，往往是庞大而且致命的……姜步云的身份也不算复杂，到底是因为什么招来了这样的阴谋呢？而且幕后黑手对他施行这种阴谋，是想得到什么？又能得到什么呢？”

听了丁穆的话，赵小钏感到很紧张，说：“那恐怕只有找到这些演员才能知道了？”她说话的时候尾音很轻，而且是发问的语气，因为她知道即便知道这些人是演员身份，要找他们恐怕也是大海捞针。

“我们恐怕可以以这个思路来找。”丁穆思忖着说——他的思路可比赵小钏要开阔得多了，“无论怎么说，参与勒索都不是随随便便可以做出的事情。而伊美的角色则要付出更大的牺牲。唯一的解释就是他们非常需要钱，而且是颇大的一笔钱。他们需要这么一笔钱，有可能是因为他们生活中发生了巨大变故，也有可能是他们需要这笔钱作为他们明星路的投资。而他们要演出这场戏，必须有一定的表演素养，因此他们应该是接受过一定的表演训练或者有一定的表演经历。而他们要通过参演勒索者导演的真人秀挣钱，则表明他们是学过表演却迟迟无法正式入行的人——勒索者是无论如何都不会找一个会在电视上或者大型表演中露过脸的人，即便是群众演员恐怕也不行。学过表演，需要用钱，并且迟迟无法入行的人，这个几个条件一卡的话，调查范围可以大大地缩小。而从扮演伊美的人的行为看，她应该相对专业，所以应该是在相对正规的艺校受过教育……"

"我大概知道该怎么查了。"牧晴接过话头说，"我先去本市几个重要的艺校人士的网络聚集地看一看以及本市各类演艺人员聚集的论坛或者 QQ 群……符合这三个条件的人一般都会努力寻找工作机会，或者是满腹牢骚，这样的人也会给其他人留下印象，或多或少都能在网上留下些蛛丝马迹。"

丁穆点了点头。赵小钏对他和牧晴简直是肃然起敬，觉得自己也不能闲着："那，接下来我就去跟踪调查姜步云吧！"

丁穆朝她看了一眼。

赵小钏赶紧说："我是觉得既然幕后黑手对他有这么大的阴谋，一定也会盯着他的，所以只要盯着他，也许可以发现有关幕后黑手的蛛丝马迹。"

丁穆点了点头："你说得很有道理。不过，那个团伙里有个武林高手，你自己去恐怕不太安全，让阿龙跟着你去吧！"

赵小钏赶紧答应，之后却感到有些别扭。她现在不得不承认，她想要去盯梢姜步云，恐怕还有一点儿私人的原因。

于是，阿龙和赵小钏就一起去盯梢姜步云。因为姜步云现在属于成功人士的阶层，他自己和他往来的人大多都以车代步。

于是阿龙就开了一个比较低调的车子作为盯梢工具——赵小钏越来越觉得万能事务所除了每日的业务收入外，一定还有其他的资金注入，而且是大量的资金注入。不说别的，车库里这么多车，可辆辆都需要钱。估计开设这个事务所的人十分有钱，或者是事务所的资助人十分有钱。赵小钏曾经委婉地向丁穆探问过，丁穆对此只是神秘地一笑，说事务所的老板不喜欢见生人，等到她做业务做出一定成绩后，一定会给她引见。赵小钏就不好再说什么——不知为什么，这份工作似乎有种魔力，让她欲罢不能，生怕会多说什么影响到自己的工作前途。而且做这份工作的时候，她也感到特别安心。也许是因为这份工作的工作性质是帮人排忧解难，工作内容也是在安全的范围内，也许是因为这里的同事都让她很安心，也许还有一些直觉上的感应，总而言之就是安心。所以，她也不觉得自己必须急着刨根问底。

正在这时，姜步云和富家小姐出来了——每到假日，姜步云都会带这位千金出来玩。一看到这位千金小姐，赵小钏就感到血往上冲，但还是嘱咐自己“一定要冷静，一定要客观。姜步云已经和她没有关系了，这个千金小姐当然和她也没有关系”。

这位千金小姐名叫雷莹莹，是本市一个著名保健药品企业老总雷振的女儿——赵小钏现在知道了。虽然提醒自己应该客观地看待这位千金小姐，但赵小钏还是忍不住挑她的毛病——她穿的是一套有英伦风味的淑女服装，品位不错，但是她身体线条刚健，穿着这一身不大适合，反倒有种紧迫的感觉……欸？赵小钏忽然意识到自己不是在挑雷莹莹的毛病，而是雷莹莹就是有这个毛病。再仔细看看，赵小钏发现雷莹莹的面容英姿飒爽，配上她精瘦但是刚健的身段，如果穿那种帅气休闲的服饰，估计再适合不过。穿这种淑女的服装，怎么看都不适合——如果说得更准确点，雷莹莹根本不像个富家千金，至少不是一般的富家千金。赵小钏感到非常好奇，也对雷莹莹本人真正有了兴趣，那之前因为醋意而涌起的少许不客观也烟消云散了。

姜步云带雷莹莹去了个露天咖啡馆喝咖啡。老实说，他们在一起的感觉，让人感觉有点像老式相亲——两人都很拘束，小心翼翼地聊天，偶尔开点超级委婉的玩笑。赵小钏看得都有些累。阿龙也皱着眉头——显然，他心目中的约会也不应该是这样的。

忽然，姜步云不小心把放糖的小罐子碰掉了。说时迟那时快，雷莹莹闪电般地伸出手接住糖罐子，把糖罐子放回了桌子上，连一块糖都没有掉出来。

“天哪，你还真是眼疾手快！”姜步云吓了一跳。

雷莹莹的样子却像是刚刚回过神儿来，捂着嘴羞涩地笑了——仔细看看，也许不只是羞涩。赵小钏看到这一幕后，大张着嘴巴半天合不拢——她虽然不懂武术，但在电视电影里看过不少类似的场景，知道这样的场景一般有什么含义。她下意识地看向阿龙，结果发现阿龙也一脸惊骇地看着她，赶紧低声问：“你想的和我想的一样吗？”

阿龙也骇笑着说：“差不多吧……看来这位千金小姐会武术，而且造诣还不浅。在巷子里和我过招的人不会是这位吧？”

第十七章

大家闺秀武术家

他们赶紧通知牧晴查雷莹莹和武术有关的事情。牧晴转了几道弯，终于查了出来。原来雷莹莹真的会武术，而且擅长的是咏春拳。她一年前参加了本省的一个娱乐选秀节目的海选——这个娱乐节目据称是要帮人实现梦想。她当时用的是教她咏春拳的老师取的名字“兰侠”，在评委面前展露了自己的得意招数，说自己的梦想是开设一家自己的武馆。她的武术造诣应该是不错的——阿龙已经亲身验证了这一点。但是据说因为她表演能力不佳，遭到评委的嘲讽。而雷莹莹性子躁，又是大家千金，平时心底也不是如何看得起这些人，当场就对他们反唇相讥。据说她当时说得豪气干云，给评委造成了很深的伤害。结果导致众评委恼羞成怒，把她在海选阶段就刷下来了。并且要求制作单位，不要把相关的画面放出来。结果还是有一些把八卦当作生命的人把这件事曝了出来，还附上了图片，在网络的一个犄角旮旯里待着，被牧晴发现了。

他们赶紧把这件事向丁穆报告——如果雷莹莹就是和阿龙交过手的人，那她就可能是勒索和恐吓姜步云的人。如果她是勒索和恐吓姜步云的人，那事情整个就不一样了。

“是这样啊。”丁穆思忖了一下，然后问，“阿龙，你能完全确定雷莹莹就是和你交手的人吗？”

“说实在的。”阿龙有作为大侠应该有的宝贵品德，那就是实事求是和诚实，“我必须再和她交手一次才能确定。”

“既然如此，那你和赵小钏就继续盯着姜步云和雷莹莹，想办法确定她是不是和你交手的人。不过即便她就是和你交手的人，也未必证明她就是勒索和恐吓的幕后黑手。不过，如果她早就发现了姜步云劈腿，却隐而不发，秘而不宣，只是在一旁观察，这件事就很值得玩味。而她为了开武馆上娱乐节目，这件事也值得好好琢磨……你们先盯着姜步云和雷莹莹，我往这个方向调查。”

姜步云和雷莹莹那腻歪而又老式的约会进行了不长的时间后，雷莹莹就做出了疲惫状——而她的两只眸子却精光闪烁。姜步云赶紧把雷莹莹送回了家。结果姜步云走后没到二十分钟，雷莹莹就从后门出来了。穿着一身中性的运动装，穿着运动鞋，戴着运动帽，显得英姿飒爽——这身装束才真正地适合她。

她出门没有选择开车，而是坐巴士。阿龙和赵小钏悄悄地跟在她的后面。她在老城区下了巴士，阿龙和赵小钏也下了车。他们看到雷莹莹走街串巷，走进一个废旧的体育馆，里面已经有十好几个孩子穿着运动装在等着，一看她进来就站起来大声喊：“师父好！”其中两个孩子一个搬来凳子请她坐下，另一个孩子则拿了一杯茶奉给她。看到这一幕后赵小钏不由得暗暗苦笑：虽然场景不一致，服装不一致，但她还是觉得眼前这一切像极了旧时的武馆。雷莹莹喝了茶，先跟孩子们寒暄了几句，然后就教他们打拳。

赵小钏虽然不懂拳法，但是看她打得虎虎生风，应该是有真功夫。但是是否就是那天和阿龙交手的人，她看不出来。她询问式地看向阿龙，结果发现阿龙眉头紧皱。

“应该就是她。”阿龙喃喃地说，一脸的不忿，“其实仔细想想，那天我要是单独和她交手，应该不会受伤……”

赵小钏见阿龙又在争强好胜，不禁哭笑不得，赶紧拍了拍他的肩膀说：“丁经理不是说一确定就向他汇报吗？赶紧汇报啊。”

阿龙便向丁穆汇报。丁穆听了后不置可否，只是叫阿龙和赵小钏安静地等他过来。丁穆很快就过来了。赵小钏立即向他投去了询问的目光——她觉得他们还在盯梢中，不适宜随便说话。丁穆却只对她微微一笑，对他们做了个往里走的手势，然后大模大样地走进了武馆。

雷莹莹已经教孩子们打完了一套拳，正抹着汗珠休息，一看到他们走进来，立即站了起来——她眼尖，一眼就看到阿龙是那天跟她交过手的人，立即粗着嗓子喝问："你们是什么人？！"颇有几分山头当家人的味道。

丁穆微微一笑："我是受了你的男友姜步云委托，帮他解决麻烦的人。至于他遇到了什么麻烦，想来你已经知道了。"

雷莹莹目光闪动，没有否认，只是盯着他们的眼睛问："那你们有什么事？"

丁穆没有直接回答，只是微笑着开始了陈述："雷莹莹小姐，你爸在你十五岁那年发家，因为钱多，未雨绸缪，怕自己的妻女会遭到绑架。所以便送你妈妈和你去学武健身。为了保证你们学到真功夫，他请了虚影大师的弟子鹤飞大师。你妈妈对武术本来就没有兴趣，又因为嫌学武吃苦受罪，学了几天就不愿再学，而你却对武术兴趣浓厚，勤学苦练，最后竟然颇有成绩，算是一个高手。成了高手之后，你就想自己开武馆，开门收徒，自称一系。然而你的爸爸觉得你一个女孩子家，学武健身就可以了，自己当武师，开武馆简直是胡闹。所以坚决反对，并且不愿意给你资金。所以你前几年就想通过上选秀节目的方式，向社会募集资金，结果失败了。现在依旧在为筹集资金而努力。"

"是的，那又怎么样？"雷莹莹看向他的目光寒光凛凛。

"不怎么样。"丁穆对她犀利的目光毫不在意，"我只是觉得你勒索你男友，恐怕不能对你开武馆有任何帮助——就算是光看资金，你勒索来的钱恐怕还不够你雇人的成本吧。"

赵小钏听到这里微微一惊，下意识地朝丁穆看去，他之前不是说还不确定雷莹莹是不是幕后黑手吗，现在他这样说，是确定了吗？

雷莹莹脸上一寒，立即喊了带队的孩子来，叫他带上所有伙伴到后院自由训练，然后问丁穆："你们想怎样？"

丁穆狡黠地一笑："看来勒索你男友的人的确是你啊。不过即便到了现在，我依然觉得有些无法解释呢。你能解释一下吗？"

雷莹莹的脸顿时一僵。赵小钏这才明白过来，不禁失笑——原来丁穆是在诈她啊！可是丁穆刚才把雷莹莹学武的经历都说得清清楚楚，让赵小钏真觉得丁穆是把一切都调查清楚了……啊，对！这就是丁穆的招儿，让雷莹莹以为他把她所有的事情都调查清楚了，才能让她想不起抵赖。

雷莹莹看着丁穆，脸慢慢涨成通红，恨恨地笑了："好吧，事到如今隐瞒也没什么意思了。不错，派人勒索姜步云的是我，因为我不想和他结婚！"说这话的时候，雷莹莹的嘴角满是轻蔑。赵小钏也对姜步云很蔑视，但不知为何看到她嘴边的这撇轻蔑的时候，感到非常刺激——不是因为她蔑视自己的前男友，而是因为感觉到她似乎是谁都瞧不起。

"那我就不明白了。"丁穆盯着她的眼睛，慢条斯理地说："如果你仅仅是不想和他结婚，你直接拒绝就可以，没必要兜这么大的圈子，设这么个圈套啊。"

"哪有这么容易？"雷莹莹脸上现出愤怒的神情，"我爸爸一直很封建，很专制，一直以为自己是最正确的，总认为自己可以代替我思考，他看中了姜步云在经营上的小聪明，还一厢情愿地认为他就是乘龙快婿，便逼我和他结婚，想叫他接班，根本不允许我说不……而我爸虽然看中了他，但也无法完全信任他，想叫我当管家婆——在他接班之后当公司的副总，什么都不干，只是负责看着家业，因此也反对我开武馆，怕分散我的精力……不管公司的钱了！”

说到这里，她的脸上现出难以言喻的愤懑和压力，就像一条被主人用铁链锁起的猎犬。

“哦。”丁穆依旧，慢条斯理，“可是如果你只是不想和姜步云结婚，你只要把姜步云出轨的证据给你爸爸就可以了。为什么要拿着证据勒索他？”

雷莹莹冷冷一笑：“哪有那么容易？我告诉你，我爸爸是个老狐狸，如果是我把证据交到他的手上，他一定猜出是我给姜步云设计了圈套。虽然未必会继续逼我和姜步云结婚，但肯定会想法子报复我……比如说永远不给我钱开武馆。”

“哦，那我明白了。”丁穆点了点头，“勒索其实不是你的目的，你只是想给他施加压力，叫他自己离开，对吗？”

“是的。”雷莹莹一扬眉毛，“只要他不当我男友，他也就没有什么被勒索的理由啦，相信他可以想到这一点。当然了，如果他死赖着不走，我还有其他招儿，最终一定会把他撵走。这就叫作釜底抽薪之计……”

赵小钏一直静静地听着她说，感到心里的怒火先是悄悄地冒起，然后越烧越烈。现在看她得意扬扬地说着自己的谋划，终于忍不住爆发了：“够了！你实在太自私和卑鄙了！你还想开武馆，成为一代宗师？！就凭你这人品，你就成不了！”

雷莹莹呆了，之后脸涨得像猪肝一样：“是，我知道我是卑鄙，但是我没有办法！你不知道我爸爸是怎样的……”

“问题不在于你爸爸！而在于你！”赵小钏打断她的话，“你实在太怕你爸爸了！因为你过于依赖他！你依赖他，是因为你怕吃苦！”

雷莹莹又是一呆，接着更愤怒，却也有种心虚和恐慌：“你凭什么这样说？”

“你雇人设圈套，都是用的你的私房钱吧。”赵小钏盯着她的眼睛说，“这个计划耗资不菲，因此可以推定你的私房钱不少。你可以用你的私房钱去投资，去炒股，去自己创业，然后再自己赚钱开武馆。而你却只是想着等你爸爸出钱给你开武馆，你明明就是依赖你爸，明明就是怕吃苦！”

“哼。”雷莹莹冷笑了一下——因为觉得赵小钏说话幼稚，也冷静了下来，“你的想法太幼稚了！你知道开一个像样的武馆需要多少钱吗？你以为赚钱很容易？你自己投资过吗？创业过吗？赚到过钱吗？”

赵小钏一时语塞。

雷莹莹更得意了，冷笑着说：“你竟然还敢说我怕吃苦……我要是怕吃苦，我就不会窝在这个破地方，教人打拳了……”

她本想继续像高山流水一样诉说自己的辛苦，没想到赵小钏又找到机会反击她：“是的，这地方是很破，那你为什么不拿出自己的私房钱，弄个好点的场地呢？其实还是怕浪费自己的零花钱，这是千金小姐的做派！”

雷莹莹的脸又涨紫了，喷血般地说：“你知道什么？！我不是怕花钱！我是怕如果我在这里投入了钱，损失了的话，我爸爸又会说……”说到这里忽然怔住了，呆呆地看着赵小钏，露出了被枪弹打中般的迷茫和痛楚的神情。

“是的，我的确是太怕我爸爸了……”她喃喃地说，“我竟然在不知不觉中，以他的想法限制我的行动……其实他根本不知道这里的事情，我竟然还怕，这个枷锁的确是我自己给自己戴上的……我这么怕他的原因，是因为……依赖他吗？”

说到最后，她的声音变得很小，既像是在对赵小钏他们说话，又像是在自言自语。说完之后便陷入了沉默，低着头，不知道在想什么。过了一会儿，她忽然用力地一捋头发，抬起头来——她的神情和气场竟然都已变得不一样了，简直像在短短时间里脱胎换骨："你们告诉姜步云吧，那件事就此了结了。不过，我也不会和他结婚。我会把手里的钱全聚拢起来，再把值钱的首饰也换成钱，聚在一起，不管是投资还是干吗的，想办法钱生钱。另外我也会到其他武馆打工，挣工资，扩大我自己的影响，学习开武馆的经验！"

赵小钏没想到她转变得这么快，这么爽快，不禁有些回不过神儿。等到她终于确定雷莹莹是真的彻底转变之后，忍不住振奋地笑了——雷莹莹这个样子，是有几分像大侠了。丁穆也露出了舒心的微笑，礼貌地向雷莹莹告辞。阿龙盯着雷莹莹，有种不愿意挪步的意思，最终才憋出一句："以后等到合适的机会，我们再找机会切磋一次。"

雷莹莹略感诧异，接着便豪爽地一笑说："行啊！"

第十八章

一波未平，一波又起

因为这个事件结束得如此麻利，大家回去的时候都挺开心。丁穆瞥见坐在旁边座位的赵小钏一副若有所思的样子，想起她今天的表现，忍不住对她说："你今天的表现真是出乎我的意料啊。"

"怎么了？"赵小钏如梦初醒。

"在我的印象里，你一直不是能言善辩的人，"丁穆微笑着审视着她，"但是你今天的表现却大大出乎我的意料，一下就说到雷莹莹的心里去了。"

"哦，这个啊。"赵小钏不好意思地笑了笑，"其实，这可以说是因为……我有类似的体验……算是类似的体验吧。在我大学刚毕业的时候，也是抓瞎，到处都找不到工作。就在这时，我妈妈准备找她的老同学帮忙，给我找一个图书馆管理员的工作。老实说，我并不喜欢当图书馆管理员，而且凭关系找工作也让我感到挺抵触。当然了，并不是说我有多么的高风亮节，只是觉得这样等于是对我个人能力的全盘否定。我当时提出反对，结果我妈妈呵斥我，说我现在能有份工作就不错了，由不得我挑三拣四。以后要是还想高升，就在图书馆一边工作，一边学习，考研或是找其他工作就是了。老实说，我听了更加抵触。我觉得我的未来不是别人可以轻易决定的，也不应该被别人规定死，打算无论如何都不接受图书馆管理员这份工作，却发现我其实不敢真正下定决心坚决反抗。对此我很迷惑，甚至有些惶恐，完全不知道该怎么办。然而到了最后，我妈妈的那个朋友其实不管用，这件事便没有办成。我心头窃喜之余，又仔细回想我当初为什么不敢下定决心坚决反抗，结果发现我其实还是对我的父母有依赖心理，不知道没了他们的帮助该怎么办。这种想法显然不好，如果留存下来，绝对会给我的未来戴上镣铐。所以，我一直都提醒自己要杜绝这种想法。今天见雷莹莹发作的样子，竟隐约看到了自己之前的影子——当然了，雷莹莹和我不可同日而语，她有真本事，而且她爹比我的父母强太多了，我就是觉得她的思想桎梏和我是同一类型的。发现了这一点后我特别生气，心想我没有本事倒还罢了，她这么有本事，完全有能力自己打天下，还困在这种思想桎梏里，简直是不像话。所以就把自己的想法不加修饰地讲了出来，本来还害怕讲得过于不客气，她会有逆反心理不愿听呢。结果还好，她听进去了吧。"

"这不奇怪。"丁穆说，"对于她这种人，也许就是这种当头棒喝才有效，这就跟对不同的人下不同分量的药是一样的。"接着又朝赵小钏看了一眼，嘉许地笑了，"老实说，今天你让我想起了一句话，那就是'生活才是最好的老师'。不过，就像是在课堂里学习的学生学习进度有快有慢一样，能够在生活中得到教育，提升自己的人，都是了不起的人。"

赵小钏再傻都能听出丁穆是在夸她，立即欢喜得感到全身都暖洋洋的。感到自我又得到了提升——老实说，自从进入这个事务所之后，她就感到自我一直在提升。感到自我提升了之后，再想起之前的那些不如意的事情，感觉完全不一样了。以前一想起某些不如意的事情，就会觉得那些都是迈不过去的坎儿。而现在想起它们，又觉得它们其实没什么。比如姜步云的事情，老实说，现在想起他来，她已经不那么恨他了——有时候恨意可能也来自于自卑。可能是因为当初被他抛弃，一站到他面前、一想到他就会感到很自卑，所以才会那么恨他。现在她自我提升了，自卑感消退了，自然就不那么恨他了，甚至还觉得他有点可怜，雷莹莹肯定不会嫁给他。他在企业里的地位一定会有些尴尬——“公主”跑了，“准驸马”该怎么办?

以后的三天里，赵小钏颇有种想探知姜步云现在生活的冲动，但每次都把这种冲动摁了下去。往事该过去的就应该让它过去。然而她万万没想到，就在第四天，她不仅知道了姜步云的境况，还看到了他本人，还是由雷振带过来的。雷振是那种实干型的企业家，不怎么喜欢接受采访。即便接受了采访，也不喜欢拍照片，因此赵小钏今天是第一次知道他长什么样——雷振很胖，胖得一个人占两个人的空间，但是一点儿都不显得颓靡和愚笨，相反，他双目炯炯有神，不怒自威，配上他的体形，使得气场加倍。今天的他充满怒气，满脸都是雷嗔电怒，气场也因此更是犀利。老实说，虽然知道畏惧父母是子女的天性，赵小钏还是对“雷莹莹是这么一个武林高手，还这么怕爸爸”感到不可理解，但今天见了雷振之后，她就觉得雷莹莹那样没什么奇怪。和雷振一起来的还有雷莹莹和姜步云，然后就是盛斌——估计这次他又是作为沟通的中介，领雷振到万能事务所来求助。至于姜步云和雷莹莹，两人都是一脸灰黑，噤若寒蝉——看来他们一定是惹了大麻烦。

他们的确是惹了大麻烦。雷莹莹决定停止勒索姜步云之后，就通知扮演一家子的那三个演员任务结束，并且把余款打给了他们——丁穆一开始推断得不错，这三个人都是有过一定表演经历或者接受过表演教育，但迟迟无法进入演艺圈的人。扮演父母的都是乡下表演团的演员，他们所在的表演团平常就在村民的红白喜事里表演一些乱七八糟的节目，属于草台班子。而扮演女儿的，就是扮演伊美的，叫张艳艳，是一个艺术大学的学生。她本人很勤奋好学，野心极大，一定要成名——估计就是这个“一定要成名”的决心导致她干了坏事。

就在今天早些时候，张艳艳给雷振打来了电话，说了自己被雷莹莹雇用后做的勾当，叫雷振给她汇一百万（估计是要作为演艺发展经费），否则她就把这件事抖搂到网上——现在网上的人最仇恨的就是为非作歹的富人，并且对富人家里的荒唐桃色事件特别感兴趣。如果这件事被抖搂到网上，绝对会成为爆炸性新闻。雷振是从最底层摸爬滚打上来的，知道对于勒索者得立即找到方法解决，所以就找到万能事务所来了。

说起张艳艳的时候，雷莹莹一脸的恼怒和悔恨："我当时是叫她自己拍下照片，再把照片传给我的……没想到她竟然留了底，预备敲诈我……"

雷振一脸怒气地看着她——虽然他为女儿的荒唐行为很生气，但是还能看出他对女儿还是满是关心和爱护的。

"张艳艳打给你时用的电话号码你记下来了吗？"丁穆问他。

"记下来了。"雷振重重地出了口气，"是个公共电话亭，而且是在偏僻地段。"他当初一看到号码，就找人查过了。

"哦。"丁穆又转向雷莹莹，"那你知道张艳艳可能的落脚地吗？"

"不知道。"雷莹莹既焦急又丧气，"她不是本地人，自从接了尾款后她就消失了……当初粗心，也没问她老家的地址……而且现在想来，她只是叫自己'张艳艳'，这个'张艳艳'是否是她的真名，还不得而知……"

"哦……"丁穆微微点了点头，正要说些什么，忽然听到姜步云惊叫了一声。

雷振恼怒地看了他一眼，问他怎么了。他没有回答，只是脸色煞白地看着手机。雷莹莹一把把手机夺了过来，朝屏幕上一看，顿时也惊叫了一声：原来姜步云正在用手机上网，屏幕上显示的赫然是一个帖子，发帖的人痛诉自己被一个不愿和自己父亲指定的对象结婚，却又不敢直接拒绝的富家小姐雇用，对她的男友搞"仙人跳"的经历（一看就是张艳艳写的）。发帖人说自己因为年少无知，又因为生活无着，再加上禁不起富家小姐“花言巧语的游说”，便接受了富家小姐的雇用，但在执行任务的时候非常痛苦和羞耻——在此期间她感到自己失去了人格，变成了一个任人摆布的工具，而且因为自己所做的事情，时时遭受良心的谴责。后来她实在受不了了，主动放弃（看到这个后雷莹莹忍不住跳脚骂，张艳艳真是厚颜无耻，睁着眼睛说瞎话，明明是雷莹莹放弃计划了，而且当初雇用她的时候，其实没废什么话。张艳艳说自己这么在意廉耻，纯属自说自话）。她从这件事摆脱出来之后痛定思痛，则觉得愤怒难禁，想把这件事揭露出来，就是让女孩们长点心，以防“重蹈她的覆辙”。

这篇文章写得很好，很有煽动性。竟让网民忽略了“因为根本没人逼迫她，因此这种交易还是一个愿打一个愿挨”的问题，一直骂富家小姐卑鄙无耻，把别人当作玩偶。纷纷要求发帖人把相关人士的姓名都曝出来，包括那个无耻的劈腿男。有的甚至说发帖人如果不敢把相关人士的姓名直接曝光出来也不要紧，只要给他们点蛛丝马迹，他们就能把他们人肉出来。当然了，也有人对事情的真实性表示怀疑。

面对这种乱糟糟的情况，发帖人回复说她所说的事情完全属实，并且会在今天晚上十点钟曝光富家女的真实身份，并且会贴出她和“富家女的男友”的照片。但是因为她还要生活下去，所以得把她的脸用马赛克处理一下，但是该男子的照片绝对会毫无遮挡。网民丝毫没考虑她“十点钟再公布消息”是为什么，只是表示支持和期待，并且筑起高楼等待。从这个帖子的点击量和网民们活动的情况看，这个帖子已经非常火热，如果她晚上十点真的贴出了信息和照片，后果绝对不堪设想——姜步云、雷莹莹，甚至她背后的雷振都可能“一朝成名天下知”。

第十九章

放火时当心烧到自己

丁穆立即对事态进行了紧急处理，叫牧晴联系版主删帖——牧晴混网络混得如此之深，也认识几个网络上的人物，比如这个著名八卦论坛的版主。牧晴以最快的速度联系上他，说这个帖子涉及敲诈，应该立即删除，如果引发严重后果，受害人诉诸法律的话，他们网站也绝对逃脱不了干系。

混网络的人表面上虽然装得天不怕地不怕，但其实最怕惹麻烦，尤其怕惹上无妄之灾，于是立即把这个删了，还把发帖人的 QQ 号和 IP 地址都给封了。

“目前张艳艳是无法再在这个论坛发帖了。”牧晴皱着眉头说，“但其实没有多大用处。在这里发不了，她还可以到其他地方去发。现在的网络有很多地方处于完全混乱状态，即便是我也鞭长莫及。”

“那你可以通过她的 IP 地址追踪到她的所在地吗？”丁穆微皱着眉头思忖着问。

“我已经追踪了，但是只能初步判定她在城南的‘大杂烩’区。”牧晴沮丧地撇了撇嘴。

牧晴口中的大杂烩区，本市的人都有所耳闻。那里其实就是一个外来人员集中居住的居民区，管理混乱不说，网络的管理也十分混乱，据说那里到处都是偷网络信号的人，网络到处乱接。WIFI 就更别提了。所以，想要确定张艳艳的具体位置十分不容易。

“那该怎么办？”雷莹莹脸色苍白，双眼却炯炯有神，“反正已经知道她在那个区域……找人到那里搜捕如何？”

“估计不行。”丁穆曲起手指，“越是人口聚集的地方越难以进行搜捕。因为那里到处是人，可以说是人挤人，人挨人，任何消息都传得飞快。不管以何种方式搜捕，都难免不被人发觉，不走漏消息。如果张艳艳听到消息先逃了，再报复性地把所有照片都发出来，那就真不好办了。”

“天哪……”雷莹莹抿了抿嘴，眼中的光芒也消失了。

丁穆思考了一下，然后问她：“你知道张艳艳有什么网络账户吗？比如微博什么的？”

“只知道她的一个微博，”雷莹莹丧气地说，“估计是小号。八百年都不更新的。”

“你赶紧联系这个微博账号。”丁穆转动着眼珠说。

“欸？”雷莹莹觉得有些不可理解，“可是她八辈子不更新的……说不定是个弃号！”

“不，”丁穆说，“一般来说，为了得到钱，勒索者其实都很想和被勒索者保持联络。她光是上传帖子，而没有上传照片，其实是要给你们一个警告，并给出要求你们主动联络她，表明你们态度的信息——之前雷总不是没有答应给钱吗？她一定非常想知道雷总现在愿意给钱了没有。她知道你知道她那个微博，一定觉得你会通过这个微博联系她，也一定在等着你用这个微博来联系她。你赶紧上微博联系她！”

雷莹莹感激地拿起手机上网，登录了微博后却不知道该如何下手：“我该怎么跟她说呢？”

“你先告诉她，你们一定会给钱，稳住她，”丁穆思忖着说，“然后你再问她会不会信守承诺，得了钱之后绝不会泄露照片，总而言之，装作愿意进行这个交易，只是要敲定交易细节一样跟她谈……先把她稳住，之后再想办法把她引出来抓住，送到公安局去。”

在丁穆和雷莹莹他们讨论这件事的时候，姜步云一直静静地听着。他的脸色比所有人都要苍白，表情也是失了神一般。

看来，他非常清楚自己的处境。这件事曝光之后，雷振和雷莹莹固然会遭受重创，但想来也只会是“一阵子的事情”。而他却恐怕会真正的身败名裂，前途尽毁。赵小钏是知道他的想法的，对他有所怜悯，却也没那么多。老实说，这件事虽然他也是受害者，但是“篱牢犬不入”，从一定程度上说完全是他咎由自取。而那只“犬”——赵小钏眼前又浮起张艳艳那不施粉黛的样子，心里竟然“咯噔”了一下。老实说，她就是有种感觉，张艳艳本性应该是不坏的。只是一时走上了歪路，如果被抓到并扭送公安局的话，她的一生就会毁了吧？不过现在好像不是考虑这件事的时候——真正应该考虑的是如何阻止她……

赵小钏感到脑中一亮，赶紧说：“老实说，以我们现在的情况，想要诱捕她应该很困难吧？可不可以换个思路呢？我虽然只见过她一面，但是觉得她不是那种坏透了的人。只要不是坏透了的人，就不会成为亡命之徒，就不敢把一切都豁出去……我们能不能在和她取得联系后，对她晓以利害，告诉她如果把照片曝光出来，她也不会有好结果呢？”

丁穆皱紧了眉头。

张艳艳正躲在她临时租来的出租屋里，用手机查看微博。结果发现雷莹莹用私信联系了她，说她愿意给钱，让她用QQ登录，详谈给钱的细节，并给了一个QQ号码。听说雷莹莹愿意给钱，张艳艳十分开心，立即登录了QQ，加了雷莹莹给的QQ号码。雷莹莹说银行转账可能会留下记录，这件事还是神不知鬼不觉比较好，所以她们家打算从各个银行分开取钱，聚集现金来付钱。

看到这里，张艳艳不由得从心底笑了出来，看来有钱人真是非常怕丑闻泄露，竟然比她更花心思进行反侦察和消除证据，等于是全心全意帮她的忙。接下来，雷莹莹就和她谈有关付钱的细节，忽然问她："你是不是又发什么帖子了？"

"没有啊？！"张艳艳丈二和尚摸不着头脑。

雷莹莹给她发来了一个链接。张艳艳赶紧点击，点开后却发现什么都没有。她很是诧异，想回去问雷莹莹到底是怎么回事，却发现手机 QQ 已经下线，她试着再登录，却再也登录不上了。接下来，她发现不仅是手机 QQ 登不上了，整个网络都登不上了。张艳艳感到挺奇怪，也挺生气——大概是手机网络不够稳定吧。于是，又上网跟雷莹莹聊。

再和雷莹莹联系上的时候，雷莹莹发来的信息有些奇怪："我已经给你的QQ邮箱发了一个东西，等你看完这个后，再提钱的事情。"

什么玩意儿？看到这个后张艳艳忍不住在心头暗骂。都到这个时候了还敢谈条件？忽然吃错药了，还是怎么的？虽然如此，她还是好奇地打开了 QQ 邮箱。里面果然有一封雷莹莹新发来的邮件，附件是一个个压缩包。她打开压缩包一看，发现那是一幅幅网页的截图。

等她细看了网页的截图后竟吓得朝后一仰，差点连人带椅倒在地上。那赫然是一个论坛帖子的分块截图。帖子的第一楼，赫然是她和姜步云的各种亲密照，两人的面孔都清清楚楚，公布了她的姓名，并说明她是个学过表演的，并且拼命想成为明星的人。

而发帖人称，自己是一位网络高手，看了张艳艳发的帖子后，"久久难以忘怀"，觉得自己需要深挖一下。于是就追踪到了张艳艳的 IP 地址，侵入了她的各种账户，找出了她的真实身份和她准备当作证据的亲密照片，一并发了出来。为防止没看过张艳艳那个帖子的网民"不明就里"，还把前因后果——也就是张艳艳受雇为某家小姐对她的男友玩"仙人跳"的事情。

他并没有对张艳艳以及帖子里的信息做任何评价，看来是叫网友自己评价。而帖子下面的评价——在之前张艳艳发的帖子，网民的评论大部分都向着她，而此时网民的评论，却是一股脑地向相反的方向倒。网民一致认为张艳艳为了钱做这种事情，也不是什么好鸟，再加上她弄钱是为了给自己当明星铺路，那就更令人反感——对不择手段要当明星的人越来越仇恨，也是今年网民情绪发展的一个重要趋势。

既然网民对她反感，对她的评价中就污言秽语和恶毒词汇层出不穷了。最让人受不了的是有关性的辱骂——虽然这些照片只是露出了肩膀，但人们历来是“见到短袖子，就会想到白胳膊，想到白胳膊，就会想到全裸体。……有些辱骂恶毒污秽得令人发指。

然而，这还不是最可怕的。最可怕的是很多网民表态，要把她的过去都扒出来亮亮，还有网民表示，自己如果能在街上看到她，一定要朝她丢石头，吐口水。甚至还有网民表示，要把这个帖子“永远顶起来”，叫全世界都知道她的丑事，到那个时候别说当明星了，让她在路边摆小摊都摆不成。

张艳艳看完之后，感觉已经不是“如遭雷击”那么简单，而是遭到一个又一个，甚至有几千几万个炸雷的轰击，全身都被击成了粉末。她感到自己的人生算是真正的毁了，不仅一辈子都别想成为明星——所谓丑闻越多越红只是过去的传说，现在靠丑闻走红已经行不通了，带来的只可能是身败名裂。连正常人都做不了了。她觉得自己陷入了无底的深渊里，想哭，想喊，却根本发不出声音。她现在才知道自己是多么愚蠢，掏心掏肺般地后悔，但已经来不及了。

张艳艳呆呆地坐着，感觉自己正在变成化石。就在这时，手机忽然响了。张艳艳犹豫了片刻，然后一把抓过手机——虽然她知道这个电话很可能是外界来辱骂她的，但是她还是本能地想知道外界的人到底如何评价她。

电话里是个陌生女人的声音：

“现在你该明白了吧。利用网络来对别人进行攻击，自己也可以被人扒出来，惹上一身骚，甚至身败名裂。因为网络上的风向很难掌握，弄不好就会陷入千夫指的境地。”张艳艳现在当然明白了。只是呆呆地听着，眼泪汩汩地往肚子里流。

“另外，就算没人扒你，如果你把雷家的事情曝光出来，让雷家人陷入糟糕的境地，他们也可能拼个鱼死网破，把你的事情都发出来，那样的话，结果也和现在一样。你现在知道你自己做的事情有多愚蠢了吧？你知道后悔了吗？”

张艳艳往心里流的眼泪更多，心里也像被盐刀切割一样痛，眼睛里却是干干的，听到这里忍不住沙哑着声音吼道：“我知道我错了！我也非常后悔！但是，现在还有用吗？！一切都已经毁了！”

“那如果有机会让你再来一次的话，你会怎么做？！”

听到这里，张艳艳忍不住咆哮起来：“如果再有机会的话，我肯定不会做这件错事！但是，现在说这个有用吗？一切都已经完了！”

“不，情况并不是那样的。你被曝光，遭受网络攻击的事情其实并没有发生！”

“欸？”张艳艳简直不敢相信自己的耳朵，一瞬间差点把手机给扔了。

原来，跟张艳艳对话的一直是牧晴。她是利用自己的电脑技术给张艳艳演了一出逼真的戏。一开始，她给张艳艳发的那个链接，其中隐藏着一个木马。当张艳艳点开这个链接后，这个程序就会修改张艳艳手机的上网设置，让它暂时无法上网，并让手机给牧晴发送一条短信——牧晴就可以通过这个方式获得她的手机号。而张艳艳之后用电脑上网，接收到的压缩文件里也有木马，点开后也会修改张艳艳电脑的设置，让她暂时上不了网。而发给张艳艳的图片，则是她用 PS 做出来的。至于 PS 所用的照片，则是之前张艳艳自己拍下，传给雷莹莹的那些。

牧晴使用这个圈套的目的，就是让张艳艳在暂时无法上网的情况下，误认为自己已经遭到了网络曝光和大规模的网络攻击——如果张艳艳之前是在用电脑上网（她是用手机上网还是电脑上网 QQ 上会有显示），她则会则切断她电脑的网络，再让她用手机看到图，再切断她手机的网络。之所以要切断她所有的网络连接，是为了让张艳艳暂时无法到网上搜索求证。人如果认为自己在网上遭到了攻击，却暂时无法上网求证，心里的恐慌会膨胀很多倍。张艳艳会上网吧上网求证，或者是借其他人的网络吗？一般不会。当一个人觉得自己正在遭受网络攻击的时候，会很怕见到其他网民。然而就算她有胆子去求证，问题也不大。因为网络非常广阔，在一段时间里找不到一个网页是很正常的事情。牧晴的网页截图做得十分逼真，就算张艳艳一时间难以找到这个页面，也不会认为这个页面其实是不存在的。而张艳艳一看到图片就信以为真，根本没想再到网上求证，立即吓得彻底崩溃了。

这个计策是丁穆想出来的。目的就是让张艳艳知道在网上攻击别人，不是包赚不赔的，很可能也会因为各种原因被拉下水，和自己想攻击的人一起身败名裂。而事实也正是如此，张艳艳心里也明白——当知道这些都只是一出戏之后，她的感觉不亚于获得了新生。这种心理经历往往可以提高一个人的见识。她之后仔细想想，这样的事情的确是可能发生的。她这才意识到自己之前的行为是多么愚蠢，痛哭流涕地向雷家赔礼道歉，并表示自己绝对不会再干勒索的事情了。

于是这件事就这样通过网络，以最快的速度和最小的代价，远程解决了。关于这件事，丁穆令人意外地特别表扬了赵小钏。正是因为她说张艳艳并没有坏透，还不是亡命之徒，还可以被教化，才启发他想出了这个计策。赵小钏得到表扬后很感惶恐，却也特别开心。她暗暗决定一定要好好在这里工作，因为她越来越觉得她找到了属于自己的地方。

第二十章

寻找十年前的粉丝

这天赵小钏忽然心血来潮，玩了一下微博。把自己买的蛋糕的图片发上去。几分钟后刷了一下评论，竟意外地发现有个评论——要知道赵小钏可是那种微博永远零转评的人，平时能有人点赞就不错了。今天竟然有人评论，让她觉得很稀罕，赶紧去看评论的人。结果看到那昵称和头像，顿时长了脸：这不是姜步云吗?

一看到是姜步云后，她立即感到心头一阵抽搐——不过感觉和以前似乎有些不同。以前遇到有关姜步云的事情的时候，她就感到自己像个木偶，被人牵着连着头顶和四肢的线，狠狠地揪成一团。现在再看到和姜步云有关的事情的时候，只是小小的抽搐——但是也只是抽搐了。她本来想直接回复姜步云。但想了想后竟然觉得情怯，只是给姜步云发了私信："你怎么找到我的？我昵称都改了。"

"这不奇怪。"姜步云竟然很快回复了。"我一直有关注你。"

赵小钏乍一下感到心头一阵温暖，却忽然意识到不对，赶紧把心头刚刚升起的温暖赶散：她好像记得分手后她的粉丝里就没有她了。他早就把她删了，而她昵称都改了，他是怎么找到她的?

"我昵称都改了，你怎么找到我的？"她为此而感到奇怪，也就这样问了。问的同时又感到心头火起——当时你既然已经把我删除了，还巴巴地找回来干嘛？！

"这个啊。我对你设置的是偷偷关注。"姜步云的话给人一种耐人寻味的感觉，"我当时对你取消了关注，然后又设置了偷偷关注。偷偷关注那一栏的人不多，你改了昵称，我是依然可以找到你的。"

诶？赵小钏心头一热，感到了一种微妙。然而她没有迷失在这份微妙里，而是问起了他的近况——这叫做以攻为守，省得他再顺着之前的话题说下去。“你现在怎么样？还在雷家的企业工作吗？”

这个话题果然成功地吸引了姜步云的注意。

“我还在雷氏企业工作啊。雷莹莹算是彻底不再听他爸的了，自己出去找路子开武馆去了。至于我们的婚约，当然也就吹了。我一开始还担心雷振会迁怒于我，觉得是我这个未婚夫不够好才没有拴住他女儿。结果雷振人还不错，反倒对我觉得挺愧疚，又觉得我是个人才，依旧让我在企业任职。不过估计我在那里也待不长。被公主甩了的驸马爷，总会成为被嘲笑议论调侃的靶子。变成这种靶子后，任何工作都难开展。我打算另找一个工作，重新开始……哈哈，这下我就又回到原点了。辛辛苦苦二十年，一夜就回到了解放前啊。”

他一直在发私信，都要把屏幕占满了。发完了之后才发现赵小钏根本没有回复，便说：“感觉发私信不是很方便聊呢，我们加QQ？你那时好像立即把我的QQ给删除了。”

老实说，赵小钏一直静静地看着他发私信，心里不知道是什么滋味。但是有一种滋味是很明确的，就是完全不想“牵涉到其中”去。见他如此，赶紧回复了一句：“不好意思，我现在不怎么玩QQ了。”就把窗口给关了，本来还有个屏蔽他的想法，但是并没有那样做。

还好姜步云之后并没有再骚扰她。赵小钏既觉得好笑，也觉得惘然，心想自己干嘛当初要和姜步云交往，导致现在还像在泥潭里。她身边，还有没有其他优秀的男生呢？这一想，还真让她回忆起一个人来。他是挺优秀，但不是她的可交往对象。

这位男生，叫焦桐。这个名字挺怪，还和《聊斋》里出现过的一个人物重名。在小学，拥有独特名字的人历来是被全班嘲笑的对象，却没有人敢嘲笑他。因为他很高很壮，体育好，谁要是笑他他就揍谁。再加上他学习成绩好，是老师支持的对象，所以教唆老师修理他这条路也是行不通的。不过他虽然很强壮，但也从来没有恃强凌弱过，性格也开朗，因此有很多朋友。

而赵小钏则和他可以说是完全相反——既没有出众的形象，也没有出众的姿态。说起来也有些奇怪，赵小钏的长相身高等各方面都不比其他人差，但不知为什么，小时候就是没有安全感，也因此有些畏畏缩缩，只想安静地呆在角落。而她的学习成绩也不高不低，是那种不入老师的眼，也不让老师操心的人，因此也属于那种“几乎被老师遗忘”的学生。因此她就宛如那通明的壁花，几乎没有人注意她。然而小学就是这种奇怪的地方，有很多人闲着没事干，就算是透明的壁花，也会被他们整一整。

赵小钏的班里有怎么三个女孩子，被一些捧臭脚的人称为本班的三朵花，其实长得也并不怎么样，只是打扮得早熟而已。赵小钏并不待见她们。但是她并没有把自己的想法言明或者是用行动表现出来，但还是被这三朵花知道了——估计是她的态度在不经意间表露了她的真实想法。这三朵花气得咬牙切齿。在她们看来，像赵小钏这样的人还敢鄙视她们，真是奇耻大辱。于是便打算整她。找不到整她的由头，她们便趁没人在的时候，在教室后面的黑板上写了赵小钏好多的谣言，说赵小钏抄作业、背后骂老师，偷别人文具等等，写满了一黑板。因为赵小钏是小透明，所以没有什么人帮他，大家都静静地看着这件事会如何发展。其实这些谣言没什么根据，并没有杀伤力。但是赵小钏那个时候小，又没有安全感，非常担心大家相信，不由得如坐针毡，又不好意思自己去擦——在那时的她看来，如果她自己去擦了，就等于心虚，就等于是自己干的。上课的时间越来越近了，赵小钏担心老师会看到，几乎急得要晕过去。然而就在这时，焦桐一声不吭地过去把它擦掉了。然后看着大家说了这么一句话：“这些没有根据的东西，谁信谁傻吧。”

这句话十分有力，大家全都停止了对这件事的关注，做自己该做的事情去了。赵小钏对焦桐十分感激。之后仔细想想，自己在这件事情里真是没用，需要振作起来。不过她终归不是张扬的人，没有如何活跃，只是增加自我保护的能力。要想保护自己的最好的方法就是自己先强大起来。赵小钏便这样默默地变得强大，在毕业之前没有再吃过什么亏。焦桐作为促使她强大起来的人。她对他有着特别的情感，有崇拜，有感激，还有一种她也说不清楚的感觉。总而言之，促使她强大起来的一个主要动力，就是不想让焦桐觉得她是废物，不让他当初帮助她的行为白费。然而即便焦桐对她来说这么重要，到小学毕业，她都没敢和他说过几句话——不知为什么，一靠近他就紧张。估计他根本不知道他在赵小钏心里有这么特别的地位，也许，对于他来说，这次善意助人只是很小很小的一件事情，根本就没有放在心上……

赵小钏回想着这段往事，心里涌起一阵阵暖流，但不知为何，却越来越怅然，叹着气关上电脑。

她心里，泛起了丝丝涟漪。也许，她该试着寻找一下老同学焦桐，至少看看他现在是个什么状况。已经分开了这么久，还能找得到吗?以前肯定是没法指望，但现在她身边有了这么神通广大的一个牧晴，自然是不在话下。

然而因为赵小钏感觉这件事对她来说有特别的意义，所以并没有急着对牧晴说，准备找个适当的机会，“好好”地对她说。

第二天很快便到来了，赵小钏准时去上班。她本来打算今天下班后——如果可以正常下班的话，请牧晴去喝点奶昔，然后再让她帮自己找焦桐的信息。但是昨天姜步云的事情似乎给了她点困扰，让她原本定下的计划也不想实施了。

今天又来了一位新客户，是位女性，看起来年纪颇大了，但是脸上的妆画得很精致，气质也很不错，只是看起来有些憔悴。赵小钏觉得她有点眼熟，但就是想不起来她是谁了。这位女士坐到丁穆的对面，轻声细语自报姓名，赵小钏才猛然想起来她是谁——婉莹，以前是一位电视演员，现在在做生意。如同记忆之河猛然倒流一样，赵小钏忽然想起来在她小时候的确有个艺名叫婉莹的演员在荧幕上十分活跃，演过好多古装剧——那个时候的古装剧都是很严谨的。她在里面画着重重的眼妆，戴着满头闪闪发亮的发饰，简直美呆了。当时这种造型很流行，虽然现在被打进“老土”的行列。现在回想，她依然觉得那个时候婉莹很美丽。后来听说她淡出荧屏，开始做旅馆生意，后来就没什么消息了。只听说她的生意很成功，结了一次婚，又离了，现在是单身状态。赵小钏当时对她淡出荧屏还挺惋惜的，现在在这里重新见到她，不由得有种很奇特的兴奋感。

“请问您想要委托我们做什么呢？”丁穆应该也记起了她，对她的态度格外尊敬。

“这个听起来可能有点像无理要求，”虽然年纪不小了，但婉莹的声音依旧甜糯糯，嫩嫩的，“我希望你们能够帮我找我当年的一个粉丝。”

哦，寻人啊，赵小钏露出了不以为然的笑容。有这么一个神通广大的牧晴在，找个人应该是很容易的事情。

“这个人在1990年到1998年的时候给我写了很多信，基本上一个月一封。可1998年就断了。我希望你们能帮我找到他。”

什么？赵小钏惊了一跳，而牧晴的脸也瞬间僵住了。1998年以前，那是互联网还在起步阶段的时候……而且是年代这么久远的事情，现在才来找他，怎么找啊？找来干什么啊？然而即便如此，赵小钏还是觉得自己不该过度惊诧。因为他们事务所就是处理疑难怪事的地方，如果不是有疑难怪事，恐怕人们都不会到这里吧。

“哦。”丁穆倒没有丝毫惊诧，“你可以告诉我具体的情况吗？看来您已经初步寻找过了，对吗？”

“是的。”婉莹轻轻地叹了口气，“他名叫商槐，给我写信期间，在A市的光华保温瓶厂工作。所以通信地址写的就是光华保温瓶厂。现在我再去保温瓶厂，得知他老早就离开了。现在的人事处负责人根本不知道有他这个人，查档案才知道他1999年就离开了。至于他来自哪里，又去了哪里，根本没人知道。”说着拿出一叠发黄的信件。“这是他当初给我发的信件。希望能够给你们一些帮助。”她一边说话，一边摸着自己左手无名指上的一个戒指。这个戒指是用翠玉雕成的心形，用线绳编成戒圈。

听到这些，赵小钏只想苦笑，如果通信地址没用，信件也就没用了吧。那还拿来做什么？但见丁穆十分郑重地把信件收了下来，似乎那是很重要的线索，不禁又怀疑这其中是否另有玄机。

“那就麻烦你们了。”交代事情并留下联系方式之后婉莹款款地告辞。丁穆礼貌地送走了她，然后拿起那叠信看了看，从鼻子里笑了一声，然后对牧晴和赵小钏说：“你们都过来，一起分析吧！”

赵小钏赶紧和牧晴一起坐在丁穆的对面。

丁穆曾经说过，委托人有时候也不会跟他们全说实话。“目前来看，这位婉莹女士应该没有对我们全说实话。”赵小钏这样想着，便也这样说了，“我觉得这个人肯定不只是她的粉丝这么简单。而且她隔了十几年才要找他，一定也是另有原因。估计在最近不久他又联系过她，但是出于某种原因，她没有把他联系她的事情告诉我们。”

“是的，我觉得她急着要找他，肯定是有什么利害关系……”牧晴点了点头说，然后眼睛一亮，“她留了QQ和微信吧？我可以通过这两个对她有所了解。”

“这个倒没必要。”丁穆高深莫测而又胸有成竹地笑了笑。“我觉得这个应该不是什么紧急和严重的事情。我们就先把这些信件分析一下，估计就能找到一些线索。”

“欸？”赵小钏有些诧异，“可是这些信件都已经是十几年前的了……还有有用的信息吗？而且估计他在信里也不会提自己的老家、其他住处或者亲戚朋友的住处，如果有的话，婉莹应该早去找了吧。”

“这你就不明白了，”丁穆微笑着打开一封信件，“人在写信的时候，即便想要刻意隐瞒身份和行踪，也会不经意地把有关自己的事情写进去，有些甚至是他会保持一生的特征性元素。他以为泄露这些没有关系，而真正懂得调查的人就会通过这些元素来找到他。”然后将那些信件浏览了一下，接着眉毛一挑，露出笑容：“这第一封信件就露出了端倪：‘每当这个时候，我就想起了我小时候所住的小山村，就在长江旁边，三面都是山。村后有个茂密的桃林，连绵好远，每年我都会到那个树林里摘桃子。咬一口，甜入心脾。我总是不知不觉吃到饱。当时我就想，就算只为了这些桃子，我也要经常回到这里。’我们只要查一查哪个地区是在长江边上，并且是三面环山便能知道他老家的大概位置了。”

牧晴立即转到电脑旁边查找，很快就报了出来：“这应该是在A地区，在这里有三个村庄。”

丁穆曲起指节，轻轻地触了触下巴，“现在的农民也有了商业意识，不可能不宣传自己的桃园。而这个村子正在长江边上，正好利于水运……你再查查这里哪个村子是以出产桃子闻名的”？

牧晴飞快地一查，然后一口就报了出来：“是扁丝村……这里的村民还挺潮，还在网上注册了个免费论坛宣传他们的桃子……”牧晴撇了撇嘴，说：“我的天，光看扁丝村这名字，还真没法把它和桃子联系起来。嗯……这个论坛叫蟠桃联盟，这个倒和桃子有关。”

“有论坛就好办了……”丁穆慢慢地把手放在桌子上，“他既然可以每年都去自由地吃桃子，并且可以吃到饱，那他家肯定拥有一个桃园。”

牧晴快速浏览了一下网页：“是的，其中有一家姓商，他发了不少帖子介绍他家的桃子……啊！这个人就叫商槐！”

赵小钏一激灵，赶紧凑过去看。结果看到一个帖子的一楼就是他捧着自家桃子的宣传照。只见他满脸堆笑，站在结满桃子的果树下，双手捧着一个红艳艳的大桃子。这个大桃子看起来真像蟠桃一样甜美诱人，而捧着桃子的人也不错，虽然被晒得黝黑，但人长得挺精瘦英俊。

“这就是那个商槐了吧。”赵小钏盯着他说。

“应该是。”丁穆走过来看到帖子下面的联系方式，拨号，一下就拨通了：“你好，请问你是商槐吗？”

赵小钏非常想知道商槐得知自己昔日的偶像在苦苦寻找他时是什么心情。然而没想到丁穆压根儿没提婉莹的事情，只是说：“您好，您是商槐先生吧？听说你家的桃子非常的好，我想订一些。我们可以见个面，详谈一下吗？”

商槐一听说是来生意了非常开心，立即答应和丁穆见面，并约了个时间。

丁穆放下电话，对讶异的赵小钏和牧晴说：“老实说，我觉得婉莹来找我们，其实不只是叫我们帮她找人，应该还有其他的原因。这个线索是故意送到我们面前的。”

欸？赵小钏和牧晴全是一怔，接着几乎在同一时间省悟。

“啊，对了！”赵小钏说，“是因为我们找到他太容易了吗？……竟然第一封信就是布满线索的信，也实在太巧合了！”

“的确哦。”丁穆把剩下的信件翻翻看了一下，“从日期来看，这个信件并不是第一封寄来的信。后面的信件虽然是无序排列——大概是婉莹不想让我们觉得这封信是她刻意挑出来的，但第一封信就是布满线索的信件，显得太刻意了。”

“是的，而且她十几年后才要找她，一定有问题！”牧晴接着说。

“我就是基于这两点判断的。”丁穆说，然后打电话叫徐壮开车，然后对赵小钏：“你也跟我一起来吧！”

“好。”赵小钏赶紧站起身，忽然想起一件事，“可是如此看来似乎有问题啊，她既然已经找到了商槐的所在地，为什么自己不去找他，而是要我们去找他呢？”

“所以，我没有通知婉莹啊。”丁穆高深莫测地一笑，“我们先去探查一下，搞清楚大概是怎么回事再说。”

第二十一章

小影迷，大爱情

赵小钏和丁穆一起坐车去了扁丝村。扁丝村和外界不仅水路通，陆路也通，他们毫不费力便到了扁丝村。扁丝村里面家家都有楼房，很是像模像样，看来，这个村庄的村民都挺会挣钱。出人意料的是接待他们的不是商槐，而是商槐的儿子。他长得和他爸眉眼相似，但体型矮胖矮胖的。赵小钏本想问“商槐先生怎么不在”，但想到这样就暴露他们的目标了，便把到口的话又咽回了肚子里。丁穆比她老练得多，若无其事地和商槐的儿子谈论买桃子的事情，似乎他就是来买桃子的。而就在赵小钏感叹他演技好的时候，他竟然真跟商槐的儿子买了一千斤桃子，并当场付了定金，还给了商槐的儿子一张纸条，叫他在指定的时间把桃子送到指定的地点，油费丁穆出。

赵小钏很是惊诧，在他们走出商槐的家后忍不住低声问他：“你当真是买桃子吗？”

“我定金都付了，怎么不是当真买桃子？”丁穆笑嘻嘻地说。

“这么说……这是为了完成业务才买的了？”

“第一，”丁穆侧过脸来，笑意中略带些嗔怪，“我买桃子不是为了业务，我买桃子是因为它们的确很好。第二，我可没有用公司的经费，所有的费用都是我自己出的哦。”

“啊？”赵小钏如坠云里雾中，“那你买这么多桃子做什么？”

“到时候你就知道了，”丁穆笑得有些调皮，“说不定到时候还需要你帮忙哦。”

“哦，好吧……”赵小钏颇有些哭笑不得，更加好奇了。他们不知不觉间已快要走到村口，赵小钏忽然想起他们的业务来，赶紧低声问丁穆：“我们就这样回去吗？”

“当然不。”丁穆目不斜视地往前走，若是从背后看，根本看不出他在和赵小钏说话，“我们得先在村民的注视下走出村子，之后再折回来。”

他们就这样走出了村子，然后走向商槐家的果园。丁穆说他留意到商槐家的后门正好接着果园，为了掩人耳目，他们应该通过果园靠近他家的屋子。如果运气好的话，说不定在果园里就可以碰见他。

果园外都装着铁丝网。赵小钏不禁为他们怎么进果园而犯愁，而丁穆却似乎完全没有顾虑。

“丁经理，”赵小钏忍不住问他，“这果园的铁丝网还挺高的，我们怎么进去啊？”

丁穆没有直接回答，只是微微一笑：“你刚才有没有注意，几个小孩抱着桃子跑过去了？”

欸？赵小钏一怔，依稀记得刚才是有几个小孩抱着桃子跑过去了。“抱着桃子跑不是件容易的事情。”丁穆说，“而且还是拼命在跑。而那个桃子上还带着些青叶和青枝，证明他们是在非常慌张的情况下把桃子摘下来的。我认为他们的桃子是偷来的。而他们逃离的反方向正好就是商家桃园的方向，所以他们应该是从商家的桃园偷的桃子。依此，在商家的果园防护网上，应该有一处不小的破损。”

欸？欸？赵小钏听得直愣。说真的，她刚才只是看到一群小孩跑过而已，丁穆却一下注意到了那么多东西，还以此分析出了商家果园的铁丝网有破损的事实。看来她在事务所，真的还有一条很长的路要走啊。

他们沿着商家的铁丝网走，果然发现铁丝网在靠近地面的地方有一处破损，被青草遮住了，大约可以容纳一个人爬进去。丁穆拨开草丛，“嗖”的一下就爬进去了，然后在铁丝网那边对赵小钏说：

“小心点，别让铁丝网挂到衣服。”

因为他的动作太麻利，赵小钏几乎没看见他是怎么行动的。听他喊自己，赶紧也往破洞里钻。女孩子嘛，总会下意识地不想让草皮和泥土沾到衣服，身体稍微往上来了一点，结果一下就蹭到了铁丝网上，被挂住了。赵小钏低声惊叫了一声，接着脸羞红了——糟了，这下糗了。

“哎呀，跟你说了，你还是不小心。”丁穆靠过来帮她把衣服从铁丝上弄下来。因为角度比较蹩脚，丁穆需要弯下身子，赵小钏等同被他围在了怀里，他的双臂就在她的脸颊两边。虽然没有身体接触，但赵小钏感到他的气息把她裹在了其中，竟然有种被他搂在怀里的错觉。赵小钏不由自主地羞红了脸，竟感到脑中变得一片空白。还好，丁穆很快就把她的衣服从铁丝网上解了下来。赵小钏赶紧手足并用地爬过来，站起来的时候还是羞得脸通红，心“怦怦”直跳，竟然有种做贼怕被抓住的感觉。丁穆没有对她多加注意，带着她往桃林深处走去。

红艳的桃子在深绿的枝叶中累累垂垂，既像一盏盏灯笼，又像女人羞红的面颊。商槐正坐在一棵桃树下，眉头深锁，像在苦思什么事情。看到丁穆他们过来了不由得一惊，随后站了起来。商槐看起来比照片上还要精神，身材也很好，站得很直，姿态也很挺拔健美。

“你好，我们是今天找你买桃子的人。”丁穆微笑着说，赵小钏也赶紧跟着他微笑，而他接下来的话让她的微笑僵在了脸上。

“实际上，我们是受了婉莹女士委托，前来找你的人。”

赵小钏骇异地看向他：不是说要先探查再说吗？怎么一下就把自己拆穿了。

商槐的眉头猛地一皱，然后笑了：“婉莹女士是谁啊？我好像不认识啊。”

丁穆眼中冒了一个笑泡儿，缓缓地说："就是那位影视明星婉莹女士啊，你不用否认了。你在1990年到1998年间给她写了60封信，当时你在A市的光华保温瓶厂工作，这一切我们都调查清楚了。"

商槐的脸立即僵住了，然后不好意思地笑了。联系商槐的表现，赵小钏忽然想到了一件事：商槐的样子倒像是他知道婉莹在找他，却刻意不愿见她一样。那么婉莹故意把布满线索的信件给他们事务所，真正目的是不是不只是让他们找到他，而是让他们把他带到她的面前呢？

商槐更加不好意思，面孔也更加僵硬，似乎心里有着十分为难的事情，强笑着说："这件事说起来挺不好意思的……我那个时候只是小年轻，比较迷恋影视明星，后来渐渐成熟了就不迷了，所以就没再写信了。现在想起来，在那个年代，这种行为是挺疯狂的。不过我觉得这种行为对于粉丝来说也挺平常的，没想到婉莹女士竟然记住我了……现在真有些尴尬呢，虽然婉莹女士想见我，但是我已经不是粉丝了，好像不是很方便去呢。"

"哈哈。"丁穆揶揄地笑了一下："您应该不只是粉丝吧。"

商槐一惊："我的确只是粉丝啊。我要不是粉丝，我还能是什么？"

"您和婉莹女士应该关系匪浅。"丁穆看着他的眼睛，似乎已经看透了他的内心，"您和婉莹女士，应该曾经是恋人吧。"

他不说不要紧，一说把赵小钏都惊住了，商槐更是呆若木鸡。

"首先，"丁穆说，"我记得婉莹女士的左手无名指上，有一个线绳编的翠玉心形戒指。对于女性来说，左手无名指、心形戒指总有着特殊的意义。她现在单身，而线绳编的玉石戒指比较非正式，因此可以理解为这是她对爱情的祈愿的寄托。她一边说着你的事情，一边摸那个戒指，证明她的爱情和你有关。而你的体形和姿态显示你一定受过专业的形体或者舞蹈训练。你先是保温瓶厂的一个工人，之后是个果农，形体和舞蹈训练和你似乎不应该有关系。唯一的可能，就是你从保温瓶厂辞职后当了一段时间的演员。”

商槐身体一震，看来丁穆是说着了。

丁穆继续说：“在20世纪90年代，电视剧的制作还比较严谨，拍一些大型的古装剧的时候，即使是小角色，也要受形体训练。看来你是在写了最后一封信之后，通过某个方式和婉莹见面了吧。一般来说，一个人对一个明星的兴趣是慢慢消退的。如果你真是渐渐泯灭了追星的热情，你应该慢慢放慢发信的频率，直至没有，而不会忽然停止写信。唯一的解释是，你有机会到她的身边去了，所以就停止写信了。我说得没错吧？”

商槐的脸上红一阵，白一阵，最后变成了淡红色，里面还微微带点灰色。

“老实说，我不知道我和婉莹算不算恋爱过。是的，在写完最后一封信后，我忽然不再满足于只给她写信，决定自己也去演艺圈闯一下，至少成为和她同一圈子的人。我听说婉莹所在的一个剧组招演员，便去应聘。结果说来也巧，这个剧组已经选定的一个配角在开机前病倒了，导演组就急找演员。既然是急找，肯定就不会要求太多，差不多就行了，于是我就被选上了。之后就如你所说了，制片方对我们进行了形体训练。古装剧因为穿的衣服多，如果姿态不过关就会显得很猥琐。为了在日后跟婉莹见面的时候给她留下一个好印象，我在练习的时候格外刻苦。但练着练着发现这对我自己也有很多好处，便把其中的一些练习坚持了下来，一直到现在……我虽然学历不高，但平时喜好文学，对角色理解也算比较准确。因为我在平常生活中也坚持说标准的普通话——当初因为这个，保温瓶厂的同事没少笑我‘矫情’，台词没有问题，因此导演对我挺满意。然而这对我来说都没有什么，我只是为我终于可以见到婉莹真人而兴奋不已。”

“在开机三天后，我终于见到了婉莹。我觉得她比我在电视上看到的还要漂亮，为人也很谦和。我那时候的简直说不出有多激动，多开心。在开心和激动之后，我鼓足勇气和她搭讪，结果发现她竟然一直在看我的信，我那时真的是激动得快要晕倒。之后的事情，想来你们也可以猜到，那就是我使尽浑身解数，对她献殷勤，逗她开心了。”

“然而，因为当时我很年轻，就对我的家世和我的身份学历都进行了吹嘘。之前我在信里，没有跟她说很多有关我的事情，因此也方便我吹嘘。当时我跟她说，我爸是村长，家里有小超市、小工厂，我自己是大学毕业，之前在保温瓶厂是从事管理工作，现在来演戏也只是来丰富人生经历。至于我的老家，我跟她说的也不是真的。我嫌我的老家穷，村子名字又不好听，便说我是从富裕的地方来的，还编了一个好听的村名，其实这个地方根本找不到。现在想起来我当时真是疯了。这些谎言，如果我和她深入交往，那是肯定要被拆穿的。而我那时竟然想不到这些，只是想竭尽全力给婉莹一个完美的印象。”

“经过我这番折腾，婉莹应该对我印象挺不错。也许是喜欢我了，但是我那时根本不敢这样想。当时，婉莹的经纪人看出了苗头。她觉得婉莹要是跟我这样的人恋爱，绝对是耽误前程，于是就调查我的底细。经纪人自然是很有手腕的，很快就查清了我的底细，叫我拍完戏之后立即消失，否则就把我的底细告诉婉莹。我当然知道我的谎撒得有多大，婉莹知道真相后该有多么的震惊和愤怒。我只好佯装无事地拍完戏，然后跑回老家当果农。我只是在那部戏里演了个小配角，之后就再也没出镜，自然没人会记得我。我跟她说的地址啊，资历啊全是假的。就算婉莹想找，也找不到我。不过估计她是不会来找我的吧，因为我根本配不上她。后来听说她结婚了，对象是个大富豪，那才是她应该选择的婚姻。我对此很服气，我真的配不上她。”说完他深深地垂下头，盯着地上的草皮，不知道在想什么。

丁穆盯着他，缓缓地说：“现在资讯这么发达，我相信你应该也知道她已经离婚了。现在她主动想见你，你还是不想去见她吗？”

赵小钏听丁穆的话，竟有种想要让商槐和婉莹重续前缘的意思，不禁觉得他有些莽撞，现在还不知道商槐是不是单身，如果他不是单身，这让他的妻子情何以堪啊？正打算悄悄地问丁穆一下，忽然想到她应该自己观察。赶紧盯住商槐观察了一阵子，才意识到是她自己反应太慢了：在商槐的脖子上，用红线绳挂着一只金戒指，戒身纤秀，又镶着红宝石，应该是女人戴的。看起来很旧，应该被一个女人在手上戴了很长时间。一般人只是在结婚时送女方金戒指。商槐把这个戒指挂在脖子上，证明这个戒指应该是比较重要的纪念物。因此这应该就是妻子的结婚戒指。他把妻子的结婚戒指挂在脖子上，证明他的妻子已经不在了，他把戒指挂在脖子上是为了纪念用。因此他现在就是单身，和婉莹再续前缘也不是不可以。

第二十二章
别等到失去再后悔

商槐觉得和婉莹重续前缘“不可以”。他凄然地摇了摇头说：“我依然不会去见她。我当初之所以逃走，就是因为觉得自己配不上她。现在，我依然是配不上她。再说，如果我现在去见她，就得坦白当年的一切。为了获得她的青睐而说谎……这种年轻时候的糊涂账，还是不要提了吧。再说，她现在想要找我，是因为我当初给她留下了一个美好的印象。现在我要是向她坦白，我为了博得她的青睐，对她撒了那么大一个谎，她会怎么看我？罢罢罢，反正半辈子都这么过去了，就留着这个美好的印象别戳破吧。”

丁穆抿着嘴，皱着眉头听他说完，然后不紧不慢地接上：“可是在我看来，婉莹应该已经知道你当初说的是谎话。她按照你说的信息找不到你，你说的话有多少可信度已经一目了然。已经知道你在说谎，真相到底如何已经不重要了。其实，你应该也能猜到她已经知道你在说谎，你是觉得无法去面对她而已。她在知道你在说谎的情况下依然要寻找你，证明她已经原谅了你……”

“没用的，去见也没用，”商槐没等丁穆说完，就唉声叹气地说，“我对此老早就下了决心……我是不会被你们说动的。”赵小钏微微咬着下唇，眉头越皱越紧。看来，商槐对婉莹还是一往情深。因为觉得自己配不上她，不能和她成为眷属，即便跟她见了面也没有结果，所以不如不见。

丁穆叹了口气说：“看来，我们真的很难劝动你了。不过，我提醒你，人生苦短，不要因为一些偏见留下终生的遗憾。如果我告诉你，婉莹女士身患绝症，只剩三个月的生命，你还拒绝去见她吗？”

“什么？！”一听这话商槐如遭雷击，声音都变了调，“怎么会发生这种事？”

受到重度惊吓的可不仅仅是他，赵小钏也被惊得呆若木鸡，直直地盯着丁穆，婉莹来的时候没说自己身患绝症啊！这是丁穆推理出来的吗？什么时候推理出来的？

听说婉莹身患绝症后商槐什么都不顾了，立即叫丁穆带他去见婉莹。一路上呆呆地坐着，泪流不止，应该是在感叹、回忆这几十年的事情。赵小钏坐在车上也是惊疑不定：她完全不知道丁穆是从哪里知道婉莹身患绝症的，但是她觉得丁穆的判断应该不会有错。想起婉莹和商槐的将来，又为他们感到揪心。

很快，他们便到了婉莹的家。据保姆说，婉莹正在谈生意，暂时来不了，婉莹的助理会先来接待他们。不一会儿，就有一个身材瘦削、穿着职业套装的女人匆匆而入，看到商槐后一愣。而商槐看到她后猛地涨红了脸，脖子上也青筋暴露。像要把什么东西咽下去一样用力地梗了梗脖子，然后恨恨地说：“吴小姐，对不起！我还是回来了！今天我无论如何都要见到婉莹！你……你也别想阻止我！”

赵小钏微微有些诧异，接着恍然大悟：商槐不是说当初是婉莹的经纪人拆散他和婉莹的吗？看来这个吴小姐就是当初那个经纪人，在婉莹投身商业后也跟随她当了助理。吴小姐的眼圈红了红，似乎想要说什么，却忍住没有说。

就在这时，丁穆缓缓地说：“商先生，你现在不用担心。吴小姐是不会阻止你见婉莹的。其实，她应该还有引导你和婉莹相见的意思。”

“啊？”商槐目瞪口呆。吴小姐的脸陡然涨得很红，接着又变得一片雪白。

“这……”因为情势转变得太快，赵小钏脑子一时转不过弯儿来，靠过去问丁穆：“这是您从哪里推断出来的啊？”

丁穆回答她时的音量却是正常的，因为他同时也在跟商槐说：“婉莹女士交给我们的那叠作为线索的信件，第一封就是布满线索的。当时我们怀疑是婉莹已经自己找到了商槐的下落，却因为商槐不愿意见她，不能自己去找，委托我们，其实只是想叫我们把商槐带到她面前而已。但是我后来一想，又觉得不对。因为我们公司的特色就是可以解决一切问题，婉莹应该也知道。如果她想叫我们做这种事，直接提出便可以。而且如果我们不知道其中隐情，直接对商槐先生说是婉莹女士要找他，他必然也会坚决不来，反而坏了事。所以我就认为，应该是婉莹身边的某个人已经找到了商槐，却出于某些原因不能带婉莹去找，自己也不便去联系。所以才把布满线索的信件放在第一位，引领我们找到商槐。而她可以在邮件中动手脚，证明是她帮婉莹整理邮件，应该是助理一类的人。只是不明白这位助理为什么要这样做。直到刚才，我才想明白所有事情。”

商槐万万没想到会是这么回事，呆呆地看着吴女士。吴女士的脸又开始红一阵，白一阵，过了好一阵子，脸上的变化才停止，深深地叹了一口气：“当年我拆散了你们，以为是对你和婉莹好，之后却发现其实对她不好……在你走后，她怀疑是自己的明星光环给你造成了压力，说不出的沮丧。演艺圈本来就是个压力极大的地方，她渐渐受不了外界的那些压力，渐渐心灰意冷，离开演艺圈，搞起了商业。我对她心里有愧，当然了，也是因为暂时不知道该换什么职业，便依旧跟着她，和她一起打拼……后来见她事业上取得了成功，还结了婚，我心里还挺欣慰……但是后来，她还是离婚了。到后来发现她开始找调查机构找你的下落，我才真正确定……”说到这里她顿了顿，表情苦得就像被黄连泡过的，“我知道我犯了大错，对不起你和婉莹。但是当年的事情，谁也找不回来。如果有机会，我也想回去纠正错误，但显然是不可能的……我也不奢望你能够原谅我……”

商槐如梦方醒，脸涨得吓人：“我的确是不会原谅你……现在原谅你怎样？不原谅你又怎样？一切都已经迟了！”

就在这时，婉莹走了进来。婉莹先是一呆，一副恍然如梦的样子。商槐一个箭步冲了过去，握住婉莹的手，心里的千言万语一起涌来，却都噎在了喉咙里，只有两行热泪汩汩而下。

婉莹激动地握紧他的手，心神终于回到了现实中，也是高兴得双眼泪流：“终于找到你了……”

“对不起……我当初不该对你说谎……我应该向你承认一切……不应该不告而别……”商槐泣不成声地说，几乎无法再说出一个完整的句子。

“没关系，这都没关系……”婉莹一边笑，一边摇头，水晶般的泪珠不停地溅落。

“可是我无法原谅我自己……”商槐抽噎得更加厉害，几乎要崩溃了，“一切都太迟了……都怪我，都怪我！”

“不算迟！”婉莹用力地说，“只要我们好好地生活，还有很多的时间！”

见婉莹这么坚强，商槐觉得内心暂时有了支撑，停止了抽噎，凄然地一笑：“是的。人的生命力是不可限量的……即便医生说你只有几个月的时间了……”

“什么？！”婉莹惊得叫了出来，“什么医生？什么几个月时间？”

商槐呆住了：“你不是……身患绝症了，只有几个月时间了吗？”

“谁说的？”婉莹骇笑，“我没病啊……什么病都没有！”

这下不仅是商槐，连赵小钏都觉得下巴差点掉在脚面上。商槐直着眼看向丁穆。丁穆微笑了一下说："婉莹小姐没有得病，那是我为了让你愿意过来编出来的。"

听到这话后赵小钏都觉得眼前一花，商槐就更别提了：他呆瞪着丁穆看了数秒，一把抹去了脸上的泪水，怒气万丈地朝丁穆挥起了拳头："你这臭小子，这种事情也能胡扯吗？"

丁穆狡黠地一笑："不过，你要是不愿意来，结果是一样的。如果您一直不愿意见她，她就会带着遗憾终老，你也会带着遗憾终老。都是想见面，却到死都不能见面。活的时间长短，其实没有关系。"

商槐就像被钉住一样呆在那里，丁穆的话对他来说宛如醍醐灌顶。赵小钏之前也觉得丁穆过于胡闹，还在担心这该怎么收场，现在却也像被醍醐灌顶一样，觉得他讲的话真是太有道理了。

"其实，我也等于没有说谎。"丁穆看着商槐的眼睛，想要把什么东西注到他的心里，"如果你不来见她，她就会患一种名叫'遗憾'的绝症死去，只是临终的时间很长。"

商槐的眼中又涌出了泪水，低下头又用力点了点头。婉莹则紧紧地握住了他的手，再也不愿放开。

于是，婉莹的事情就这样十分圆满地解决了。而且，只是在一天之内解决的。赵小钏感到非常的高兴，但也非常的疲惫，一回家就想睡觉。然而虽然决定了早早睡觉，她还是觉得应该在电脑上看些什么再睡觉。结果看着看着就不小心看到挺晚。她暗笑自己傻蛋，打了个哈欠刚准备睡觉，忽然听到手机响了。

这对她来说可算是罕见，因此打了个激灵。等她看清楚号码之后则不只是打激灵了，而是整颗心都揪了起来。这不是姜步云的号码吗？他怎么知道的？想也知道他是问了很多人，辗转才弄到她的号码。赵小钏想到他可能是费了这么大的工夫找她，一时间心乱如麻。她本想不理睬他，假装自己已经睡着了，但眼前忽然晃过婉莹他们的事情，还是咬了咬牙接了电话。

“喂——”

“喂，有空谈谈吗？面对面地谈！”

“面对面？”听到这个建议后赵小钏感到颇有些为难，刚刚鼓起的勇气又悄悄地往回缩。

“是啊，面对面！快点下来吧！我就在你家楼下！”

就在楼下？赵小钏顿时感到十分窘迫。然而，就是这份紧迫感逼出了她的勇气，她又咬了咬牙，站起来走下楼去。婉莹的事情给了她很大的启发。任何事情，最好都不要留下遗憾。姜步云正焦急不安地在楼下的花坛踯躅，看到赵小钏后赶紧迎了上来。他本以为赵小钏有很多话要对他说，尤其是埋怨的话。而赵小钏见到他后只觉得心头一阵阵地被揪紧，脑子却一片空白，嘴唇更像被粘住一样什么话都说不出来。

第二十三章

告别与开始

姜步云一直在等赵小钏说话，却等了半天都没有结果，苦涩地笑笑：“你不对我说句话吗？”

赵小钏深吸了一口气，发现自己的心头依然是空空的，什么话都说不出来，只有讪讪而又苦涩地对姜步云说：“还是你先说吧。”

姜步云也现出了为难的神色——看来现在先说话真是个苦差。他抿了抿嘴，又僵硬地笑了笑：“好吧，既然你叫我先说，我就说了……我知道，你一定很恨我，觉得我是个浅薄而又无耻的人，一心只喜欢追求校花皇后。就像那种没良心的鸟儿，翅膀打湿后在你这边求温暖，翅膀干了，身体暖和后又飞走了……”说到这里他下意识地用右手食指的指节顶了顶鼻翼，“好吧，不否认我以前是这种人……老实说，我不仅是那种浅薄的好色之徒，还是那种贪财的笨蛋……以前和雷莹莹谈恋爱就是因为这个……当时我很傻，以为那是人生应该追求的……现在我明白了，找女友就该找真正对你好的人。仔细想来，还是你对我好。所以，我想回来，希望你能接纳我。”

赵小钏没有说话，只是看着他。眼中似乎有很多内容，又似乎什么都没有，总而言之，让人看不懂。

姜步云被她瞅得发毛，强颜笑道：“我知道你一定对我有很多的不满……这样吧，不管你要打还是要骂，我都接受……”

赵小钏目光闪烁了一下，忽然大步向前，一把抓住姜步云的手，放到嘴里狠咬起来。姜步云感到疼痛难忍，但也不敢叫痛，只有咬牙忍耐。赵小钏紧紧地闭着眼睛，似乎要把所有的不满和愤恨都从牙齿突破出去。终于，她觉得够了，这才松开了。

姜步云嘘着冷气看着自己被咬的手背——上面有两排深深的牙印，牙印周围都发白了，还好没有破皮流血。

“老实说，”赵小钏喃喃地说，“我之前曾经幻想过，如果我恋爱了，我男朋友对不起我，我就要这样狠狠咬他一口。”

“那，你现在开心了吧？”姜步云勉强而又谄媚地笑着。

“是的，开心了！”赵小钏长长地嘘了一口气，“终于可以和你心无芥蒂地分手了！”

“什么？！”姜步云惊讶道。

“老实说，虽然，我们老早就分手了，”赵小钏看着他的眼睛说，“但是我心里依然纠结着，愤恨啊，沮丧啊，甚至自卑啊，等等，一直没有放下。而今天我觉得不应该留下任何遗憾……分手也应该干净利落，没有任何遗憾才对。非常感谢你，让我真正出了气，以后再也没有遗憾了。”

姜步云呆睁着双眼，接着一点儿红意从耳边漫起，瞬间满脸一片红：“我的天哪……你怎么能这么对我……我挨了你那野兽般的一口竟然换来这么个结果？！我告诉你，我刚才只是为了让你开心，把错误全归在自己身上而已……你自己也有错误，我告诉你！我和你分手，是因为我觉得你总是和我隔了一层，我总也进不了你心里去，觉得不痛快，又加上你条件不够好，才跟你分手的！你自己完全没意识到？！我，我大度地把错误都归在自己身上，你就借坡下驴了？”

赵小钏咬着嘴唇听他说完，然后深吸了一口气说：“是的，我承认我有错，但是该不该分手并不是由双方是否有错或是哪方有错来考量的。我待人总是……照你说的，隔着一层，我承认。但这也只能证明我们不合适……因为你无法让我从这一层屏障中走出来，我也没有打算因为你，从这层屏障中走出来……当然了，你也没有争取能让我从这层屏障后走出来……”顿了顿之后凄然一笑，“所以这就证明我们并不合适，是应该分手。”

姜步云呆瞪着双眼，似乎已经气怔了。赵小钏怕他还会纠缠，赶紧逃回楼上。回到自己屋里后拉开窗帘，发现姜步云已经不在了。看着空空的路面，赵小钏长嘘了一口气，感到心里干干净净的，真舒服。老实说，虽然是咬了他一口后才舒坦了，但她心里很清楚那一口并不是她想开的真正原因。仔细想想，她似乎是先想开了，才促使她去咬了姜步云一口，“彻底结束”。至于这是什么原因，她也说不清楚。罢了，说不清楚就说不清楚吧。终于前进了，是好事。

第二天是假日，也是丁穆“买桃子”的真相揭晓的时候。赵小钏按照丁穆给的地址，赫然发现那是一所孤儿院。这是全市最大的孤儿院，目前收养了五百多个孩子。这是个公立孤儿院，经费并不宽裕，管理者在勉强支撑。孤儿院为社会培养出不少品质优良的孩子，还有几个是精英，但是基本上没被媒体关注过。商槐的儿子拉来的桃子，每一个都红艳艳水灵灵，就像孩子们的笑脸。

丁穆把桃子分给孩子和孤儿院的职工们。赵小钏看到孤儿院年长的老师们看着丁穆的目光中有种浓重的舐犊之情，而丁穆看向那些年幼的孩子们的目光也差不多，顿时明白了大概，看来丁穆是从这里出来的孩子。丁穆也知道赵小钏会有疑问，便早早地为她解惑了：“我是在这里长大的，现在也时常回来看看。”

赵小钏知道从孤儿院出来的孩子，不管外在表现得怎样，心里都是很敏感的，赶紧笑了笑说：“一个几百号人的大家庭，挺好。”

丁穆笑了笑：“你还真是机智。”之后笑容开始起变化，“就像我小时候一样。”他的笑容变得有些苦涩，又似乎隐藏了很多东西，“我刚到孤儿院的时候，也是抱着‘我从今之后就有一个超级大的家庭’的想法。不过要真正做到这个并不容易。为了真正拥有一个大家庭，我特意照顾别人，尽量不给别人惹麻烦。渐渐地，我发现自己拥有了特别能察言观色的能力。后来渐渐地发现我这种能力不只限于揣摩别人的想法，还可以通过各种蛛丝马迹发现真相，因此我现在才可以在这样的事务所里工作。这算是这里给我的最大的礼物吧。”

虽然他说的很平淡，但赵小钏却觉得心酸，甚至想要把他的头抱在怀里，好好地安慰他一下。然而这显然不合适，赵小钏也为自己的想法感到很不好意思，便胡乱把它盖了下去。

回到家之后，赵小钏忽然想起自己之前的打算——等到闲时就拜托牧晴帮她找焦桐，现在似乎是挺合适的时间。然而不知怎么回事，她感到自己又不太想找了。其中的原因她不想深究，毕竟人的想法就这样怪异，经常忽然变得南辕北辙。不过因为她曾经非常迫切地想过这事儿，想法总会不自觉地在相关的区域流连一下，于是在登陆 QQ 的时候，她下意识地和一个小学同学聊天。这位同学叫白敏，是个消息灵通而且善于交际的人，也是唯一一个还在和她联系的小学同学。和白敏聊天的时候，她不知不觉地聊到了“当年同学今何在”的话题。

白敏就这样和她聊着一些鸡毛蒜皮的事，忽然聊到了焦桐：“老实说，咱们班的同学听说过得都挺不错的，除了焦桐。”

“焦桐怎么了？”赵小钏的心猛地一跳。

“你还不知道吧？可倒霉了。”

“他到底发生了什么事？”赵小钏的心跳得更猛了。

“这个啊，我知道得不是很清楚。”有时候越是爱传八卦的人越喜欢说自己知道得也不是很清楚。

白敏说：“听说焦桐一开始还挺顺利的，在高中毕业那年就开始显示出了自己的 IT 专长，自己开发游戏。在大学时就建立了自己的游戏公司，大学毕业后就当老板了。这是他，靠自己弄成的，非常不容易。后来，却听说出了个大丑闻，还因此打击到了他的公司。他把公司关了，之后就没有消息了。”

“天哪，是什么丑闻？”赵小钏感到自己的心跳都快连成一片了。

“不太清楚呢，好像是男女关系方面的，还有知识产权纠纷。”

有时候，越是喜欢传八卦的人，越是对真实情况不了解，都是在还没弄清真实情况之前就慌忙去传了。

男女关系？知识产权纠纷？这两个词直戳进赵小钏的心里，就像往滚开的油锅里倒了两瓢凉水，噼里啪啦爆炸开来。男女关系？是说焦桐玩弄女性吗？知识产权纠纷？难道是说焦桐侵犯别人的知识产权？焦桐那样的人，会干这种事吗？

赵小钏虽然心里不愿相信焦桐会做出这种事，但也知道知人知面不知心以及人可以随着时间改变。于是，她带着这种复杂的心情，去找牧晴——在激动的情绪促使下，她什么犹豫都没有了。

“哦，这个啊。”牧晴听到后反应淡然，拿了个修指甲的锉刀来，慢条斯理地修着指甲。“你要找你小学的同学，真挺热心的呢。”

“是的，”赵小钏急急地说，之后才省悟到牧晴这可能是在提醒她有没有“闲事管太多”的嫌疑，赶紧又说：“要是平常的事，我也就不管了，主要是我觉得像他这样的人，应该不会干出这种事情……当然了，我也知道我认识他的时候他还小，时间可以改变人，但也有‘三岁看老’这一说法……这些都不是最主要的，主要是别人说他把公司关了，之后就没了音信，这种说法很不祥，我担心他出了什么事，正处在迫切需要帮助的时期。没人帮助他，静静死在哪里也没人知道……总而言之，是很严重的事情，希望你一定要帮忙。”说着，忍不住双手合十对着她。

“这的确是个事儿，”牧晴依旧是不慌不忙的，“不过，找我来帮忙，恐怕有些不合适呢。”

“怎么不合适啊？”赵小钏的感觉就像是高速飞行的鸟儿一头撞上了墙壁。

“是这样的，”牧晴看着她的眼睛——牧晴的眼睛虽然近视，但看起来清澈透明，“我现在是公司的员工，我所有的劳动，都是公司的财产，我要是帮你忙，就等于用公司的资源干了私活儿呢。”

“那该怎么办？”赵小钏苦笑，“难道要我向公司提出委托吗？”

“那当然也不合适啊。”牧晴嘿嘿一笑，“其实我可以帮你干私活儿的，不过不要声张。你要注意保密哦。另外，如果事情暴露，你要承担所有责任。”

“哦，好的，好的……”赵小钏赶紧点头。说真的，她觉得牧晴有些怪，应该是一开始就打算帮她了吧。可是既然如此一开始干吗卖关子？搞得她心情急转，估计死了好些个脑细胞。不过，她对此也没有在意。不是有人说么，电脑行家都是怪咖。

今天没有客户，赵小钏暗自庆幸，心想这样就可以留出时间给牧晴查找焦桐的事情。然而就在这时，一个老人家拄着拐棍颤巍巍地进来了。

第二十四章

不孝的儿女和神秘的来信

一看到这种老人家，赵小钏就会不由自主地感到紧张。因为她觉得这样的老人家虚弱地似乎随时都会倒下。然而这位老爷子似乎感到赵小钏看他的目光异常，朝赵小钏瞪了一眼，乖乖，这老人家虽然走路颤巍巍，眼睛可是精光四射，把赵小钏惊了一跳，再也不敢乱想他会随时倒下了。

这个老头子往丁穆面前一坐，声音也是声如洪钟："丁经理啊，我久仰你大名啊，听说你这边什么事情都能解决，真是非常的了不起啊！"

他说完这些就不再说话。丁穆以为他是说话伤了气，需要缓一缓，接着却省悟他这应该是向他确认"他们这边是不是什么事情都能办成"，赶紧说："是的，我们这边只要是法律允许范围之内的事情，基本上都可以为您处理。"

"那好。"老爷子用手握住龙头拐杖上的那个龙头，重重地拄了一下。因为拐杖的尾端顶着地面，所以并没有发出声音。

"我叫洪明权，希望你们能够帮我解决我的儿女们不孝的问题！"

"不孝？"乍一听到这个词的时候，赵小钏立即联想到了好多充满血泪的、令人义愤填膺的事情，比如说殴打辱骂老人、弃养老人之类的事情。觉得如果有那样的事情，公司一定要出面制止和惩处这些不孝子女。如果是被弃养的状态，老人是不是没有能力付业务费？这个倒没关系。在公司，赵小钏已经不止听一个人说过，如果有委托人处在真正危急的情况，即便付不出业务费，公司也会先帮助他解决问题。心想如果这位老爷子真的被子女虐待得厉害，即便他付不出业务费，丁穆也一定会帮他的忙的。

然而，老人对自己境况的讲述却大大出乎赵小钏意料。这位老人是个大研究所退休的级别很高的老干部。退休工资很高，自己还拥有一项发明专利，非常有钱，而且比他所有的子女都有钱。自己虽然鳏居，但身体健康，还雇了一个保姆照料自己的生活，是不会对儿女造成拖累的人。而他的儿女，则各个事业有成，都在本市，但不知为何，就是不愿回来看他。即便是逢年过节，也会找各种借口，能推则推，能逃则逃。他不知道这是怎么回事，感到既生气又迷惑，找儿女谈心没用，训斥他们更没用。他没有办法，只好打听哪里能解决这样的问题，听说万能事务所应该可以，于是便找来了。

什么？光听他说这情况，赵小钏就感到十分好奇。老实说，现在儿女不愿回家看父母，已经是个社会问题。对于对父母感情深厚的她来说，一直不明白他们为什么会这样。而且，据她所闻，一般儿女避见父母，都是因为经济问题，或者是因为没有精力照顾父母。这位老人又有钱，自理和生活又没有任何问题，儿女们为什么也避着不愿见他呢？

丁穆看出了她对这项事务很感兴趣，便把调查情况的任务交给了她。赵小钏干劲满满地准备去了。既不是经济上的原因，也不是精力方面的原因，那肯定有更深层次的原因。想到自己将要去揭开这谜题，她竟然感到很兴奋。

牧晴站在一边，目送着她离去，然后轻轻地走到丁穆旁边："那赵小钏那位朋友的事情，我就当真帮她查喽？"

"当然。"丁穆说，"从已知的情况看，赵小钏那位朋友应该是处在很需要帮助的阶段。而且，他如何沦落到这个地步，背后也可能有点玄机。"

牧晴点点头说：“那如果真有问题，是让她一个人去处理吗？”

“如果她不提出让公司帮忙的话，我们只有先按兵不动。”丁穆的神情和语气都开始变得耐人寻味，“再说，她现在已经可以独立思考，渐渐露出可以独当一面的苗头了。”

洪明权一共有5个儿女。这5个儿女都已经成家，也有了自己的儿女。大儿子洪奋是一家建筑公司的老板，二儿子洪发是个成功的律师，三儿子洪图是个大学教授，四儿子洪强在一个研究机构工作，带领自己的课题组，也是一个独当一面的人。小女儿洪葵在学业上最出色，留美读到了博士，回国创业。现在是一家IT公司的老总。因为事业推迟了婚期，四十一岁结婚，孩子今年才两岁。

老实说，要是有心为他们找理由，“工作忙”应该是很好的理由。但是再忙，也不至于每天都忙得没有一点空儿。所以，以工作忙来作为他们不看望老人的理由，是说不通的。肯定有什么特别的原因。有什么特别的原因呢？自然还得她多查、多问、卖力找了。

于是，赵小钏便假扮成各种人，找洪家5兄妹周围的人了解一下情况。结果听他们说，洪家5兄妹大哥豪爽，二哥严谨，三哥书生气，四哥内向，五妹在人际关系上略有些疏离，不喜欢跟人深入交往——这个倒也正常，学霸都这样。不过都是好人，性格也没听说有什么问题。

如此看来，只有她想办法和这些人面对面地谈一谈，直接找出原因来了。赵小钏把自己的进度跟公司汇报了一下。因为时间已晚，丁穆说她可以直接回家。赵小钏一边盘算如何继续调查，一边走到自家小区门口，结果看大门的大爷告诉她有她的信件。在信息电子化的今天，纸质的信件已经是很少见的了，尤其是对赵小钏这样的年轻人来说。赵小钏很是惊诧，赶紧领了过来。那是一封平信。里面似乎有一个硬硬的方形的东西，而在发信人的地址那一块写的是

"内详"。

赵小钏很好奇里面是什么，走在半路就把信封给拆开了。结果发现里面有张叠起来的纸条，还有一个包得严严实实的方形纸包。赵小钏对纸包里的东西更好奇，打开一看，不由得浑身一震，天哪，这不是孙晓裕和她的"天荒地老对戒"之一吗?

那还是她刚失恋的时候，觉得自己被全世界遗弃了，绝望得不得了。就在这时，孙晓裕天天帮她排忧解难，跟她说，男人都不算什么，她会一直守护她，帮助她，直到天荒地老。为了表示自己真心实意，她还买了一对尾戒，是925银戒圈镶了半圈黑玛瑙，一个给赵小钏戴，一个则给自己戴——因为戒指带有誓约的意思。赵小钏那时候因为失恋，比较瘦，孙晓裕给她买的是正好的尺寸。后来赵小钏心情恢复，又胖了回来，尾戒就戴不上去了，便放在盒子里收了起来。而孙晓裕的尾戒却一直戴在手上，直到她离开时也是如此。现在她的戒指被放在信封里寄了过来，难道她……

赵小钏赶紧打开那个纸条，她感觉自己的心跳速度瞬间飙升了几十倍，纸条上赫然写的是："你知道孙晓裕在哪里吗？她现在出问题了呢。你想解决她的问题吗？请你先查清你们公司那些人的底细吧。不要告诉任何人，偷偷地查哦。"

赵小钏赶紧打孙晓裕的手机，根本打不通。再看她的QQ，头像也是暗的!

赵小钏呆呆地捧着纸条，一时间只觉得自己的心跳声音震耳欲聋。这是怎么了？是说孙晓裕遭人绑架了吗？写信的人是"绑架犯"？威胁她为他做……不对，按照常理，绑架犯一般是为了利益，他并没有要求她给他利益。而且，就算绑架犯不明确地提出对利益的要求，起码会明确地提出别的要求，但这个"绑架犯"确没有明确告诉她做什么……

赵小钏的脑子里乱成了一团糨糊，而且这糨糊还在飞快地旋转。赵小钏本能地想把这件事跟公司汇报，却在按下手机按键的那一瞬间收回了手指。会不会这个人不是绑架犯呢？是不是他只是想告诉她孙晓裕的情况呢？难道……他是想说，孙晓裕的失踪——是的，孙晓裕已经很长时间没联系她了，她因为觉得孙晓裕独立行动的能力够强，才没有多加在意，她的失踪其实是和公司的人有关？一想到这里，赵小钏就觉得自己被一团冷风包围了，而这团冷风很快又钻进了她的心里，变成一条毒蛇啃噬她的心。

说真的，尽管万能事务所有些特殊，但是自从她加入公司之后，才真正体会到了对一个集体的归属感。虽然她还不清楚同事们的底细，但已经对他们有了真正的伙伴情谊，现在她对他们竟然有了怀疑，那种感觉是那么的羞耻，那么的令人自责，认为自己简直罪大恶极——即便如此，那怀疑依然在，就那么顽强地在心里挺立着，还在不断地蔓延扩大。这两种力量相互斗争着，产生巨大的振动波，几乎让她失去理智，然而她还是强迫自己冷静了下来。

她想要信任同事们，这是事实。但是她忍不住怀疑他们，也是事实。她要做的应该是直面现实，用调查证明自己的信任是正确的，而不是在这里纠结，任凭怀疑慢慢地腐蚀她的心！

说干就干，赵小钏立即仔细审视了一下手中的字条。这张字条是用打印机打印的，油墨看起来没有什么异常。她又仔细看了看包戒指的牛皮纸，也是那种满大街都能看到的那种。即便这些东西很平常，她还是郑重地把这些东西放进了口袋里——说不定上面还有什么隐含的线索，她得把它留下来，有空再研究。

接着，她又仔细看了信封。信封上有邮筒戳，她记得这个邮筒应该就在她附近。而从发信时间看，那个人把信件放进邮筒的时间，应该就是今天上午早些时候……

赵小钏深吸了一口气，眼前似乎看到了一个黑影在远处监视她的情景。那个人真会监视她吗？也许。她该怎么办？该怎么办就怎么办。她明天依然去公司上班，同时不动声色地调查同事们的底细。如果他是绑架犯，那么看到她照自己的话做，就不会轻举妄动。如果他只是想告诉她信息，说不定会告诉她更多事情。而且他看她照自己的话做，说不定会暴露出什么破绽，让她发觉。赵小钏如此冷静地分析和布局后，忽然被自己小小地震惊了一下。她感觉自己好像忽然变聪明了。是因为形势所逼，激发出了潜力？还是厚积薄发，能力凸显？也许都有吧。

第二天，赵小钏在小区附近的饼铺买了牛肉白菜饼，用塑料袋装着，准备去跟前台套近乎。用牛肉白菜饼套近乎？可别小看这牛肉白菜饼，虽然是小店里的小吃，但是风味独特，香辣鲜美，在别的地方根本买不来与它口味相似的，用它来套近乎不算寒碜。

这位前台名叫苏明明，她已经知道了。但是因为前台工作和她干系不大，平时存在感也不是很强，所以对她一直注意不够，甚至于在想到她的时候，脑中都是先浮现“前台”，而不是她的名字。赵小钏可以说是对她最不了解。所以要查，也应该先从她那里查起。

前台已经早早地在那里了。她喜欢戴比较夸张的首饰，大粒的珍珠——赵小钏觉得那应该是贝珠吧，还有硕大的锆石耳坠。赵小钏便和她搭话，然后把香气四溢的牛肉饼递给她。苏明明果然很感兴趣，接过来就吃。赵小钏一边和她说些闲话，一边伺机仔细打量她，结果发现她手上有一个戒指挺显眼，像是古欧式的款式，镶嵌了一个黑钻。花纹的缝隙里嵌着包浆，那颗钻石虽然依旧亮光闪闪，但切割方式和现代的不同，也似乎经历了弥久的岁月。赵小钏本来以为这是复古的首饰，但仔细一看又不像——戒圈应该是用货真价实的黄金铸造的，而且这黑钻似乎也是真的，从戒指的色泽上看，也不像是做旧，应该是真正的古董。

“这个戒指像是欧洲的古董啊？”赵小钏这样想着，便试探着问了一句。

“是啊。”苏明明随口说，“三百多年了。”

“哇塞！”赵小钏被惊到了，“这是你的家传宝物吧？”

“哦。”苏明明呆了一下。就是这么一呆，让赵小钏看出了问题——她这一呆是表示这不是她的家传宝物？

“是的。”苏明明隔了片刻才给出了这个答案。让赵小钏觉得更有问题。刚才她的神情代表这不是她的家传宝物，她现在却又说是，为什么要说谎呢？难道这个戒指的来历有什么不可告人之处？一想到这儿，赵小钏立即感到血都变热了，但还是把情绪强行压下。今天要按照原计划，去深入调查洪明权的子女，再找机会和他们“面对面”谈话。

第二十五章
多路并进，路路都难

赵小钏把自己的计划跟丁穆汇报了一下——因为昨天的事情，她现在简直有点不知道该如何面对丁穆，跟他说话的时候眼睛只能盯着他的领带夹。丁穆对她的态度依旧很温和，说调查的事情她可以自由发挥。不知是不是她的心理作用，赵小钏觉得他说话的声音都不一样了，应了一声，赶紧转身出了他的办公室。这种感觉让她很难过，心里有种隐隐的腌渍般的痛感，眼中也酸酸的，似乎要掉下泪来。

因为赵小钏是女性，所以她偏向于先接近洪明权的小女儿洪葵。洪葵的工作并不怎么忙，她把具体工作都交给自己手下的干将们了，她做的只是些决策方面的工作。而她的女儿虽然只有两岁，但她雇了一个住家保姆帮她照看，她有很多自己的时间。据说她养了一只蝴蝶犬，每天会出来遛狗。因为她的小区绿化很好，她就只在小区里，一圈一圈地遛狗。这些赵小钏都是听小区里锻炼的老太太们说的。

赵小钏本来想接近洪葵的保姆，问一点有关洪葵的情况。然而令她讶异和惊喜的是，据说洪葵这几天身体状况欠佳，在家里休养，只有秘书给她打电话，说公司有事她才会过去。于是她赶紧朝洪葵的家靠近，结果看到洪葵在阳台上做瑜伽。

赵小钏不方便直接打扰，便找了个隐蔽的地方，一边等她做完瑜伽，一边盘算着如何和她搭话。趁这个空当，她开始用手机在网上搜索关于苏明明戒指的相关信息。她的搜索能力当然不及牧晴，但是她觉得她那个戒指有名家的风范，又是古董，那在网上应该能有相关的信息。一开始，自然搜不到。后来，她想起那个戒指上花纹独特，在黑钻的两边各有一只展翅而飞的雄鹰，雄鹰的眼睛是小小的深红色的宝石。她把这些特征精简成关键词，进行搜索。结果搜到了一条让她惊掉下巴的资讯。

这款宝石戒指是出自中世纪的一位设计名家之手。一位邦国的公主要举行婚礼，请他做十二个黄金戒指，当作嫁妆。这十二枚戒指中，目前有一枚流传于世，正收藏在德国的一家博物馆。从该条新闻转载于博物馆门户网站上的戒指图片来看，这个戒指和苏明明戴着的那个戒指十分相似。赵小钏盯着图片看了半天，虽然因为角度的关系，有些部分看不见，但她觉得苏明明戴的应该就是这枚戒指。“呼啦”一下子，她觉得眼前开出了一片新天地，这片新天地把她给吓坏了——如果苏明明戴的就是这枚戒指，那她莫非是个珠宝大盗？难不成真像好莱坞电影里说的那样，她深夜潜入博物馆，用各种神技躲过里面所有的高科技监控系统，偷走了戒指，再换上赝品？

她从苏明明开始查起，是因为她觉得苏明明应该只是小虾米，没想到一开头就查到了个“国际珠宝大盗”。这实在是太震撼了，搞得她几乎都有些眩晕。当然了，也可能是苏明明戴的是博物馆里的戒指的赝品，但是赵小钏更倾向于认为苏明明戴的是真品。再说这款戒指虽然也是艺术瑰宝，但是名气不大，在国内尤其如此。国内的造假者应该想不到去伪造它来卖。

赵小钏的头脑正在快速转动，忽然瞥见洪葵已经走到了离她不远处。欸？竟然不声不响地下来了？赵小钏赶紧一手掏出风油精，一手掏出纸巾，然后用风油精在自己眼皮上一抹。顿时泪流如注，拿起纸巾在脸蛋上揩着，然后假哭起来——她要在洪葵面前演出一场戏。没人教她这损招，是她自己想出来的。

赵小钏假哭的声音属于中等水平——高声太假，低声怕洪葵听不见。虽然大家都说洪葵在人际交往上有些疏离，但是应该不会对一个哭泣的女孩无动于衷。再说，一般IT业的人都应该对网上交流比较热衷。而热衷网上交流的人都有一个共性，那就是对现实生活中的人，尤其是熟人话不多。但是，对陌生人往往可以话很多。她一个网霸室友就是这样。她一边假哭，一边偷眼看洪葵的行动。结果洪葵走到她的身边，对她看了一眼，却丝毫没有停留，径直走过去了！

我的天哪！赵小钏呆住了，还真是对别人的一切都无动于衷啊！真是白瞎她的眼泪了！然而接下来，她看到洪葵走进了保安岗亭，把保安大叔叫了出来。赵小钏呆住了，一时间不知道是该留在这里，还是该跑。好吧，洪奎不是对其他人的事情无动于衷，但是十分具有警惕性，而且不会轻易惹麻烦！

保安大叔走到她面前，和和气气地问她："小妹妹，你怎么在这里哭啊？出了什么事啊？"

呃……赵小钏的眼珠在浮肿的眼皮下转了一下。她本来的计划是，说自己有个长辈住在这里，自己之前和长辈疏于联系，现在他死了，悔不当初所以才哭——想通过这样让洪葵想起自己的父亲，再引她攀谈套她的话。现在对着保安，当然不能这样说了。否则保安会立即问她长辈姓什名谁。

"啊……是这样的，我本来是在外面那条路上走着的，结果走着走着忽然心里难受，觉得在街上哭太难看，看这小区里幽静，便走进来，想找个没人的地方，静静地哭一会儿。"

"心里难受？"保安诧异地问。

"是啊。"赵小钏擦着自己的眼睛，做出"又有眼泪流下"的样子。她的眼睛现在已经流出不来眼泪了，还肿着，她造假也不容易被看出来。她偷偷地朝洪葵看了一眼。发现她丝毫没有走的意思，知道自己的计划依然可以顺利进行，说给保安听和说给她听效果是一样的。

“是这样的，几天前，我姥爷去世了……”赵小钏的姥爷在赵小钏出生前就去世了，所以赵小钏才会拿姥爷来编故事。当然此姥爷非彼姥爷，但即便是在编故事，拿别人说，她心里还是会不安。“我姥爷小时候对我很好，我很喜欢我姥爷。但是后来我上了大学，离开了家乡，毕业后又要找工作，忙来忙去的，就和我姥爷疏远了，看我姥爷的次数很少，但是我姥爷还是待我一样好，每次见到我的时候，就跟见到宝贝来了一样高兴。还时不时地打电话问我境况可好。我当时总以为，我还有很多的时间可以孝敬我姥爷。结果，没想到我姥爷前阵子忽发脑溢血，就那么走了……他走得很突然，临死前也没机会见我一面，我现在越想越后悔……”说到最后，她竟有些鼻酸。倒不是单纯的入戏，而是因为她觉得姥爷活着，姥爷也一定会很疼她，她也一定会很喜欢姥爷。然而她没空管自己心里的感觉，因为洪葵的表情非常奇怪。

刚开始的时候，洪葵的表情是羡慕，就像自己从来没有感受过这种温情。之后就是愤怒，甚至还带着一点儿悲伤，最后则是嘲讽，不知道是嘲讽自己，还是嘲讽谁。赵小钏被惊到了，觉得洪葵和她爸之间肯定有过很不愉快的事情，而且是很多，竟像是她在爸爸那里从来没有享受过温情一样。

保安听完后连连叹息，安慰了她几句。赵小钏也就借坡下驴，道完谢离开。洪葵自始至终都没有多说一句话。赵小钏就算是拉住洪葵说话也没用，所以也没有朝她多看一眼，假装什么事都没有一样离开了。回到公司之后，赵小钏请牧晴帮她查一查洪葵的 QQ 号。牧晴嘴一撇，说她也不要以为黑客是万能的，想要什么就能要什么。

赵小钏想想也是，便说自己再去查问一下，看有没有人知道洪葵的 QQ 号——现在她对牧晴的感觉也很微妙了，再加上她有着“近乎无所不能”的搜集情报的能力，让她下意识地不敢在她身边多做停留。而与此同时，跟在面对丁穆时一样，她心里酸酸的。

“你等一下！”牧晴见她要走，反而叫住她，“拜托，不要这么性急好不好。我说我不能直接获取，并不代表我没有办法间接查出啊。”说着她在搜索栏里输入洪葵所在的小区的名字，结果发现那个小区的QQ群——现在好多小区都自建QQ群，然后她申请加入，附注就是“新住户”。

结果群主很快就接受她了。进了群之后，她发现这个群的用户都是实名，便搜出了洪葵的名字，得意地用卡通化的声音“嘿嘿”了一声，让赵小钏来看。

“哎呀，你真是会想办法！”赵小钏低头就抄QQ号——她现在尽量避免和牧晴的目光接触。“对了，你那朋友的事情——”牧晴冷不丁地提起了焦桐的事情，把赵小钏吓了一跳。

“怎么了？查到了吗？”

“只能说是查到了一些。”牧晴看着她的眼睛，目光有些深邃，“当初他和朋友开了一家公司，开发了一个游戏，叫启蒙时代，是新大陆历险创业练级那类的。游戏推出的时候挺受欢迎，他很快就赚到了很多钱，并成为很多宅男宅女身边的偶像，”说到这里她顿了一顿，“但是他醉心于自己的成功，在个人平台上竭力展示自己的成果，当然也包括各类奢侈品。当然了，这其实也是一种宣传，但也引来了很多人的嫉恨。以至于他后来出事的时候，很多人拍手称快。”

赵小钏不由自主紧张起，听牧晴的语气，那应该是一件“稀烂”的事情。

“在功成名就的同时，他在爱情方面也有了收获。于是他决定结婚，婚礼耗资巨大，并用播放软件向众多在线玩家直播。这也是一种宣传。然而，就在新人接受祝福的时候，一个浓妆艳抹的女人带着一个七八岁的男孩儿冲上台，她自己揪着焦桐的领子，大骂焦桐欺骗了她，说她在大学时代就和焦桐同居了，那个男孩儿就是她和焦桐的私生子。那个孩子就紧紧地抱着焦桐的双腿，一个劲儿地喊他爸爸。当时现场一片混乱，焦桐愣了半天才想起来叫人把直播软件关上，但是不知道怎么回事，直播软件和电脑都出故障了，关不掉，让玩家们看了半天戏他们才勉强把设备关上。之后这件事就引发了‘蝴蝶效应’，不，应该是雪崩效应，在游戏界出现了各种各样有关他的爆料，但是不知真假。不过，有些人认为这些应该是编造的……”

虽然牧晴说得轻描淡写，赵小钏却听得心惊肉跳。她虽然没有被人诽谤和谩骂过，但有关自己的谣言大规模流传被很多人谩骂——她虽然不是游戏玩家，但她是知道那些人是怎样的。他们当中有些人，因为一点儿小事就可以骂得令人匪夷所思。见焦桐被爆了这么多黑料，对他会进行怎样的谩骂，简直稍微想一想就感到全身战栗。网络暴力也可以逼死人的，不是有些艺人都被网络暴力逼得自杀嘛。而焦桐只是个搞技术的人，那个时候他的精神压力可想而知。

“如果只是这些马甲爆料，也许他还可以挺过去。但后来出现了一个真正的毁灭性事件：一个 IT 技术员实名控诉，说焦桐的游戏的创意和核心技术都是他去世的哥哥的。说焦桐剽窃了他哥哥的成果又不认账，导致他的哥哥郁闷自杀。这个爆料帖我看了。”说到这里，牧晴的语气稍微变重了些，“老实说，并没有真正提出什么实质性的证据，但是这个帖子文笔很好，写得让人愿意相信爆料人，再加上又是实名——在现在的互联网，几乎没什么人敢实名说话。在很多人看来，只要敢于实名爆料，就等于打上真相认证了。这个爆料是毁灭性的，不仅在网游圈里引来了山崩海啸般的批判，还直接引发了焦桐的公司崩溃。本来在一切发生之前，焦桐在和一个互联网集团公司谈合作，本来已经要谈成了，但是对方公司看到网上这么多人议论这个游戏的知识产权归属，担心日后会有知识产权纠纷而引发损失，便不再和焦桐合作。其他的合作方也因为类似原因和焦桐的公司中止了合作。于是焦桐的公司做不下去了，只得关门。因此他身心都受到了极大的打击，据说现在住在父母家……”

“据说？”赵小钏的心揪紧了，什么事一带上个“据说”，就带上了很多的不确定性。

“是的。因为现在别人很难直接联系到他。自从那件事后，他就远离网络，所有的网络平台都关了，也不再用网络即时通信软件，电话也很少接。不过，应该是活着——他还有个好朋友在网上活动，我和他聊天的时候套他的话，他虽然最近没和焦桐联系，但是上次联系的时候他还活着。”

第二十六章

智商爆棚

赵小钏听牧晴这样说，感到心慢慢地往下沉，仿佛沉入了地板，还在往下沉。牧晴的词用得非常准。还“活着”，就证明焦桐过得很糟，仅仅是活着而已。她听了牧晴的描述，第一感觉就是这整件事应该是个阴谋。但是她现在已经知道了，绝对不可以仅凭感情判断事情。

“那……那个自称有焦桐私生子的女人是谁？具体情况知道吗？”

“那个女人在大闹婚礼现场后就消失了，包括那个孩子。有些好事的游戏玩家也尝试搜索过她的身份，但是没有成功。有时候，人肉搜索也不是万能的。而那个实名控诉的技术员，在焦桐的公司倒闭后自称得到了公道，也销声匿迹了。我想要继续查查看，你觉得呢？”

赵小钏赶紧用力点头：“至于焦桐的近况，也麻烦你再帮我查一查……最好能查到他的住址。我去工作了。”

她不只是需要工作，她还需要查公司的人，包括牧晴的底细，还要想办法查出孙晓裕的情况，找出孙晓裕的所在。现在她对任何事情都不可沉溺过深，更不可自乱阵脚。

她坐到自己的电脑前，准备钓洪葵出来说话。她下意识地看了看自己的包，又赶紧把目光移开，就像一个不敢做贼的人触一下然后拔腿就跑。在回公司的路上，她凭着自己在大学学到的那点英文，用最简单的语言给那个收藏戒指的博物馆发了一个邮件，提醒他们检查一下那个戒指是否还是原物。她可不敢用公司的电脑，也不敢用家里的电脑，总觉得无所不能的牧晴能发现她发邮件。手机这东西比较小，似乎难以掌握，用它发，也许没有关系。

即便如此，她心里也是惴惴不安的。另外，如何确定孙晓裕是否安全，她还没有想出办法。当然了，如果孙晓裕是被人挟持，那要想得知她的信息，就要想办法和“挟持者”取得联络。她该如何和神秘发信人取得联系呢？

无论如何，得先把手头的工作搞定。赵小钏加洪葵的好友——洪葵的群昵称是实名，实际的昵称是“北极圈的极光”。赵小钏便用“我也喜欢极光”为理由加她的好友。老实说，洪葵是否会加她好友，她心里没有底。因为洪葵虽然是搞 IT 的，但毕竟 40 多岁了，是否还会热衷线上交流，的确是个未知数。再说就算还喜欢网络交流，说不定会在微信等更封闭的圈子混。那她为什么要盯着洪葵查呢？原因很简单，因为洪葵是女人，而且和她年龄相差最小。叫她去套一个比自己大一倍还多的男人的话，光想一想就觉得难度奇大。在现实生活中对人际关系疏离的人说不定在网上会活跃点。如果洪葵还用 QQ，也许她还能逮到她。

令她讶异的是，洪葵很快就加了她的 QQ，而且在 QQ 上很活泼热情，和现实生活中简直判若两人。赵小钏有些惊诧，但很快就觉得没什么可惊诧的。她想起自己那个室友了。看来很多在现实生活中沉静冷淡的人其实很有交流的欲望，但是在现实生活中发挥不出，可能是因为戒心什么的，但在虚拟的网上却可以尽情释放自己的交流欲望。尤其是在没人知道自己是谁，而且可以随意交流的情况下。QQ 可以随意申请，而且交流没有限制，非常满足这一条件——可以想象，因为微信和隐私离得更近，而且加的大部分是现实生活中的熟人，交流圈也有一定的局限性，洪葵也应该不太喜欢用。

为了怕露馅儿，赵小钏先和她聊极光，然后不动声色地提到了自己和父母的相处问题——那套谎话显然不能再用了。她说自己和父母关系紧张，知道他们心里是对她好的，就是无法忍受他们对她的过多约束，也不知道该怎样和他们沟通——现在如果子女和父母关系紧张，最多的就是这个原因。当然了，她并不认为洪葵和她爸爸的问题只在于此。她这样是引洪葵打开话头。

洪葵果然如她所愿，而且是闸门一开，洪水滔滔。她说："你已经够幸运了，至少还能感觉到你的爸妈对你好。我就从来没感觉到我爸妈当真对我好过，虽然也让我吃饱穿暖，但条件十分明确，那就是我必须争气，必须学习好，必须什么都拔尖。你知道吗？他们不止一次地对我说，我们养活你，就是让你学习好，就是让你成功。你如果不好好学习，不能有所作为，我们就没必要认你，更没必要养活你。你千万不要误会，他们这说的可不是气话，他们说这话的时候非常平静，就像他们觉得这是天经地义的一样……在他们心中，他们肯定觉得这是天经地义的。他们从小到大，从来没有真正关心过我别的事情，只是一心一意逼我学！学！学！"

"他们每天跟我谈话的内容，就是问我这次考多少分，别人考多少分，下次能考多少分……比别人考得高了，他们跟我说，虽然比别人考得高，但按他们的标准还不够，还要继续努力。要是比别人考得低了那就完了，他们会轮流用你可以想象到的最折磨人的话在精神上折磨你……因为我是女孩，他们还不至于打我，对我几个哥哥，他们是从小打到大的……我大哥学习不好，小时候几乎被他们逼死，要不是后来做生意赚到了钱，还指不定被他们逼成什么样呢。现在我们兄妹几个都算是成功人士了，但是照样被逼……我妈已经去世了，就剩我爸了，我们每次回家，他依然只会逼我们上进。我们不管怎么成功，都达不到他的标准。不管怎么上进，他都不满意……按理说我们应该多看看老人，可是我们实在做不到……我爸只要一打电话，一看那个来电显示我就浑身不舒服，一看到我爸那张脸，我就紧张得受不了。我几个哥哥也是这样……我知道我爸在外面说我们不孝顺，我们愿意孝顺，但是他能先让我们喘口气，给我们条活路吗？”

洪葵一口气打了这么多字，中间几乎没有停顿。可见她的心里有多么大的心结。赵小钏看着这一大段一大段的文字，心里说不出是什么滋味。逼儿女上进，这是中国老人都喜欢干的事情。结果把儿女逼着上进的同时，也把儿女越逼越远。有人说这是儿女忘本，但是如果一看到父母只能想到压力，实在没法让儿女不远离。赵小钏的父母也逼她上进过，当然没有洪家这么极端，但看到洪葵的遭遇，她还是很能理解她的心情。

赵小钏把调查的结果跟洪明权说了，洪明权听了后半晌不语，之后恨恨地说：“我这也是为了他们好啊！他们怎么就不明白呢？”

一听到这句话赵小钏就想翻白眼——中国的家长总是因为“为了孩子好”而做出很多伤害孩子的事情。但是要想解决洪明全的问题，她还得软言细语劝说他。

“我知道您是为了他们好，相信他们心里也都明白。但是，无论是出于什么样的目的，催促上进，总会让人产生压力。当压力积累到一定程度，就会对人造成伤害。”

洪明权看了看她，叹了口气：“可是……我就是担心啊。现在是长江后浪推前浪，我怕我不说……唉！”

赵小钏在心里叹了口气，盯着洪明权的眼睛。洪明权竟被她看得略微有些发慌，眼神下意识地往旁边一闪。

“洪爷爷，”赵小钏一字一顿地说，“我相信，您的几个儿女都是上进的人。即便不经你催促，他们也会上进。因为光靠催促，是无法让一个人上进的，除非他自己愿意上进。相信你的朋友圈里，也有那种无论怎么被催促，都不愿意上进的人吧。”

洪明权呆了，呆看了赵小钏几十秒，然后深深地低下头，轻轻地点了点头。赵小钏偷偷地嘘了口气。现在看来，问题是解决了。

丁穆跟她说过，问题解决后，她可以直接回家。她也想直接回家。在公司里总是紧张，她得在一个自己相对放松的环境里，冷静地想和写信人取得联系的方法。但是，从信是寄到她的家里来看，也许发信人是在偷偷地监视她的家。那她的家，也不再是一个可以令她放松的环境了。

赵小钏走到小区门口，竟又收到了一封信。这封信和上次的神秘信件的信封一样，在发信人的地址那一栏写的却是“豆芽街十二号”。

豆芽街？赵小钏是本地土著，从来没听说过豆芽街这个地方。她立即掏出手机搜了搜，发现本市根本没有豆芽街这个地名。大概是胡编的。什么人会给她一封发信地址是胡编的信？肯定是上次那个发信人了！

一想到这里赵小钏浑身的血都涌上了头顶，赶紧拆开信封，发现这次里面只有一张打印纸。上面打印着：“你知道你该干什么，很好。请继续努力。你放心，孙晓裕现在很安全。如果你想和我联系的话，请和我联系。”

看到“孙晓裕现在很安全”这几个字时，赵小钏的感觉就像看到了无数宝贝，等看到“请和我联系”的时候，又觉得又好气又好笑。他的地址明明是胡编的，在信里也没有注明什么联系方式，怎么联系他啊？

欸？赵小钏忽然想起自己看过的那些侦探小说。是不是在这个信封和纸张上，留有什么不易察觉的线索？赵小钏立即把信纸和信封揣着，回到家里慢慢研究。然而不管她怎么研究，都没发现什么隐含的线索。急躁和郁闷产生了愤怒，她一时间只想把信封和纸张撕成碎片，气呼呼地看着它们发怔。然而就在这时，一个念头火星一般从熊熊怒火里跳了出来。

这个家伙用这样的口吻说“请和我联系”，就好像她已经笃定知道回信地址一样……用这种口吻，表示他已经很明白地给出了线索……难道，他就是要她按这个“豆芽街”来给他回信？

这个想法很是大胆，她一开始也觉得自己是在胡思乱想，但越想越觉得有可能。因为除了这个，实在没有别的线索了。可是这个地址明显是胡编的，一定寄不到，会被退回来的啊……啊！对了！像这种地址有误的信件，一般先会被发往错信中心。如果那个人是错信中心的管理员，他就一定可以拿到信！

想到这里后赵小钏立即觉得全身的血都往上涌来，赶紧按照那个地址写了一封回信。回信的内容很简短：“我会按照你说的做，请一定保证孙晓裕的安全。”其实，她根本就没打算通过这封信和写信人联络。她明天请一天假，先到发信人之前发信的邮筒旁边，早早地把信放在邮筒里，再若无其事地回家。想到这里，她忽然感到有些心慌。按照她的推测，那个发信人顶多是在外围监视她的家，应该没本事在她的家里安装摄像头或窃听器。可是万一他真的安装了呢？如果他安装了，那她所有的计划在实施之前就会被全部识破。她必须得确定家里没被安装窃听器或者摄像头，才可以实施自己的计划。

寻找摄像头和窃听器的设备公司里有，但是这件事不能让公司里的人知道。再说如果那个人装了摄像头和窃听器，她拿着仪器来检测，就等于告诉他，她已经发现窃听器和摄像头了，绝对会打草惊蛇。

赵小钏紧紧地皱着眉头，皱得眉头都要滴出血来。不过，天无绝人之路，她很快又想出一条出路来。监控设备分为有线和无线的两种。如果是有线的监控设备，就必须通过数据连线，将新号传输到附近监视者的电脑上。而这个线路不宜过长，如果她的家里被安装了有线的监控设备，那监视者应该在这楼里。这里住的都是老邻居，最近没听说有什么新住户入住。而且要连接线路又得打洞又得拉线，很难做到神不知鬼不觉。那么如果她家里被安装了监控设备，更有可能是无线的。无线设备要进行数据收发，室内就会有微弱的电磁波流动。因此，只要能确定她屋里是否有异常的电磁波流动，便可以知道这里是否有监控设备。那什么对电磁波最敏感呢？应该就是收音机！

赵小钏想到这些后感到心里陡然亮了，也不禁有些诧异自己怎么变得这么机智了。老实说相关的知识她之前都在各色书籍上看过，只是从来没有把它们穿起来想过，更没有想过要用它们。看来真是境遇锻炼人，看来她还有很多潜力没有发挥出来。想到这里她心安了许多，这证明她应该有能力自己解决一切问题。

第二十七章

追捕

赵小钏找出了一个收音机，戴上耳机，随便调到一个电台波段，在屋里转，即便监视人看到她在干什么，也应该只是以为她在寻找信号最佳的地点。而赵小钏就是靠信号来确定是否有监控设备。如果她靠近有监控设备的地方，信号就一定会受到干扰。在做这件事的时候，赵小钏表面很是平静，心却在剧烈地震颤着，除了紧张之外还有一种不真实的感觉。她现在算是真正碰触异世界的大门了吧。这门后面是无尽的凶险莫测，她只要踏入一步，说不定就会深深地吸进异世界的深处，再也无法回归现实的世界。

还好，屋里没有信号异常的点。赵小钏松了口气。没有监控设备的话，一切就好办了不少。她放下收音机，先把自己房间的窗帘“若无其事”地拉上。站得远远的，用望远镜监视他们家的窗户也是可以的。再到妈妈的房间里，从衣柜里找了几件衣服和一个包头巾出来。妈妈的房间窗户比较偏，从窗户看不到她在做什么。然后回到自己的房间，把这些藏在褥子下面。在她的收纳盒里，还有一个茶色的眼镜。那是她以前纯为了好玩从地摊上买的。有了这些，明天她投完信回家之后，把这些塞在自己的小包里，再去上班，然后她便向丁穆请假，从公司离开，然后走到一个繁华的商场里，从最拥挤的人潮当中穿过，再遛到厕所去换装，再从商场的另一个门走出去。这样只要不是在她的身上装了 GPS 的话，监视者十有八九会被她甩掉。然后，她就直奔错信中心。她已经查阅了相关的信息，知道从那个邮筒寄出的错信会被归往哪个错信中心。从邮政车收信的时间判断，她到达错信中心的时候，信应该还没被送过来。她就在一旁潜伏着，等着送错信的车过来，找个理由混进去，然后随机应变。

第二天，一直到换装走出商场都很顺利。她便走到错信中心那儿，在一旁转悠。错信中心可不是什么戒备森严的地方，只有一个管理员，那管理员也不注意她。那管理员看起来挺老的，精神很萎靡。赵小钏留神观察他。觉得他怎么着都不像什么特殊人物，也似乎对那些错信不怎么关注。但是人不可貌相，他也有可能是在特意假装。

一会儿之后，邮政车来了，邮递员把错信交给他。他也没仔细看，拿着就往那边一放。赵小钏心想自己的那封信应该就在这里，下意识地伸长了脖子，结果被管理员一转眼看见了。

“唉，大姐，”他的声音听起来很虚弱，“你有什么事吗？”

“啊，这个啊，”赵小钏情急之下压低喉咙学起了山东腔——她有个室友是山东人，以前她跟她开玩笑，经常学她的强调说话，四年下来，倒也练得很是逼真，“我是来找信的……我多年不见的老朋友给我寄东西，把我现在的地址写错了。”

“哦，行。”管理员说，“我来帮你找，你叫什么？”

“我叫张春花，”赵小钏赶紧赶紧给自己胡诌了名字，“我自己找，不麻烦师傅。”

“哦，那好，”管理员把一沓沓的信件拿了出来，也帮她扒拉了几下，之后便嫌烦了，叫赵小钏自己找。他跑到外面去透气。赵小钏在信件堆里胡乱扒拉着，心想自己是该尽快跟管理员说“不找了”，然后溜走，还是该在这里蹭着——老实说，她还是怀疑那个管理员就是那个发信人。因为不管怎么说，能最便利、最万无一失地拿到错信的人就是他。

忽然间，赵小钏感觉眼前滑过了一个熟悉的东西。赶紧把那个东西捞了回来，啊！这不正是她寄往“豆芽街”的信吗？还真让她找到了！

赵小钏在心里苦笑了一下，准备偷偷地再把信放回去，却忽然发现这封信似乎已经被拆开过了。赵小钏赶紧把这封信拆开，结果发现里面是一张手写的字条：“你的调查能力很棒，我很满意。继续调查你们公司的底细吧。”字体苍劲美观，简直有书法大家的风范。赵小钏如遭雷击，猛地回头朝管理员看去，一定是他！一定是他对信动的手脚，然后在帮她找信的时候把信塞进来！

那个管理员赫然已经不在门口了，是逃走了吗？赵小钏猛地站起来，准备去追他。

“大姐，你找到信了吗？”管理员的声音忽然响起，原来他已经绕到了她前面。情急之下赵小钏也无暇再装，用原本的声音拿着信问他：“是你把我的信拆开，放进这个纸条的吗？”

“啊？”管理员一副一头雾水的样子，接着又惊又怒：“什么人把信拆开了？怎么这么缺德呢？最后归到我这里来，不是要我负责任的吗？这可是要扣我的奖金的啊！”

赵小钏目不转睛地盯着他，感到他的每一个字都被放慢了很多倍，在她心头碾过。她仔细地分析着每一个字，得出了一个令她有些沮丧和迷茫的结论。这个人，应该不是那个发信人。因为他这一脸的错愕不像是假装，而且如果他是那个发信人，恐怕做过这个手脚之后就已经离开了，而不会还在这里。会不会是在演戏？不会。因为以他的智商，应该知道再怎么演戏都没有用了吧。那在信上做手脚的人是谁呢？

赵小钏的脑中忽然迸出了一个形象，本能地朝门口冲去，却又在冲到门口的时候刹住了脚步。她知道那个人是谁了。应该就是刚才送信来的邮递员。相比废信中心的管理员，邮递员是更早接触到错信的人，而且比他更有时间做手脚！可是他又是怎么知道她会把信投在哪个邮筒里呢？对了，她在投信的时候，几乎是想都没想就投到了他发信时的邮筒……他一定猜出她有能力找到发信的邮筒，并且会把信投在这里——这是种心理上的惯性，想要和他联系，自然会去一切开始的地方，找他当初发信来的邮筒。况且，那个邮筒离她家还不远。

赵小钏立即去找邮政局的领导，要求见这条线路的邮递员。理由就是她的信被拆了，她很担心那个邮递员已经跑了，然而邮政局领导一个电话就把他叫来了。才发现，之前的邮递员辞职了。

赵小钏回到家里，脚步都有些虚飘飘的。虽然她提醒自己不要沮丧，但还是很沮丧。因为她感觉自己就是一只被人用铁链拴着脖子要着玩的猴子，而且是只懵懂的小猴子。赵小钏回家后刚喘了一口气，忽然发现那个博物馆给她回信了。一见有回信，赵小钏感到一股冲力直冲到脑，陡然间非常清醒，赶紧点开邮件——有回信是代表博物馆发现戒指有问题吗？

回信自然是全英文的。赵小钏费力地辨认，感觉一瓢凉水在头上淅淅沥沥地倒了下来。博物馆的回信是说他们已经仔细鉴定，确定那个戒指并没有问题，感谢赵小钏的关心。也请赵小钏控制她的想象力。回信写得很客气，但赵小钏可以品出博物馆方面已经生气了，肯定觉得赵小钏没事找事。不过因为一封邮件就重新鉴定自己博物馆的戒指，这证明他们工作还真是认真负责，也许是觉得忽然有封邮件来质疑冷门藏品挺蹊跷。

赵小钏骇笑着关上邮箱。这么说那个戒指真是赝品了？可是谁会有雅兴去仿造欧洲冷门古董来卖啊？而且她真的感觉那不像是便宜货……欸？老实说，她当时并没有看到博物馆收藏的戒指的全貌，不是说这套戒指有十二个的吗？而同一套的戒指大部分都很相像。苏明明会不会戴的是这一套里的另一只戒指？可是不是说这套戒指中只有一个流传于世吗？

赵小钏木然苦笑，她是想出了一条路，但它却会把她引向迷宫的更深处。历来没有比寻找文物的去向更麻烦的事情了。看来这一条路走不通，她得另找方法调查苏明明的底细。或许她该另找办法调查发信人的底细。赵小钏把发信人的字条拿出来，盯着看，却无奈脑中空空，怎么看都没有想法。没有办法，她只有去睡觉了。

不知道是不是日有所思夜有所梦，赵小钏在入睡后，竟然梦见了一幅字画，字画上有好多龙飞凤舞的大字，挂在白墙上。白墙的旁边有一个紫檀木的梳妆台，在梳妆台上，放着一个用珠宝和黄金制成的金钏儿。

也许这只是一个因为思虑过度而导致的梦，但赵小钏醒来之后心里还是怪怪的，那幅字画给她以特别的感觉，而且那个金钏儿，好像在她梦里是第二次出镜了。她梗了梗脖子，感觉心里像被敷上了一个冰凉而又充满怪味的湿毛巾。这种感觉一直持续到她到公司。刚到公司，牧晴就神秘兮兮地把她招呼进自己的办公室，告诉她调查结果——她终于找到焦桐现在的住处了。

牧晴本来想通过套焦桐朋友的话来获得信息，没想到焦桐的朋友对网络上的提问高度警觉，她根本撬不开她的嘴。牧晴没有办法，干脆黑进了他的电脑，从他和焦桐的合照里找到了蛛丝马迹，确定了焦桐现在的住址——在B市城乡接合部那里，估计焦桐在逃离网络的时候连朋友圈也一起逃离了。赵小钏知道后就立即忍不住想去看他，便又去找丁穆请了假。她本来担心自己连续两天请假丁穆会不高兴或者问她什么，但是丁穆并没有。赵小钏感到一阵侥幸，同时也感到十分抱歉。在丁穆面前，她总是格外感到抱歉。因为对丁穆感到抱歉，她对牧晴的愧疚之感也被勾起了。她赶紧清清脑子，她现在不能被这种情绪缠住，为了把脑子清干净，她还不由自主地甩了甩头，结果引起了苏明明的注意。

赵小钏感觉到苏明明的目光后自然而然地看向她，结果第一眼就注意到了她手上的戒指。忽然间，她想要再试一次，便对苏明明说：“不好意思，我要去见多年不见的朋友，想打扮得漂亮一点……你能把你的戒指借给我戴吗？”

如果苏明明挺看重这枚戒指，或者这戒指有什么问题，她是不会立即爽快地给她吧？

然而，苏明明二话没说就把戒指摘下来给了她。赵小钏一怔，又赶紧掩饰自己呆怔的情绪，伸手就把戒指接了过来，结果发现这戒指出乎意料的沉。她道了声谢，飞快地把戒指戴在右手食指上，然后大踏步走了出去。

第二十八章

底细

焦桐现在住的区域很是偏僻，赵小钏需要坐客车过去。一路上她对着戒指仔细端详，觉得它真的应该是古董。好吧，既然已经到了她手里，就找个专家鉴定一下。找哪个专家合适呢？赵小钏忽然想起自己的一个大学教授对古物很有研究，老实说这个教授只是教过她的课，她和他不算是有什么深厚的友谊，之前搜索戒指信息的时候根本没想到他。他似乎还和一个文物鉴定专家很熟。那就拜托教授，请那个文物专家帮她看看吧。这种事情，还是请知根知底的人帮忙比较好。

焦桐所住的区域颇有些凋敝，虽然街道还算整洁，但随处可见破败的痕迹，来来往往的行人脸上都似乎少了些生气。这里街牌和门牌几乎没有，赵小钏拿着牧晴给她的纸条，半天也还没有找到地方。牧晴怕她找不到地方，还特意注明公寓楼旁边有棵大槐树。一开始赵小钏还有些不以为然，现在发现这个提示很是必要。如果找不到门牌，她就只有找大槐树了。

街上的人们忽然骚动起来，接着朝一个地方跑过去。赵小钏觉得好奇，也一并跟了过去。转了一个弯儿，眼前赫然是一个七成旧的五层公寓楼，旁边耸立着一棵大槐树。赵小钏立即听到自己心“怦”地跳了一下。这不就是焦桐的家吗？其他人叽叽喳喳的，全都看向楼顶。赵小钏也往楼顶一看，顿时觉得呼吸停顿了数秒——那不是焦桐吗？他在楼顶上？要自杀？

焦桐现在已经长成了一个大男人，但依稀还有小时候的样子，不是很瘦，但看起来精神很差，失神地看向楼下。

赵小钏顿时觉得一股压力直冲脑门，略微有些鼻塞的鼻子也通气了，环绕在她身边的人的形象和声音也都清晰了起来。

“儿啊，你先下来啊……你不要这么狠心，丢下妈妈先走啊……你要是撒手去了，你妈我也活不成了……”一个中年妇女在那边痛哭流涕，捶胸顿足。她应该是焦桐的妈妈。

“焦桐！你先下来！这世上没有过不去的坎儿，没有解决不了的事情！不管怎么样，你先下来！”一个中年男人脸急得雪白，扯着嗓子直喊。他应该是焦桐的爸爸。

“焦桐！”一个穿制服的人大声喊着，应该是这边的片儿警，“就像你爸爸说的，这世上没有过不去的坎儿，什么都可以急着做，就是不可以急着死！很多事情都有挽回的余地，如果你有什么困难，我们大家都会想办法帮你解决……你先下来好吧？”他一边喊，目光一边滑向楼道。赵小钏立即猜出大概他们已经派人悄悄上楼，趁焦桐不注意的时候把焦桐拉回来。发现这一点后，赵小钏稍稍地放了点心。

“焦桐！你可千万不要想不开啊！”一个穿便服的彪形大汉大声喊道——她不认识他，但听他的口气，应该是焦桐的朋友。“我知道你很生气，但是不要想不开！君子报仇，十年不晚！我们一定有办法让那些家伙受到惩罚的！你要是现在死了，不就便宜那些坏人了吗？”

焦桐本来是恍恍惚惚的，听到这个后忽然激动起来，往前迈出一步。

“焦桐！我是赵小钏！你还记得我吗？”赵小钏脑子一麻，想都没想就喊了出来。

焦桐愣了愣，朝赵小钏看了过来，嘴张了张，但听不见他在说什么。大概是因为他体力衰退，说话声音小的缘故。不过从表情看，应该不是什么激烈的诀别之言。

赵小钏本来的想法是，至少得让焦桐在死前知道她来看他了，所以才朝他大喊。现在见他的注意力被她吸引了过来，赶紧继续找话吸引他的注意力：“我是你小学的同学，你还帮过我呢，你曾经说……你曾经说你非常想看到昙花开放的样子，我前阵子碰巧遇见一次昙花开放，用手机把它开放的过程录下来了，你想看吗？”

这话焦桐不是对她说的，是对他的哥们儿说的。赵小钏当时在教室的角落，看着他们说话。她记得焦桐提起昙花时那一脸的憧憬和渴望——一般人小时候憧憬的东西，长大后依然会有兴趣。赵小钏想到这个后，立即就用最大的音量喊了出来。

焦桐果然很有兴趣，下意识地往后退。就在这时，偷偷溜上天台的警察一把拽住了他，把他拖下了天台。

焦桐的父母没想到凭空来了赵小钏这么一个救星，又是惊骇又是欣喜。立即把她请到家里，请那位彪形大汉帮忙买点酒菜来款待她。他们喊这位彪形大汉徐彪。然而现在就算他们弄来山珍海味，赵小钏也没兴趣吃，她现在只关心焦桐怎么样。焦桐被救下来后依然是那种失神的神情，冷冷的，不理人，只对赵小钏手机里昙花开放的视频感兴趣——那个视频其实是牧晴给她的，并且被处理过，并不长，焦桐也只看了一遍就放下了。因为焦桐看起来气虚体弱，似乎用手指一碰就会倒下，赵小钏便又把他扶到床上躺下。

焦桐的父母一直守在儿子身边，满脸的期待，期望儿子从鬼门关回来后能有所改变，至少对他们说几句肺腑之言，而他只是静静地躺着，一言不发，目光也很空虚，不知道在看什么。

徐彪买酒菜回来了，他把酒菜往桌子上一放，就跑到焦桐的床前，说：“哥们儿，现在你心里该明白一些了吧？你不用担心，君子报仇十年不晚，我们总有方式叫那些王八犊子受到惩罚的！你先放宽心，吃点肉，喝点酒，好好睡一觉！”

焦桐本来是萎靡的平静，听到这句话后忽然露出厌恶和烦躁的神情，翻身朝里睡了。赵小钏心里“咯噔”了一下。见他如此，徐彪倒也没有生气，只是叹了一口气，转身去摆菜去了。

“他一直是这样吗？”赵小钏低声地问焦桐的妈妈。

“是啊，他一直是这样，不听劝啊。”焦桐的妈妈唉声叹气地说，“我们看他闷闷不乐的，就天天劝他，说他不要太在意以前的事情，总有办法能把一切都扳回来的，不管怎么说，他要自己先振作起来，结果怎么劝都没用。”

赵小钏咬了咬嘴唇，觉得他们这样做很是不妥。现在想起来，焦桐在天台上的时候，也是因为徐彪提起了他的过去，并叫他为了扳回一切而振作才使焦桐激动得准备立即去死，而刚才徐彪旧话重提，他又显出了极为厌恶和烦躁的神色。大概他们以为焦桐是希望自己能扳回一切才这样的，但现在看来，“过去”和“振作”已经成了他的负担。当然了，在他的亲友们看来，他心中的郁结就是过去的遭遇，所以叫他想开并且振作。但是赵小钏隐隐感觉到也许他现在需要的，就是完全忘却以前的事情，只接触一点简单和开心的事情，他会被昙花的视频吸引而放弃自杀就是最有力的证据。当然了，她不是心理专家，对自己的分析也没什么自信。她现在觉得自己必须跟同事们说明一切，请他们帮忙了。想到这里她说不出有多羞惭，虽然她告诉自己调查他们并不等于猜疑他们，但是她还是感到很羞愧。

丁穆听到这件事后不动声色，说：“你的判断是对的。从你的描述来看，焦桐现在已经进入重度抑郁的状态。唉，现在很多人还是不愿意承认心理疾病的存在。在他们看来，人的精神状态只分‘精神病’和‘正常人’两种……的确，对于还没有进入抑郁状态的人来说，你叫他振作加油都是好的，但是对于抑郁的人来说，你叫他加油振作反而会起反作用。会给他们加重负担，加重抑郁的程度，甚至会使他们想要自杀。而他的亲友又经常对他提起过去，肯定会导致让他一遍遍地回忆过去的痛苦和屈辱，心理上的压力会更大。”

赵小钏的脑海中立即浮现焦桐在楼顶上的样子，不由得倒抽了一口冷气，接着想到焦桐的亲友肯定是日日叫他振作和忘掉过去，绝对等于是用软刀子杀他，不由得感到紧迫得不得了。“现在可以采用的办法，就是把焦桐从原来的环境里弄出来，把他放到一个全新的环境里……我们公司对救助这样的人也有这样的一套办法。这样吧，你明天通知焦桐的家人，说接他出来进行精神疗养，帮他恢复，他家人一定会愿意的。我去联系可以帮助他的人。”

赵小钏听丁穆的意思，已是准备开始帮助她了，赶紧说：“等一下！”

“怎么了？”丁穆讶异地朝她看了一眼。

“哦，是这样的……”赵小钏红着脸说，“我知道，公司有免费帮助在危难之中的人的惯例……而且看你的意思，已经打算帮我了……当然了，我没有多少钱，正儿八经地付公司的业务费肯定很困难，但是，想到我就要这么占便宜，心里还是很不安……”

丁穆“扑哧”一声笑了：“这个你不用担心。除了免费帮助出于危难并且经济能力不足的人之外，我们公司还有一个惯例，那就是自己人出事了，全公司都要倾力帮助，你不用觉得不好意思。”

赵小钏苦笑了一下，她不好意思可不仅仅是因为占公司便宜的问题。“对了。”丁穆用微笑的眼眸看了她一眼，“其实，你的事情，牧晴早就跟我说了。你不要责怪她，她是因为公司有这个惯例，才告诉我的。她怕如果有什么她解决不了的问题，忽然通知我们帮忙我们无法把事办好，所以才通知我们，好叫我们预先准备着。当然了，如果自己出事或者帮人做事，也不可以对公司有所隐瞒，这也是公司制度要求的。”

赵小钏觉得丁穆最后一句话似乎另有深意，顿时心猛地抽成了一团，也说不出是什么感觉，只觉得心里慌得要命。

从公司出来后，赵小钏便去找那个大学教授——丁穆应该不知道她在偷偷调查他们吧，否则刚才应该就当场挑明了。但是他的话还是给了她很大的压力。教授看到那枚戒指后沉思半晌，立即给那位文物鉴定家打电话。而那位文物专家听到之后非常感兴趣，立即开车来了，看到这个戒指后“啊”了一声：“你这是从哪里弄来的？”

他戴了一个平底很厚的眼镜，眼睛也是晦暗无光，看到这枚戒指后却像被打了鸡血一样，眼睛精光闪亮。

“哦……”一看他这样赵小钏的心里便打起了鼓点，“是我朋友的。”

“是你朋友叫你来鉴定的吗？你朋友知道这个戒指的价值吗？”

“知道一些。”赵小钏含混地说，“只是想得到专家的确认。”

“这个啊，是欧洲中世纪一位设计师给一位待嫁的公主设计的。”专家把那位设计师的资历说了一遍，和赵小钏所知的基本相符。然后说：“因为是公主持有的，所以到二战之前，还有几枚流传于世，但是因为二战期间，社会动荡太大，便只剩下了两枚，一枚被保存在德国的一个博物馆，一枚被一个收藏家收藏，结果后来这个收藏家全家被盗贼杀了，家也被烧了，很多藏品也不知所踪……”

“什……什……什么？”赵小钏吓坏了，“你是说，这枚戒指是贼赃？还是杀人放火得来的贼赃？这么说拿着它的人是凶残的珠宝大盗了？”

“啊？”文物专家疑惑地看了她一眼，“拿着它的人应该不是吧……几十年后这枚戒指又出现在市场上，几经波折，被一个旅欧的华人商人合法购买，这个人就是得利集团的老总苏登豪……你不是说戒指是你朋友的吗？你朋友不是苏家的人吗？”

赵小钏知道他起疑了，一时间也不知道该怎么编话蒙混过去——她受到的冲击太大，思绪一时乱成了一锅粥，只有苦笑一下实话实说：“我朋友是苏家的人……只是她真人不露相，我不知道她竟然这么有钱……”

“啊？”文物专家很是惊诧，对她的疑惑依然没有打消。赵小钏也无暇再跟他多说什么，讪笑着拿回了戒指，然后告辞。这还真是石破天惊啊，她万万没想到苏明明的身份是这样的。她听说过得利集团，集团老总成功地打开了欧美市场，总部坐落在中国，老家则在A市——这么说来，她好像听说得利集团老总有个孙女，一直在老家休养，难道就是苏明明？

第二十九章

卧虎藏龙

赵小钏立即给苏明明打电话，因为赵小钏和她不怎么亲近，苏明明接到电话后有些惊诧。而赵小钏问她的话更让她惊诧：“你是我们的老板吗？”

“啊？”苏明明听了骇笑不止，“你怎么忽然问这种话？你没事吧？”

“拉倒吧你。”赵小钏嘴一撇，“我已经知道你是得利集团老总的孙女了。我一直觉得公司有特别的资金赞助，赞助者就是你家吧？你如果和公司没有关系，你干吗要到这里当前台啊？你肯定不是老板，也是大股东……当然了，即便你是老板或者大股东，你这爱好也挺奇怪的……”

“好吧……”苏明明窘迫无比，“好吧，好吧……我的确是苏登豪的孙女儿，不过我不是这里的股东，也不是这里的老板……”

“那你干吗要在这里当前台？”赵小钏紧追了一句。

“我啊……”苏明明更加窘迫，“我其实是在学人生……”

“啊？”赵小钏更加觉得匪夷所思了，“什么叫‘学人生’啊？”

“是这样的，”苏明明的语气有点晦涩的感觉，还满含着犹豫和为难，因为她知道自己在解释一件很难解释的事情，“其实，我们有钱人家的孩子，也不是没有烦恼的，也许在某些方面，我们的烦恼还要大些……我们这样的人，因为家里钱多，很多事情都可以很轻易地搞定，从一定程度上来说了以说是没有什么事情可做……如果没有事情可做，那种空虚是很可怕的，各种荒谬和匪夷所思的念头也都会跑出来……再加上我小时候体弱多病，在身体被病魔折磨时精神也会受到折磨，所以我想得比其他人还要多些。那时我就非常苦恼，感觉自己在发霉，而这个世界也在发霉，我和这个世界背靠背地被捆绑着，一起往下沉。后来身体好了，可精神状态没有好多少……后来，我听说了这个公司，便请他们解决我这种穷极无聊的萎靡心态，结果丁经理告诉我，要摆脱这种心情很容易，只要找一件我喜欢的事情，专心去干就行了。即便是个小爱好也不要紧。只要我找到了这样的事情，它就会把我的整个人生状态都提起来。然而我发觉我对这个公司的活动也感兴趣，我很喜欢看他们给人解决各种各样的麻烦，也喜欢看各种世相。所以，我就在这个公司留下来做了前台……到这里来学人生……”

“呃，好吧……”赵小钏虽然不能全懂她的话，大约也能懂大部分。有钱人穷极无聊的精神危机她也有所耳闻，有的人的举动要比这个怪异得多。所以苏明明做出这种事情，也是可以理解的。而且如果她要撒谎，应该撒个“无论什么人看都觉得可以过得去的慌”，而不会撒这种“拥有高体会能力的人才能体会的谎”。所以，她觉得苏明明说的应该是实话。

“那么你支付的业务费，就是给公司以资金支持吗？”赵小钏不是特意在等她说完一切后紧追一句的。但话出口后意识到在这个时机问效果最佳，十有八九能诈出真正的实话。

“不是，当然不是……我已经说过了，我不是公司的出资者。”苏明明平静地说，由此看来她说的应该是实话，“我们的老板另有其人哦。”

“那我们老板是谁？”

苏明明沉默了片刻：“这个啊，我现在不方便说。其实呢，等你真正成为‘重要员工’之后，我们老板就会主动见你的。”

“那好吧。”赵小钏苦笑了起来。真不知道这个老板有什么特异之处，千呼万唤都不出来。不过，正因为如此，让她觉得自己调查公司的行为有了些许正当性，既然有“藏着掖着”的事情，查一查也是可以允许的。

第二天，赵小钏和阿龙一起把焦桐接了出来，再一起送去疗养的地方。为什么要和阿龙一起？这位负责带焦桐疗养的，是阿龙的关系人。这位关系人，是在山里修行的一位居士，也是一位武林高手。不过比起武学来，他更侧重于修行。他在一处深山里有一处居所，不用电也不用自来水，每天晚上只点蜡烛，水要自己从附近的山涧里汲来，每隔一周才去山下买一周的必需品。平日吃的菜，大部分是从山里拔来的野菜。

赵小钏一直没有说话。阿龙朝她看了一眼，忽然一撇嘴说：“你这阵子一定有什么苦恼的事情吧？说出来吧。”

“欸？”赵小钏一惊，赶紧遮掩，“不就是因为焦桐的事情吗？”

“应该不是吧。”阿龙朝她扫了一眼。他的目光并不如何犀利，赵小钏却觉得他似乎看到了她的内心深处，“这可不一定。在知道你朋友的问题可以解决后，你并没有变得轻松，这就证明你还有别的事情。”说着略带骄傲地一笑，“我们练武的人，最注意的就是精气神儿，所以你的‘神’一有变化，我立即会发现。”

“得了吧。”赵小钏斜着眼看了他一下，她忽然觉得自己也许可以直接询问阿龙的底细。因为她感觉到阿龙应该是公司人当中最坦率，背景也最单纯的一个。

“我干吗要什么都对你说啊？你对我可从来没有坦率过……既然如此，我干吗要对你说心里话。”

“欸？”阿龙一惊，脸上微微一红，“我不坦率？哪里？”

“那，”赵小钏伸出一根手指，下意识地左右摇晃着，“我到现在，都只知道你叫阿龙，连你姓什么都不清楚。更不知道你籍贯哪里，经历如何。”

“这个啊，”阿龙不好意思地挠了挠头，“那是因为你没问我。”

“得了吧。”赵小钏故意夸张地撇了撇嘴，“一般人对于这些信息，都会慢慢地介绍给同伴知道的。再说你连你姓什么都不告诉我，怎么看都不正常吧？”

“啊，是这样的……”阿龙被她说得有点窘，用食指揉了揉鼻子，“我们拜师学艺的人，一般会在入门后，由师父再取一个名字，之后学艺的时候就用这个名字了。我是‘人’字辈，我师父又想凑足‘龙争虎斗’四个字，所以被命名为人龙，因为这个名字有些拗口，所以大家就喊我阿龙，喊来喊去习惯了，我以后就只告诉大家我叫阿龙了。”

“可是也不至于连本名都忘了啊？”赵小钏问，“你本名叫什么啊？”

阿龙的脸红了。

“你看看你，不坦率吧。”赵小钏半是揶揄半是嗔怪地说。

“戴壮实。”阿龙的脸涨得发紫，从牙缝里挤出了这几个字。

“啊？”赵小钏呆了一呆，接着忍不住爆笑起来。

“你看看你！”阿龙又羞又恼，“还好意思说我不跟你说实话！”

“不是的，哈哈哈，哈哈，”赵小钏还是忍不住地笑，“要是一开始你就告诉我，恐怕还好些……这种‘千呼万唤始出来’的情况，却不由得我不笑……”

“这还是得怪你一开始不问我！”阿龙急了，便乱找赵小钏的错处，“你在不知道同事真实姓名的情况下还能安之若素，也很奇怪，对吧？”

欸？赵小钏怔住了。仔细想想是有些奇怪。对了，她好像从小到大，很少主动问过别人私人方面的事情，都是等别人自己说。如果别人不说，她也不问。这是为什么？是因为她对别人有戒心？不准确。应该说是，自己本来就悄悄和别人保持了一段距离，所以觉得别人对自己有所保留也理所当然吧。

“欸，怎么了？”阿龙见她忽然愣住了，觉得有些奇怪。

“啊，没什么……”赵小钏如梦初醒，刚才的自我透析让他感到有点不舒服，赶紧再找个话头，便又问起了他的经历。

阿龙坦诚以告，娓娓道来。原来阿龙出生在A省的一个小镇春实镇里，家里有个哥哥，父母都是开杂货铺的。小时候调皮，坐不住，不喜欢读书，又羡慕传说中的那些大侠，于是书念得稀里哗啦。他爸爸气了个半死，但想到还得给他找一条出路，便送他去武当山学武。送他去的那天咬牙发狠，说：“你不是想当武林高手吗？老子这就送你去学武，你要是学不出人模狗样，就别来见我！”

而阿龙真有点武学上的天赋，功夫学得还很像样子。而讽刺的是，他在学武的时候反而意识到了文化的重要性——一些武学典籍的行文高深难懂，有些甚至还是文言文。以他的文化水平，光靠自己看还看不懂。于是在学武的过程中，他又自学文化。这样挺辛苦，但幸好他学武后精力增强，倒也熬得住。结果几年学武生涯下来，他也自学了不少文化知识。

学成之后他就下山了，现今的学武之人一般有三条职业道路，一是当保安或者是保镖，二是去演动作片或者到综艺节目上崭露拳脚，三是自己开武校武馆。阿龙都不是太感兴趣，便自己在求职网上开了一个主页，附上自己施展拳脚的视频，把自己的师承门派写了一下，希望“有缘并慧眼识珠的人雇用他做适合的工作”。他问丁穆他主要是做什么工作，结果丁穆对他说行侠仗义。阿龙一开始以为这只是一个玩笑，甚至还一度怀疑他是骗子，结果进了公司后发现的确可以称得上是行侠仗义——救人于危难可以算是行侠仗义。

他觉得这样还不错，便留了下来。

这段经历本来就有趣，阿龙说得又比较诙谐，引得赵小钏笑声连连。看来她所料不差，阿龙的背景应该是最简单的。不过，赵小钏忽然想到一个问题，如果阿龙的底细什么问题都没有，那神秘人叫她查他们做什么？

焦桐被接出来的时候神情依旧是木木的，和自己的亲友几乎没有告别。他的亲友并不以为然，只是满脸殷切地看着赵小钏，那意思不言而喻——希望她能尽快还给他们一个健康快乐的焦桐。赵小钏对此感到颇有些压力。说真的，她对于自己能顺利并且很快说服焦桐的父母感到惊诧和侥幸。也许是病急乱投医，但更大的原因估计是因为她焦桐才放弃了自杀，他们对她有种彻底的信任和过高的期望。从他们的目光看，他们恐怕不只希望赵小钏负责他的精神疗养，还希望赵小钏能负责他一辈子——当儿子陷入低谷的时候，父母都希望能尽早给儿子找到个配偶。因为天知道这是不是最低谷以及天知道他以后还能不能找得到女朋友。所以哪怕看到一点儿希望，哪怕是假象都会想入非非。对此赵小钏只感到全身不舒服，她对焦桐的感情可远没有到那个程度。

焦桐在路上的表情也是木木的，但等车开到山下，他看到绿色后精神似乎好了起来，赵小钏心头暗喜。有很大一段路是车上不去的，他们要步行。焦桐身体不好，需要走走停停，但是看起来心情很愉快。赵小钏感到绿色真的对他有治疗作用，脸上不由得有了三分喜色。

第三十章

阴霾

那位居士的住宅终于到了。阿龙称他为绿坡居士，这位绿坡居士看起来四十来岁，埋着寸头，穿着朴素的普通人的衣服（一开始赵小钏还以为他这样的人会穿长衫），一脸严肃，但是依旧让人觉得和蔼祥和。对着阿龙只是微微点了点头。焦桐似乎也感觉到他会是他的救星，罕见地和他打招呼，态度很是得体。绿坡居士笑了笑，便带焦桐去他的房间。赵小钏也忙着帮焦桐摆放带来的衣服和其他必需品。绿坡居士则在和阿龙说话。

赵小钏并没有注意听他们说什么，然而忽然有句话飘到了她耳朵里，引得她竖起了耳朵，绿坡居士对阿龙说："这让我想起你当时在这里住的时候的样子啊。"

欸？赵小钏心里一紧，阿龙也曾经在这里做过精神疗养？但转念一想，阿龙是学武的人，到这里可能是武学上的休息。

"你现在还照我说的，感到焦躁的时候就默念我教给你的口诀吗？你之后没有再失控过吧？"

啊？赵小钏心里又是一紧，感到一片乌云开始在她的心头上蔓延。

阿龙对此没有正面回答，他似乎不愿意让绿坡居士在这个话题上多谈，顺便支吾几声混过去，似乎在用力掩盖什么。

赵小钏心头的乌云厚了好多，黑压压地压在心头。不由自主地想要回头看，但是忍住了。听起来，倒像是阿龙的脾气曾经失控过，闹出过什么大乱子，所以被送到绿坡居士这里疗养。难怪他在谈这里的疗养的时候这么头头是道。他会闹出什么乱子呢？难道是打人？

流血事件？

回程的路上，阿龙依旧是开开心心地说东道西，赵小钏也积极地应和谈笑，但是心里沉甸甸的。说真的，她有种刚刚夸口，转瞬就被打脸的感觉。虽然那只是一个怀疑，但依然在她心中种下了阴霾的种子。但是她不想立即去调查阿龙做了什么，心理上的过山车让她颇有些无力，但是不想面对，所以想换个对象。

谁？应该是徐壮吧。老实说，她刚进公司的时候，第一个让她疑神疑鬼的就是徐壮。后来见他对小猫颇为慈爱，便对他打消了猜疑。但是现在想起来，他神色阴沉，脸色有疤，一定很有故事。要查公司人的底细，她第一个要查的应该就是他。

怎么查？当然是用猫。赵小钏花了点小钱，从宠物市场上买了一只土猫小崽，然后抱着去找徐壮："徐师傅，我家邻居的老猫养了一窝小猫，没处送。我记得你喜欢猫，想不想养一只啊？"

徐壮赶紧把猫接了过去，轻轻地抚摸着猫身上的软毛："谢谢，我是喜欢猫。我要了，非常感谢。"

赵小钏陪着笑了几下，然后说："其实，我也很喜欢猫呢，但是我自己照料自己的生活都困难，没有能力再照顾猫了，我老妈又不愿伸出援手，所以我就不能养猫了……徐师傅，以后我可以到你家串门看猫吗？"

"当然可以。"徐壮对她笑了笑。他的笑容非常慈祥，但是笑起来的时候牵动了脸上的伤疤，使他的笑容看起来有些狰狞。

隔了一天，赵小钏便以看小猫为名跟着徐壮回了家。徐壮的家就在公司不远处的一个居民楼里，普普通通的一间公寓。门口堆着一些杂七杂八的家具，让人联想到里面就算不是乱七八糟，也应该是堆得满满的。然而令人讶异的是，里面竟然像雪洞一样，只有最基本的家具，多余的东西一点儿也没有。在墙角处有一个铺着绒布的小纸箱作为猫窝。除了这只猫和徐壮之外，这个家里没有其他成员，是不是其他成员出去了没回来？不会。老实说这里这么简单，赵小钏简直觉得这里不像有人住，其他人活动的痕迹一点儿也没有。

赵小钏觉得很奇怪，一觉得奇怪，就忍不住想问："徐师傅啊，你为什么把那些东西堆在门口啊？"

"那是屋主丢下的。"徐壮随口一应。赵小钏心里立即明白了：怎么说房子是租的。

接下来赵小钏便去逗小猫玩儿，同时偷眼打量屋里的情况。结果她瞥见徐壮床上的被褥叠得非常整齐，简直像用刀切过的豆腐块儿。赵小钏从来没见过这么整齐的被子，忍不住多看了几眼。

徐壮也过来逗小猫玩。赵小钏注意到他手腕上有一块暗色的皮肤，感到头皮一紧，接着便在心里苦笑了起来。虽然她不想把徐壮往坏了想，但是现在恐怕不行了。因为那块皮肤，应该是洗过文身后留下的痕迹。她的一个室友有一天兴奋过度，在胳膊上文了个蝎子，后来后悔出黄水，又去把它洗了。然而文身是损坏肌理的东西，即便是用激光洗文身，依旧会留下痕迹。她那块皮肤和徐壮手腕的那块皮肤非常相似。

可以过分整齐地叠被褥，手腕上曾经有文身，脸上还有块疤，看来他应该是个服过刑的罪犯。当然了，有很多罪犯出狱之后都改好了，赵小钏认为自己不需要大惊小怪，但依然忍不住想知道徐壮干了什么。但是，目前来看，想查是很难的吧。

赵小钏闷闷地回到家，结果又接到了一封信。这次信上的发信地址是本市一个真实的地名。赵小钏拆开来一看，发现又是一张手写的纸条，上面写着："你放心，孙晓裕安好。继续调查吧。不要想再找我。我不在发信的地方，是胡乱写的地址，到那里查也没用。"最后还用笔画了一个笑脸。赵小钏捏紧了信封和信纸，气愤地笑了起来，这家伙竟然还卖萌啊。

这几天公司依然有业务，不过都是些不难解决的事情，不需要赵小钏怎样分神。赵小钏还是专注于调查徐壮的来历。她经过仔细考虑，决定还是“问”。如果是已经彻底改好的刑满释放人员，应该可以坦然面对自己的过去，应该可以对信得过的人坦然相告。当然了，不管多么坦然面对自己的过去。这类人心里一定有伤，直接问肯定不行，所以需要点技巧。

赵小钏又去徐壮家看猫。在去之前，她给自己的手机设了个闹铃。在她玩猫的时候，闹铃响起。她装成接电话的样子，走到阳台，关掉闹铃，然后对着手机假装跟人对话。说了半天后忽然大喊一声：“我不允许你们这样说他！他不是已经改好了吗？！现在他和我们一样！”引起了徐壮的注意。

“有什么事情吗？我听你刚才叫得很大声。”等赵小钏回来后，徐壮问她。不过表情并不殷切。自己有故事存在心里的人，往往不会很用力打听别人的事情。

“是这样的，”赵小钏叹了口气，注视着猫窝，因为她担心自己演技不够好，面对着徐壮的话会被看出破绽来。

“我有个高中同学，人挺不错，但是高中毕业后没怎么联系……前阵子我去和几个老同学聚会，惊讶地听说他因为参与盗窃被判了几年刑，最近刚出来。我当时非常震惊，因为记得在高中的时候他是个很好的人，虽然家里穷，但从来不贪图别人的东西。忽然听说他参与盗窃，我真是吓了一跳。不过，幸好他已经刑满释放了。我在网上给他聊了一下，听说他只是一时等着钱用，又受了损友的欺骗，才一时冲动干出了令自己后悔的事情。他说他已经洗心革面，准备重新开始。然而其他同学，都对他另眼相看，有种划清界限的感觉，估计他身边的其他人也是这样……刚才我一个同学跟我聊其他事情，无意提到了他……我很生气，所以大喊了一声。”她一边说，一边不动声色地审视徐壮脸上的神情。

徐壮脸上的神情波澜不惊：“你的心倒是挺好，也没有偏见……不过刑满释放的人重返社会后在一段时间里被另眼相看，也是没有办法的事情。因为当一个人干过一件坏事，其他人总会怀疑他会不会再干。在这怀疑之间，别样的态度就出来了。”

他说得如此平静，反倒让赵小钏有些拿不准，只好作罢。

第二天，牧晴得意地告诉她，她已经找到了当初指控焦桐的“程序员”了。原来他根本不是个程序员，他只是个卖猪肉的，小学文化，上网只能看新闻，用QQ聊天。怪不得他当初可以消失得无影无踪呢，因为他根本就不是这个圈子里的人。

“卖猪肉的？”赵小钏一惊，“那就可以证明当时的事情是假的……焦桐是被诬陷的？天哪……”一时间忽然觉得牧晴太了不起了，“当年这么多人都找不到的人，你一下就找到了？纯粹是从网上找的吗？你简直太厉害了！”

“也不纯粹是网上找的。”牧晴更加得意，“这就需要线上和线下的交互作用……总而言之，很复杂喽。”

赵小钏刚想说几句夸赞之言，忽然想起一件事，忍不住盯着牧晴仔细打量。说真的，上次的造星业务出问题之后，舆论方面也是牧晴发动网上的朋友收尾的。虽然在当今的网络时代，一个人可以注册几百个ID，分成几百个身份发声，但赵小钏依然觉得在牧晴身后一定有着数量庞大的网络追随者。

“你看我干什么啊？”牧晴被赵小钏看得有些奇怪。

“是这样的，”赵小钏一副好奇和肃然起敬的样子，“我只是觉得你在网上，一定是个大人物……就像是网络女王一样。”

“我哪里是网络女王啊！”牧晴被恭维得很是开心，而一开心，就会嘴巴没把门，“我其实只是蓝十字的盟主之一啦。”

“盟主？”在赵小钏听来，这个名号比“女王”还要响亮，因为女王好多是世袭来的，盟主可全是凭实力挣来的。

“盟主比女王还了不起啊！这一定是个很厉害的联盟吧？”

“不是什么多厉害的联盟。”牧晴脸上的骄傲溢于言表，“就是一些痴迷网络的人的联盟而已。一些人很有技术，一些人只能算是资深网虫。其实，你大概也知道，我们这些痴迷网络的人，在现实生活里是很孤独的。然而到了网上之后，发现像自己这样的人还有很多，便不再觉得自己孤独，也不再觉得自己是怪胎。为了巩固彼此之间的联系，就觉得需要一个大家庭般的组织，于是蓝十字就成立了。在这个联盟里，我们最多是在交流信息，分享资源，我因为搜索东西的能力比较强，又喜欢帮助其他人，所以就成了盟主……所以我要是需要帮忙，他们都会给我几分薄面啦。再说成员之间要积极互相帮助，也是蓝十字的基本规章啊。”

“那真了不起……”赵小钏这次是真的肃然起敬，“你太了不起了。”一直在人脉上不太出色的她深知，不管是什么样的人，让他们为你做事，都是很不容易的事情。

“哪里了不起啊。”牧晴忽然一撇嘴，“我因为痴迷网络，不去上学，也不去上班，天天关在家里，结果差点被我父母赶出家门，还以成年人的身份被送到戒网瘾训练营去……我的能力全在搜索，这项技能在中国不能挣钱，除非犯罪……没有利益，还天天关在家里泡在网上，我父母觉得我跟得了精神病没有两样。要不是丁经理发现我，聘我到公司上班，我真不知道下半辈子该怎么混呢！”

她说这话的时候其实还是骄傲的，因为这也算是自己与众不同的经历，而且结果是好的。但看到赵小钏目瞪口呆的样子，却不免有些心虚，讪讪地朝她笑了笑。赵小钏也赶紧笑了笑，说真的，她目瞪口呆倒不是因为牧晴的经历很特殊。当然了，牧晴的经历是挺特殊的，而且很出乎她的意料。只是她现在还来不及惊诧这些，她惊诧的是，她本来以为牧晴的底细是最难查的，然而没想到她甚至都不要她发问，就自己把底细说了出来。如此说来，牧晴其实是很坦诚的人。那种神秘和冷淡只是薄薄的一层门。等到你和她足够熟悉了，打开这扇门，发现门里其实是一颗赤子之心。这样想来，她的负罪感更重了。

第三十一章

他是罪犯吗

牧晴见赵小钏目不转睛地看着她，不由得更有些心虚，她在网上的触感很灵敏，在现实生活中的观察和感应能力却不咋的，赶紧岔开话题：“那个说和焦桐有私生子的，我也找到了。这位女士能够被发现纯属侥幸——她在网上几乎没有任何的活动痕迹，估计是在大闹婚礼现场之前就把自己在网上活动的痕迹全删除了，在事件发生后则禁绝了网络。是蓝十字联盟中的一个人在逛街的时候碰巧发现了她，后来上网告诉我，我才知道她的所在。她叫韩玲，无业，在一个公寓楼里住着。听邻居说，她是一个人住，没看见有什么小孩子。虽然是无业，但是经济还蛮宽裕。如此看来，她应该和那个卖猪肉的……啊，对了，我忘了告诉你，那个卖猪肉的叫胡江，她应该和胡江一样，是被雇去栽赃焦桐的。她之所以可以衣食无忧，是因为她当初得了丰厚的酬金。那个孩子，应该也只是雇来的，事情结束了，就被领回去了。好了，人我已经找到了，剩下的就需要你去调查了。”牧晴嘿嘿一笑，“我只善于在电脑上操作，出场的事得你去跑了。”

赵小钏缓缓地点了点头，紧紧皱着眉头。

“怎么？有什么为难的地方吗？”牧晴问。

“不是为难的地方，而是我想到了一个问题……”赵小钏沉吟着说，“我之前看过一个故事，说一个人雇了一个人，叫他按照自己教的方法行骗，结果骗局成功了。那个人付给马仔酬金，他们就两清了。很多年之后，这个马仔把这件事讲了出来，这个骗局就曝光了，因为他已经收到了酬金，说不说结果都一样……而这两个人，胡江先不说，先说这个韩玲，在事情成功之后这么久，她还是小心谨慎地禁绝网络，怕事情曝光，这不像是一个只是受雇于人的人会做的事情。”

“这么说……她其实是主谋者之一？”牧晴眼前一亮。

“是的。而那个胡江……从之前你告诉我的情况看，设计栽赃焦桐的人应该是对网络很熟悉的人。而焦桐受到陷害，最可能的原因是别人想要搞垮他的公司，所以这个人也应该是IT业的人。任何人都有自己的生活圈子，作为一个IT业的人，不会随随便便就和一个卖猪肉的外行人打上交道。而且这种机密的事情，应该不能随便就找个人来办。所以，我觉得胡江可能是那个人的亲朋好友，或者有某些直接而且紧密的联系。”

牧晴听了觉得很有道理，一个劲儿地点头。得到她的肯定后赵小钏微微有些高兴，但依然感到压力巨大。即便推出了韩玲、胡江和主谋的联系，要顺藤摸瓜地找到主谋，也不是什么容易的事情。

而且，更让她感到紧迫和迷惑的是孙晓裕的事情。虽然那个人一直发信给她，说孙晓裕安好，但她依然是不放心。而她怎么也摸不清那人到底是什么意思。但是从目前的情况看，她必须得先查清公司人的底细。而且，她现在自己也想查了。因为徐壮的存在吗？也许是。不过她不会因为徐壮一个人的背景有异就怀疑整个公司，她只是想了解他们多一点儿。

赵小钏四处搜集各种有关文身的知识，她好像记得有些文身即便被洗掉了，依然有墨水残留和肌理痕迹，在一种光下可以照出来。她查了一些资料，上面说紫外线灯可以，但，她现在是要若无其事地调查公司的人的底细，总不能把徐壮拉过来，把手腕放在紫外线灯下照吧？再说，就算知道了徐壮文身的形状，估计也难以通过文身查到什么。所以查文身这条路，估计是走不通了。

仔细想想，她还是应该想办法反制那个发信人。如果孙晓裕是个喜欢把一些琐事放在网上的人，她应该还有些蛛丝马迹可查。问题就是孙晓裕也是很注重隐私，不让隐私泄露的人，虽然有QQ之类的网络通信软件，但是她从来不在上面放什么状态啊，心情之类的。也没有什么网络平台。赵小钏什么都找不到，什么都想不到，被逼急了就再打她的手机，然而她的手机早就打不通了，再打一遍只能让她更加着急上火而已。

然而她正在上火，忽然想到了一件事，赶紧把火给掐灭了。孙晓裕可不是从石头里蹦出来的，她有爸有妈——赵小钏的姑姑和姑父。当初她怕他们担心害怕，也怕如果把事情透露给他们会有不测之事，就没把孙晓裕的事情透露给他们。但是现在想来，她这边联系不上孙晓裕，他们那边也是一样的。就算他们对自己女儿再放心，也绝对不会一天到晚不联系她。如果他们打不通她的电话，惊慌程度自然不言而喻，说不定早就报警，喊亲友圈所有人一起找了。到现在还静悄悄的，只可能是一个原因。那就是那个发信人通过某种方法稳住了他们，或者说是威吓住了他们。要稳住和威吓他们，必然会给他们一定的信息。会是怎样的信息呢？会不会有什么蛛丝马迹呢？

想到这里，赵小钏颇有些为难和犹豫。因为从目前来看，那个发信人似乎对她的行为了如指掌。她到孙晓裕家调查，会不会打草惊蛇。最要命的是，她连这蛇在哪里她都不知道。想到这里，她下意识地看了看窗外。心想自己必须再和那个人取得一次联络，仔细想想又罢了。也许她没有必要这么束手束脚，作为亲戚，她去姑姑姑父家，在外人眼里应该没什么异常。而且那个人又不会知道自己脑海中的想法。最后，最关键的一点就是那个人对她调查他抱着的是种玩游戏的心态。应该不会因此恼羞成怒，做出伤害孙晓裕的事情。既然如此，她就小小地冒一下险吧！

赵小钏立即去了姑姑家，去的时候心里颇有些紧张。不仅仅是因为孙晓裕现在的状况。她从小就有点内向，在亲戚朋友面前也是如此。而且一遇到不顺利的事情，她就会不由自主地离群索居。她临近大学毕业和大学毕业后不顺利了一阵子，所以和诸位亲戚都疏于联络。而姑姑和姑父并没有因为她和孙晓裕的关系好而显得特殊，他们对她从来都没有如何亲近，而且喜欢一见面就问她工作学习等一切可以评成绩的东西，然后会一本正经地说她还要再怎么努力。赵小钏对自我一直不够肯定，至少是在进公司前是这样。所以，一有人问她人生成就之类的东西她就会心慌，所以她也尽量不和姑姑和姑父“遭遇”，而今天却又后悔自己之前和姑姑姑父太疏远了，不熟悉可不好套信息啊。

她到姑姑家的时候，姑姑正在做晚饭，姑父正坐在沙发上看报纸，见她来了，只是礼貌地寒暄了几句，然后照例问她工作如何，因为赵小钏是顶了孙晓裕的班儿，因此他们觉得自己格外有理由问她，所以语气也比以往更加高高在上。

赵小钏回答说还好，接着就问——她尽量让自己的语气显得平稳：“最近晓裕姐过得怎么样啊？”她本来想问孙晓裕有没有和家里联系，但这样听来很可疑，便改了个说法。她忽然有了一个念头，那就是孙晓裕当初只是对她说“自己有事”，并没有说具体是什么事。会不会她当初离开的原因就不单纯？如果离开的原因不单纯，她对自己的爸妈是不是撒了谎呢？对自己爸妈可不能只说“有事”就消失几个月。

想到这个后赵小钏感到自己的心头微微一亮，但随即便想到这个分析也许没什么用。因为她不知道孙晓裕到底是去干什么了，又如何推知她给自己父母的说法不是假的呢？

“哦。”姑父朝她看了一眼，说，“她没跟你联络吗？”

赵小钏暗叫不好——孙晓裕和她这么亲密，不和她联络肯定不正常。姑父会不会因此起疑？但是她又不能不回答，只有含混地“嗯”了一声。

“哎呀，真是玩疯了。”然而，姑父却远远没有她想得那么敏感，随意地翻了一页报纸，“你可别生气啊，估计是好不容易有了个长假……说起来这公司真不错，竟然给她这么长的假期，难怪她玩疯了。”

“哦。”赵小钏猛地感到一阵激动，接着又有些哭笑不得。这还真是得来全不费工夫，姑父竟在不知不觉之间把她想知道的全都说了，而且让她确定，孙晓裕一开始离开的原因就不单纯，否则她也可以对她说她是去玩啊！

然而想到这里之后，赵小钏又想到另外一件重要的事情。这件事情就像针尖一样从心底冒出来，然后膨胀得很大。孙晓裕离开这么久，如果不是公司的意思的话，丁穆他们是不可能毫不在意的吧。这么说，孙晓裕其实是为公司执行什么任务去了。而如果她是为公司去执行任务，那是在执行任务的过程中出了问题，被人逮住了吗？那她应该是去问丁穆他们，孙晓裕到底是去执行什么任务了？

然而，发信人的要求和自己之前的想法又在她脑海中显现。让她又把这个念头打消了。老实说，她现在觉得还是自己把所有东西调查出来好。

“你怎么了？”因赵小钏刚才想了很多东西，目光不免有些呆滞。姑父感到很奇怪，便问了她一句。

“没什么。”赵小钏赶紧笑了笑，“我想到了别的事……对了，晓裕姐她玩得这么开心，一定也忘了给家里打电话吧？”

这个试探有点僵硬，而且有可能引得他们去打孙晓裕的手机，导致孙晓裕失踪的事情暴露，赵小钏不禁对此颇为惴惴不安。但现在也没有什么其他的办法试探，而现在也必须找个方法试探。

然而姑父依旧是一点儿都不敏感，又翻了一页报纸，说："她有给家打电话啊。不过只是往我这边打了一次，其他时间都是发短信。"

"欸？"赵小钏感到自己眉心的肌肉抽了一下。难道绑架者是强迫孙晓裕给家里打电话报平安，然后再假装成孙晓裕，给姑父发短信？而她每次打孙晓裕的手机都打不通……难道绑架者平时是把孙晓裕的手机关着，在打电话和发短信的时候才开开？那他就不怕姑姑和姑父打回去的时候发现手机打不通？

赵小钏忽然想到了一种可能性——该不会是绑架者换了一个号，所以需要孙晓裕打一个电话，让姑姑和姑父以为是孙晓裕自己换了新号码？对，所以才有必要让孙晓裕打个电话，否则可以全都发短信。他就用短信频率适度地给姑姑姑父发短信报平安。姑姑姑父都会发短信，速度也不慢，见对方短信来，会自然而然地用短信回复。如果短信长久没有回复，才会用电话。如果偶尔打了电话过去，他可能会暂时不接，等到姑姑姑父挂掉电话后再发个短信过来。当然这种欺骗手段也不是万无一失，但也是可以行得通的。

赵小钏一边和姑父胡乱聊着，一边不动声色地用目光寻找姑父的手机。要证实她的想法是否正确，就得看姑父的通讯录里有没有所谓孙晓裕的新号。她很快就找到了姑父的手机，正在茶几上充电呢。

一看到手机赵小钏就恨不得立即扑过去，但是她强行忍住了，静静地寻找机会。正巧姑父起身去上厕所，她迅捷无比而又悄无声息地扑过去，打开通讯录，果然发现通讯录里有个命名为"晓裕新号"的号码。她还没来及把它往自己手机里记，只是把号码默念了一遍，就听到姑父开门的声音。赵小钏赶紧关掉通讯录，把手机放回茶几，三步并作两步退回椅子上。她刚坐稳，姑父就出来了。

第三十二章

抽丝剥茧

赵小钏若无其事地笑笑，掏出手机假装发短信，其实是把刚才记在脑中的号码输入到手机里了。姑父出来就继续和她聊天，一边聊天一边朝她打量。赵小钏明白他这是觉得赵小钏不会随随便便过来，一定是有事。而她迟迟不说，反倒奇怪。

“啊，是这样的，”赵小钏急中生智，说，“我有件东西在晓裕姐这里，被她收到自己屋里去了，我今天想把它拿回去……我可以到晓裕姐屋里把它拿回来吗？我之前已经发短信问过晓裕姐了。”

“哦。”姑父微微有些诧异，既然有事儿，干吗要到现在才说？不过也只是诧异而已。然后就把孙晓裕房间的门打开，让赵小钏进去找。因为赵小钏和孙晓裕一直很亲密，所以他也没有打算在一旁监督。等他离开后，赵小钏悄悄地碰了一下门，让门晃晃悠悠地移到了半虚掩的位置——关上门太刻意，这样会让人觉得这是门被风偶然吹成这样的，但同样可以遮挡视线。她可没有什么东西丢在孙晓裕这里。她来这里是找线索的。如果孙晓裕之前是去执行公司的任务去了，那她也许会下意识做出什么事情，也许会在这间房里留下什么东西，以此来指明她的去向。

然而，孙晓裕的房间收拾得整整齐齐，东西也不多。赵小钏找了一圈之后一无所获。她坐在房间里的椅子上，不由自主地喘着粗气。忽然看到孙晓裕那小小的书架上的一排书，她忽然想起，孙晓裕有把一些重要的、有记事功能的东西，比如说纸条、照片之类的东西夹在书里的习惯，赶紧把那排书一本一本地拿下来看，她当然没空一本本地翻，也没有看这些书的内容，只是胡乱朝封面扫了一眼。

就这一眼的工夫，她的大脑只模糊地记住了这些书都是讲心理学的。

她直接看了书的“头部”，如果里面夹着东西，那紧贴在一起的书页之间就会有裂缝，看起来就不像是紧紧地贴在一块儿。

然而，她没有发现有一本书有异常。她感到很沮丧，同时也越来越焦躁，她可不能在这里逗留太长时间。如果孙晓裕留下了什么线索的话，她必须尽快找出来！

她的目光滑到了废纸篓上。废纸篓里只有几片小碎纸，薄薄的，铺在纸篓里的底部。上面毛毛的，蒙了一层灰，应该是在那里有一段时间了。赵小钏顿时觉得心里有个火星迸了出来，接着整个心头都亮了。这些碎纸，是孙晓裕临走时留下的也说不定。因为纸篓里就薄薄的几张纸，也没有人继续往里扔，在姑姑看来也许没有换的必要，说不定就没换。她记得孙晓裕有个习惯，就是在思考的时候，喜欢用笔在废纸上胡乱画。她现在知道了，在想着某件事的时候，根本就不存在胡乱画的情况，画出的所有东西都和心里想的东西相关。也许，这张纸，可以引导她知晓孙晓裕到底是做什么去了。

她赶紧把纸片拿起来，揣在自己的口袋里。然后对姑姑姑父说自己找到东西了。姑姑和姑父留她吃晚饭，她谢绝了，大踏步回家，几口把老妈准备的晚饭吃完，然后就回到自己房间里研究那几片纸。

在台灯下，赵小钏非常小心地把那几张纸拼到一起，结果拼成了一张完整的纸。她仔细看纸上，发现那是一个图案，孙晓裕的画画功底不太好，用的圆珠笔又快没水了，有的笔画能看见，有的看不见笔画。赵小钏颇费了一番工夫后才辨认出那是什么。那是一个颇有点诡异的图案——一只手的手心里有只眼睛。那个眼睛还有颇长的眼睫毛。

赵小钏在脑中重新构建了一下这个图案，觉得十分诡异，甚至还有些发晕。如果说这是孙晓裕在某时的心理状态，那岂不是昭示她已经有了心理异常？

应该不会吧……赵小钏苦笑，忽然间，她想起了书架上的那些书好多是心理学方面的，不由得有了种莫名的感觉。然而就在这时，一个词模模糊糊地从她眼前滑过，使她的整个头皮都是一紧。那个词好像是邪教啊。说起来，这个手中有眼睛的奇怪形象，倒也真像是邪教的什么标志。

赵小钏赶紧回忆那本书的全称，却根本想不起来，因为她那时只是扫了一眼，只能隐隐记得那本书的封面。她着急了一会儿，忽然暗骂自己是傻瓜，她登录一个涵盖全面的购书网站，按照邪教这个关键词搜索，然后看封面就知道了。她这样做了，查找过程也不是顺当快捷,但是还是搜到了那本书。这本书名为《邪教的心理把戏》，揭秘了邪教骗人入伙的一些心理学花招。

赵小钏看了后觉得很是受教，没想到一个小小的心理把戏就能对人的心理有那么大的影响作用。而且生活中的一些事情，比如某些人某些物的推销宣传，竟也似乎和邪教的手法有那么一点儿联系，赵小钏真不知道说什么好。这本书在揭露邪教的花招的时候，还顺带列举了一下一些著名的邪教。赵小钏一个一个地看，结果没发现有用“手心长眼”为标志的邪教。赵小钏一时有些糊涂，但很快又暗骂自己笨蛋。孙晓裕可能只是在研究这个邪教这个事物而已。再说这些邪教都是被捣毁和调查清楚之后，才能被人当成素材写进书。如果是新的邪教，书上肯定没有。

她该如何去找这个新的邪教呢？看来也就只有上网找了——现在的网上真是名副其实的什么都有。她把“手心里长眼”这个关键词变换了几种表述方式，仔细地搜索了一下，结果发现，真有个以“手里长眼”为标志的组织，不过这个严格来说不是邪教，但是性质和邪教差不多。它是个传销组织，宣传语就是教给你赚钱的艺术，让你的手像长了眼一样，抓住所有的赚钱机会，能让你在最短的时间里成为亿万富翁。赵小钏不由自主地捏紧了拳头。如果孙晓裕是去调查这个传销组织了，那在调查过程中失手被扣，是完全可能的事情。可是这个传销组织扣着她，只是叫她调查公司人的底细，这是为了什么呢？

忽然间，她感到一股愤怒和怀疑。调查传销组织，怎么看都是件很危险的事情，也不是件一个人可以搞定的事情。公司怎么可以叫孙晓裕一个人去呢？

第二天，赵小钏买了一袋橘子，又去了姑姑家，她得想办法套出那些来电和短信到底是什么内容。姑姑、姑父见她第二天又来了，微微有些诧异，但看到她带来了水果，便立即释然了。因为在他们看来，赵小钏早该学会“对长辈表示尊重”了。

老实说，想要不引起他们的怀疑，套出那些来电和短信的内容并不是件容易的事情。赵小钏之前也没想好怎么套，估计想了也没用，只有随机应变。

她到姑姑家的时候，他们正在整理东西，把一些经年的古董啊什么的拿出来晒。别看赵小钏的家族现在不咋的，但据说，祖上还是有过一阵子风光岁月的。因此古董啊、字画啊之类的东西还是有一些的。不过因为他们对自己祖上历史的真实性并不确定，对古董啊、字画啊也没有鉴赏能力，因此也没敢把这些古董和字画给人看，怕被嘲笑或者是被骗。有一本很旧的厚皮影集，打开了，放在茶几上，估计是被从哪个角落里翻出来的，姑姑或者是姑父想怀念一下过去，就拿过来翻了几下，然后搁在那里了。赵小钏朝那边看了一眼，发现上面有不少孙晓裕小时候的照片，也有小时候的自己和孙晓裕的合影，也觉得很怀念，便翻了几下。结果，一张照片猛然跃入她的眼帘，竟陡然让她呼吸困难了起来。

那是一张她和孙晓裕的合影，孙晓裕看起来有四岁，而她看起来应该三岁左右。两人坐在一个乌木做的、古色古香的太师椅上，后面是一幅字，照片小，看不清题字人是谁，但上面的字她可看得清清楚楚，这个字的写法，竟然和神秘发信人的写法一模一样！而在字的旁边，有一个乌木做的小茶几，上面放着一串手串一样的东西，具体细节她看不清，但是看轮廓，应该就那个频繁在她梦里出镜的金钏儿！赵小钏顿时感到背后打开了一扇大门，一股寒冷至极的风猛吹过来，吹得她心口发麻。

难道说这个发信人，小时候竟然在她的生活中出现过？而那金钏……赵小钏忽然想到一件非常可怕的事情，简直全身都要麻木。这个金钏儿，和她的名字有没有关系呢？

赵小钏赶紧拿着这张照片问姑姑和姑父，问他们这张照片是什么时候照的，在哪里照的？姑姑和姑父的反应先是“啊！还有这张照片啊”，接着就是拍脑袋挠头，怎么都想不起这张照片的来历。看来和这张照片有关的事件对他们来说只是个无聊琐事，根本没往脑子里记。赵小钏心乱如麻，她现在已经没有精神头去套姑姑和姑父的话了。看到姑父的手机放在一边，忽然心念一动，悄悄地走上去把手机拿了，塞到包里。

无论如何，今天不能空手而归。把姑父的手机偷走，慢慢地研究吧。姑父发现手机不见了，也许会找几天，然后再换号，通知“自称是孙晓裕”的人手机号换了。那么，离发信人知道姑父手机丢还有一段时间……嗯，也许他即便知道手机丢了也没关系。丢手机也是很正常的事情，他未必会想到那里。

为了保险，赵小钏回到家后把姑父手机里的短信全导了出来，然后一条一条地研究。这些短信全是说旅游琐事的，就像孙晓裕真的在旅游一样。然而，有一条短信引起了她的注意。她说的是 A 市市郊的一个温泉，说温泉里的雕塑在夕阳西下的时候，因为光影的关系，看起来像在尴尬地笑。赵小钏感到脑子里忽悠一下子，接着整个人都被拽到了那个温泉下，就像她之前被绑在一根皮筋上，皮筋被拉到极限，然后迅速弹回去一样。她和孙晓裕是去过那个地方的。当时她们是一起看着光影在雕像的脸上慢慢变幻，变成尴尬的笑容一样的样子。这种事情，不是身临其境并慢慢观察是发现不了的。那个人，是不是去过那里？而他去过那里，是不是表示……赵小钏忽然想起了一种可能，顿时全身的血液都似乎停止了流动，然后又陡然沸腾起来。

深夜，赵小钏想着自己想到的那种可能，久久无法入睡。她熬着熬着，意识终于开始模糊，却似乎没有进入梦乡，而是进入了一个奇怪的空间里。她走着走着，觉得自己的行动很是费力。结果低头一看，发现自己竟然手短脚短，还穿着童鞋童裤。欸？她变小了？不对。是她变回小时候的样子了？

赵小钏茫然四顾，结果看到了一些土气的家具和装潢。这似乎是她小时候的家。她茫然地走着，忽然脚下绊到了一个东西，她低头一看，赫然发现那是一个女人倒卧在那里，身上流着血。在血泊里，有一个金钏，上面的宝石有些没有沾到鲜血，正对着她发出诡异的光……

赵小钏一声尖叫憋在喉咙里，猛地从床上坐了起来。原来只是个梦。然而，她并没有因此轻松些许。因为她虽然没有叫出声，但是清楚地记得自己要喊什么。

她要喊的是“妈”！

那串金钏，就是那个曾两次在她梦里出现的金钏，也是她在照片上看到的那个金钏！

赵小钏深吸了一口气，心却“怦怦怦”跳得更厉害。她用手摸了摸额头，斜眼看见钟已经指向了七点，赶紧穿衣下床。

第三十三章

谜团无底深

妈妈正在做早饭，赵小钏走到她的面前，尽量让自己的语气听起来随意：“对了，妈，我忽然想起来一件事，我的名字为什么叫小钏啊？”

妈妈的后背微微一抖，这个动作很轻微，但是被赵小钏发现了。

“这个啊，是因为妈妈在怀你的时候，梦到了一串很漂亮的金钏儿。我觉得这有特殊的意义，而且小钏这个名字很特别，所以就叫你小钏喽。”妈妈的声音听起来很随意，但似乎有点怪。在赵小钏听来，就像是蒙上了一层纱。她感到心里一阵翻涌，心里瞬间乱如麻，但还是克制着走开了。

赵小钏走进公司。在丁穆面前，把从收到那封信开始到现在，所有的事情都一个字不漏地说了，包含自己反查发信人失败的事情，也包含自己对公司同事的调查。说这话的时候，她感到喉咙僵硬，脸上发烧，但是不得不说。她不仅坦承了自己对公司的人的调查过程，还如实说了自己的心理活动：“老实说，我调查大家并不是因为猜疑……是我当时不认为那是猜疑，我只是觉得作为同事，多了解大家一些是应该的，而且调查是一回事，是否猜疑大家又是另外一回事。但是，后来我觉得这也是不对的。无论发生了什么事，都应该在第一时间对大家坦承一切，这才是同事、同伴之间该有的信任……我认识到了自己的错误，所以今天来，把一切说清楚。”说完这些后她下意识地嘘了一口气，心里却没有丝毫放松的感觉。

丁穆笑吟吟地听着，似乎没有惊讶的样子，然后竟然对着她拍起了手：“恭喜你正式加入我们公司。”

赵小钏呆若木鸡地看着他。

丁穆不好意思地笑笑："当然了，我知道你肯定很震惊，也很生气……不过这是我们公司的规定，也是每个正式职员必须经历的考验。如果职员之间不能无条件地相互信任的话，我们的公司就没了存续的根基，所以必须这样做，希望你能谅解。"

接着，孙晓裕就走了进来，对着赵小钏羞愧地一笑——每次她对赵小钏做了什么错事，都会这样羞愧地笑，笑容中带着忏悔和祈求原谅的意味，让人看了不忍心不原谅她。赵小钏直着眼盯着她。虽然已经猜到应该是这么回事，但真的面对还是一样震惊。是的。她已经猜出，这是公司设的局。让她看破一切的就是那个有关雕像的短信。其实，光影在脸上造出什么样的表情，跟个人感觉有很大关系。她记得当时她只是觉得光影使雕像的表情挺奇怪，并没觉得是"在尴尬地笑"，经孙晓裕提醒她才觉得雕像是在尴尬地笑。换言之，如果换了一个人，即使能看出光影会影响雕像的表情，未必会觉得那是在尴尬地笑。所以发这个短信的人，要么是和孙晓裕就这次旅游经历有十分细致的交谈，要么就是孙晓裕本人。如果"控制"孙晓裕的人可以和她和和气气地谈旅游经历，那这次所谓的失踪或者绑架事件到底是怎么回事就很容易看出来了。而如果发短信的人是孙晓裕本人，那真相就更加昭然若揭了。

真相就是这一切都是公司设的局，设局的原因就是要试探她。她还记得公司的人跟她说过，等她"变成正式员工"之后才能见老板。这种说法隐隐昭示"成为正式员工"是具有分水岭意味的事件，因此是个颇重大的事件。既然如此，那成为正式员工，肯定需要一个门槛，一个测试。孙晓裕绝对不会闲着没事胡乱吓她玩的，肯定是奉了公司之命对她进行测试。而如果整个公司都在合伙测试她，那发信人及时发现她的"上邮局堵截"的计划就不奇怪了，她平时不请假，她一请假，丁穆自然知道她是去干什么了。

“其实，我之前是去调查一个传销组织的，主要是为了把一个人救出来。后来任务完成了，我按照公司的指示，暂时没有回来，就……试探你一下。”因为这次花招要得有点大，也有些过分，面对赵小钏的时候，孙晓裕颇有些惴惴不安，“我知道你一定很着急……其实我在想着你很着急的时候心里也很难过，但是这是必需的测试，所以我只有……硬下心来了。”说着双手抱拳，做出既滑稽又可怜的样子：“求求你，一定要原谅我，否则我会被良心的谴责压死的……”

丁穆也赶紧帮腔，同时也为自己向赵小钏请求原谅。赵小钏苦笑了一下。她也许应该怒发冲冠，也许该很伤心，但是都没有。因为她还有很多心事。因为她隐隐感觉到孙晓裕的那个拍档，就是那个发信人，应该和她的往事有点关系。他写的字，曾经出现在她的梦里，也出现在她幼年的照片里，并且和那个金钏在同一张照片里。

而那个要命的金钏，昨晚又出现在了她的梦里——她现在深深地感觉到那个梦里的可怕场景，可能是现实，光看那个片段，这其中就可能蕴含着很多骇人听闻的秘密。如果再想得远一点儿，她的身世恐怕都有点问题。她的名字叫小钏，而她总是梦见那要命的金钏，而这个金钏又在血泊里出现。这些东西交织在一起，让她觉得有一个巨大的秘密，就隐藏在她成长的阴影里，大到令她窒息，哪怕想一想，都会让她感到莫大的恐惧。然而就是强大的恐惧，让她迫切地想要知晓真相。这种迫切压过了一切，压过了其他所有的情绪。

“没事，我不生气。”赵小钏努力笑得洒脱一些，“这也是公司的规定……我既然想在这里待，就得遵从公司的规定，哈哈。”

孙晓裕松了口气。丁穆却微微有些疑惑，这份疑惑十分细微，只是一闪而逝。

“好了。”赵小钏装作随意的样子，问孙晓裕，“你什么时候把你的拍档介绍给我？写信给我的是另一个人吧。我和你从小一起长大，我知道你没本事写出那么漂亮的字。”

“哈哈。”孙晓裕微微有些尴尬，眼珠下意识地转向一边：“是的，我有一个拍档……其实我们公司还有几个人，当初是和我一起去调查那个传销组织的。现在任务完了，我先回来了。他们又接到了新的任务，暂时回不来。”说完咧开嘴一笑，“关于他们这次的任务，老板亲自去压阵了。估计他们会和老板一起回来。等老板正式接见你的时候，估计他们你也能一起见到了。”

赵小钏笑了一下，没有再继续问。她不想显得自己对“其他人”过多关注，以免打草惊蛇。另外，她现在感觉到自己对孙晓裕还有很多不了解的地方，需要对她进行再认识。

看来孙晓裕真是对赵小钏有着深深的愧疚，回来后还专门请赵小钏吃了饭。选了本市颇有档次的西餐馆，慷慨地说赵小钏可以随便点，即便把她吃破产也无所谓。赵小钏是很生气，但是还没到靠乱点菜来发泄情绪的地步，所以只点了一份牛排和一份沙拉，外加一份生鱼汤。孙晓裕反而觉得过意不去，不停地叫她多点一些。

赵小钏喝了口生鱼汤，又吃了口沙拉，觉得自己不能再拖延了，才下定决心开了口：“其实啊，就算你请我吃了饭，你也是要坦白的。”

“啊？”孙晓裕一惊，“我不是都对你坦白了吗？”

“不是那回事。”赵小钏又喝了口汤，她是通过让自己嘴不闲着来缓解紧张，但在外人看来，却有种深不可测的感觉，“我是说，你的秘密技能。”

“秘密技能？”

“是啊。”赵小钏看向孙晓裕的眼睛，“这个公司，除了我之外，每个人都有两把刷子。当然了，我属于例外，是被弄去充人手的。而你，应该是正儿八经被录用的，所以，你肯定是有什么特殊技能。老实说，我从小到大还没见过你有什么绝技，也许是我眼拙，也许是你隐藏得过深……你先把你的秘密技能告诉我吧。”

孙晓裕看起来有些尴尬：“好吧，看来是不说不行了。”舀了一勺汤，一口咽下去，竟有点喝酒壮胆的味道。

“你还记得我小时候，喜欢搞角色扮演，扮演成英雄啊、将士啊之类的人物吗？”

“是啊，我记得。”赵小钏的脑海中浮现一些童年的零星片段，“我记得你当时还说要当演员什么的。”

“是的。”孙晓裕撇了撇嘴，“我不是想当什么明星，只是喜欢表演。但是在这个社会，想要当演员太难了，再说我还一点儿门路找不到，所以就打算去拼搏。但是这个爱好我一直都丢不掉，还是会偷偷地在家里，拼着被单当戏装，对着镜子演一些独角戏。当然了，这个行为有些可笑，在别人眼里恐怕像犯了疯病，所以我没对别人说，也包括你。”

“哦。”赵小钏想了想那场景，颇有些哭笑不得。但是，也想不出这个和她进公司有什么关系。

“然后，”孙晓裕舔了舔嘴唇，“我大学毕业后，也有一段时间没找到工作。那个时候你是知道的，又急又闲，又容易做蠢事，所以，我当时突发奇想，便去参加一个剧组的招聘会。其实，就是纯粹碰运气。然而，剧组的导演看了我的表演后，告诉我我的表演太生活化了，虽然看起来很真实，但是不适合进行影视表演。影视表演需要只是‘像真实’，而不是‘完全真实’。‘完全真实’的表演在镜头前是不合适的。老实说，虽然我之前没抱希望，听到这个后还是挺受打击的。然而这个剧组的招聘会是在一个会场里公开进行的，也有其他人看了我的表演。接着，老板就主动找到了我。”

“欸？”赵小钏微微受到了震动，这可有些不一般啊。其他人都是丁穆聘用的，而孙晓裕竟然是老板直接聘用的。

孙晓裕也意识到赵小钏会觉得不一般："其实，也就是凑巧啦。老板想雇我的原因，是因为我的表演实在太真实了，就像真的一样。我们这个公司，有时候需要人卧底。卧底的人必须会表演，他认为我很符合当卧底的要求。"

"哦。"赵小钏算是明白了个所以然，但是依然觉得很奇异。

"另外，我还有另一个突出的毛病，"说到这里，孙晓裕虽然依然是在自嘲，但是语气已经有了些许自豪，就像牧晴当初的样子一样，"那就是贼大胆，当然了，在我妈嘴里叫作没脑子。然而当卧底，需要的就是这种没脑子般的贼大胆。于是，我两个条件都符合，也是属于那种……天赋型的技能，所以就能进公司了。"说到这里，她一脸的庆幸，"现在想起来还真多亏我有这天赋型的技能，否则真不知道该到哪里去找工作。而且就算找到了工作，也不能找到这么喜欢的工作……是的，也许别人看来这份工作很危险，也很不着调，但是我就是喜欢，你一定能理解吧？"说着忽然调皮地笑笑，朝赵小钏眨了眨眼睛，"你一定能理解的，对吧？"看来她已经听说赵小钏在工作时表现得很不赖，大家都看出她很喜欢这份工作。

赵小钏陪着笑了笑——说真的，如果没发现那一连串异常，她现在也许会兴高采烈得和孙晓裕谈论工作上的事情。然而现在，她只是满心疑惑并努力掩饰自己的疑惑。

如果那个发信人在她们童年的时候就接触过她们，那他把孙晓裕和她纳入公司说不定是另有原因。而这原因是什么，她现在自然是难以猜透，总是忍不住往"阴谋"方面想。没办法，如果不是有什么"阴谋"的话，为什么要藏着不说呢？

第三十四章

她的童年有血案吗

赵小钏回到家里，依然是心事重重。思来想去，觉得还是应该先从自己家里找线索。一想起那个血腥的梦她就打哆嗦，觉得自己应该先查查那件事。直接问妈妈？应该不行。她觉得妈妈不会对她说实话。对于父母来说，儿女成长过程中的阴影，都是能遮掩就遮掩……欸？

她忽然想起，妈妈是个写日记的人。从什么时候开始写的她不知道，但是她记得从自己记事起，妈妈就开始写日记了。也许，她能从妈妈的日记里，翻到那个血腥往事的蛛丝马迹——是的，她已经不认为那只是一个梦了。因为梦里的金钏是真实存在的。那可能就是一个在她童年发生的，但是已经被遗忘的血案！

她仔细回忆，记起妈妈似乎是把往年写过的日记全都放进一个旧皮箱，放在储藏室里。她溜进储藏室，结果真发现了一个皮箱，不过是上了锁的。在这一瞬间，赵小钏颇有些着急。但仔细想想没什么可着急的。既然是用得着的钥匙，妈妈肯定不会到处乱丢。一定在她的钥匙环上。她只要把妈妈的钥匙环偷出来，看哪个眼生，或是一个一个试，就可以知道哪个是皮箱的钥匙了。

入夜，赵小钏在被窝里藏着，估摸着爸妈应该睡着了，便悄悄地潜入了爸妈的房间。她记得妈妈一般把钥匙放在皮夹子里，而皮夹子就放在床头小桌的抽屉里。

她猫着腰蹑手蹑脚地走进父母的房间，借着微弱的月光，她看到妈妈的脸正对着床头小桌子，似乎睡得挺甜。赵小钏心头一紧，一阵紧张和愧疚感一闪而过，赶紧轻轻地拉开抽屉。

皮夹子就在抽屉的边上，赵小钏拿出皮夹子，冷不防皮夹子的拉链碰到了抽屉边儿,“咣当”地一响。妈妈的眼皮动了动，似乎要醒。赵小钏头皮一炸，赶紧伏低。

妈妈睁开眼睛，乍一下觉得眼前黑乎乎一团，便打开台灯，借着光四下里一看，还朝地上看了一看。没有发现异样，妈妈就关上灯，翻身继续睡了。赵小钏听到妈妈重新躺下的声音，才松了一口气。在妈妈开灯的那一瞬间，她急中生智，一转身钻进了床底下。为怕自己撞到床，她把身体压得很低，再加上运动猛了，感觉腰、腹部和腿都拉伤了。她屏声敛气地把皮夹子揣进口袋，溜进储藏室，发现一个又短又小的褐色老式钥匙是皮箱的钥匙。她把皮箱打开，然后又把钥匙圈放回皮夹子，再把皮夹子放回去。

虽然知道自己可以等有空了再慢慢研究日记，但是赵小钏还是忍不住打着手电筒看了起来。还好，妈妈是从她出生开始写日记的。基本上都是育儿方面的内容。因为赵小钏实在摸不清自己到底是何时遭遇那个血腥事件的，所以干脆从头看起，每一页都不放过。结果这一看，还让她有了意外的收获。因为在这些日记里，妈妈几乎通篇都在赞誉她勇敢、热心、喜欢探索未知、喜欢和人交朋友、对人坦诚热忱。

看到这些的时候，赵小钏的感觉简直可以用“恍惚”来形容。这是她吗？怎么和现在的她完全相反啊？难道她在什么时候进行过“人格转换”？

妈妈写的东西有很多重复的，赵小钏无法抑制地感到无聊，机械地翻着日记本。然而，忽然有一行字戳进了她的眼帘，立即引得她打起了一百二十分的精神。

“唉，这下糟糕了，不知道昨天的事，会对小钏有什么影响……我真是好怕啊！”

欸？赵小钏乍一看到这个的时候十分错愕，心想自己是不是看漏了一页，结果回去看的时候，发现上一天的确还是写快乐简单的生活。她赶紧再仔细看日期，发现两页之间跳了一个日期。她赶紧掰开本子的中缝，看看有没有撕页的痕迹，结果也没发现有。看来妈妈的确没有写那天的事情。而她为什么不写那天的事情？是因为那件事太可怕？太严重？使她不敢去回顾？

漏掉的这一日，便是她 4 岁那年的 5 月 3 日。她拼命回想了一下，脑中却是一团混沌。她赶紧往后翻，想从后面的日记里找出和那一日有关的蛛丝马迹，然而并没有找到和那一日有关的具体的记述，倒发现了另一件很重要的事情：在那一日之后，她的性格就慢慢改变了——就像妈妈所说，受到了“影响”。在那件事之后，她开始变得沉默寡言，没有安全感，对人有戒心，不再喜欢人际交往，也不再具有冒险精神……赵小钏看得怦然心惊。她把剩下的几本日记从皮箱里拿出来，再把皮箱关上——皮箱上的锁就是个普通的大头锁，她把“U”形的锁头对准锁孔，但并不捏合，这样即便妈妈看到了皮箱，只要不仔细去看，还会以为锁是锁上的。

赵小钏把剩下的几本日记拿回房间，准备彻夜把它看完，但想到自己明天还要像什么都没发生一样去上班，必须得有足够的精神。便上床去睡了。睡前她希望这些日记也能给她点什么记忆刺激，引她入梦。结果迷迷糊糊地到了天亮，脑子里什么都没有。

今天公司来了一位叫董翠的女士，她丢了耳环，这个耳环并不十分昂贵，只是黄金镶嵌翡翠，但是是她婆婆送给她的礼物。她的婆婆十分小心眼儿，而且据说这个耳环跟了婆婆很久，还属于婆婆的心爱之物。她“保管不善”，把它丢了，在婆婆眼里昭示“她完全没把婆婆放在眼里”，以后将会被婆婆如何对待简直不堪设想。她求公司帮她找回耳环。然而，问题是她完全想不起自己的耳环是什么时候丢的了。只是今天早上忽然想起过几天要去看婆婆，觉得应该戴这副耳环去，结果一打开首饰盒，就发现耳环不见了。她根本想不起来它是什么时候丢的以及是在做什么事情的时候丢的了。因此，也完全不知道该往哪个方向去找。于是，她就来万能事务所，希望万能事务所的能人们能帮她想起“她是怎么丢耳环的”。

听到她的要求后，赵小钏觉得她的要求奇葩极了。老实说，来公司委托业务的人的要求都挺奇葩的，然而她的要求尤为奇葩。因为记忆就在你自己的脑子里，谁能帮你回忆你自己的事情啊？

然而丁穆却丝毫没有为她的奇葩要求而惊诧，也没有为难的样子：“这个可以。我们有一个辅助记忆法，可以帮你想起潜藏在记忆深处的事情。不过，需要你积极配合才行。”董翠非常开心，但是半信半疑。赵小钏也是半信半疑，这世上还能有方法帮别人回忆事情？她真要好好观察，好好学习。

因为不知道那是怎样玄妙的事情，董翠十分紧张。然而丁穆叫她只要放松地坐在椅子上，闭上眼睛就好。

“好的，你还记得你上一次戴耳环是什么时候吗？”丁穆的声音很轻柔，却有种不可违背的力量，让赵小钏的精神也受到了吸引。虽然不是问她，但赵小钏不由自主地想起了那个血腥场景，因为现在这是她最想回忆清楚的事情。

“记不起来了。”董翠闭着眼睛，眼珠在眼皮下滚动。“我只记得前段时间戴过，但具体是什么时间，我不知道……”

“没有关系。”丁穆的声音依旧很轻柔，语气不慌不忙，“那你能想起来，你戴耳环的那天，天气是热，还是冷？”

董翠开始卖力地回忆，而赵小钏则隐隐想起那个晚上，她感觉冷飕飕，窗外还有“唰唰”的雨声，她忽然意识到自己也许也可以循着丁穆的“精神辅助疗法”来唤起自己童年时潜藏的记忆。

“那天，天气好像挺热的……”董翠梦呓般地说。

“那你记得你那天穿的是什么衣服吗？”

赵小钏想起自己那天穿的是一套印着小兔子图案的衣服。而董翠则回答说自己穿的是件蓝色的连衣裙。

“那你记得，你穿这身衣服，是去干什么吗？”

“连衣裙啊……对了，是要去和莉莉，张莉莉喝茶。”董翠说。而赵小钏则想起她是半夜起来去上厕所。

“那天喝茶喝了多久？”

“喝到了傍晚。”董翠说。赵小钏抿了抿嘴，想自己在头脑中把问题置换一下，结果却发现行不通。看来这种“记忆辅助法”必须有另一个主体对自己发问才有效。

“那你喝完茶之后回家了吗？”

“回了。”

“回家后的第一件事是做什么？”

“回家的第一件事是脱连衣裙，因为它实际上穿起来并不舒服。”

“那你是在穿衣镜前换装的吗？”

“是的。”

“那你看见自己在镜中的脸了吗？当时，耳环还在你的耳朵上吗？”

“有……啊！”

董翠睁开眼睛，一副欣喜若狂的样子，“我想起来了！因为怕在脱连衣裙的时候刮到耳环，我把耳环取下来，顺手放到连衣裙的口袋里去了……因为梳妆台离穿衣镜还有几步……我当时想的是把耳环放到口袋里，过一会儿就拿出来……结果忘记了！那个连衣裙还没洗，还在衣橱里挂着呢，我现在就回去掏它的口袋去！”

为了应和董翠的情绪，丁穆微笑着点着头。而赵小钏则在一旁惊得目瞪口呆。虽然她刚才已经稍微领略了“辅助记忆法”的威力，但是看到丁穆硬是“挖”出了董翠潜藏的记忆细节，依然感到不可思议。等董翠走后，她赶紧向丁穆请教。

丁穆告诉她，记忆辅助法虽然看起来像是催眠，但实际上不是催眠。记忆辅助法不是催眠，它只是有步骤地引导人回忆核心事件相关的细节小事，慢慢地引导人的记忆向核心事件集中。一般是先引导人们回忆在事发当天的嗅觉、视觉、听觉方面的记忆，就像在画布上一笔一笔地填颜色一样。等到颜色填得差不多了，最核心的那一块也就呼之欲出了。

赵小钏认真地记下了每一句话，她盘算着，用这种方法自己唤起自己的记忆。然而，刚才的经验已经告诉她，自己向自己发问可行不通。但是她现在基本上无人可信任，难道要她“精神分裂”？

也许就是需要她精神分裂。赵小钏本来只是讽刺地跟自己开个玩笑，结果仔细想想，却似乎只能这样做。于是，她把自己想象成另外一个人。这个人现在要给“赵小钏”进行记忆分析法。她模仿丁穆的做法，并按照自己的领悟，在一张纸上写下了问题，并排好问题的步骤，找自己一个完全不知情的朋友来问，而且叮嘱他，在她回答出问题之前，千万不要急着问下一个问题。

这个方法有那么一点儿“死马当作活马医”的味道，赵小钏希望能够侥幸“医成”，然而侥幸的事情没有这么多，因为记忆辅助法需要被辅助的人以“被引导者”的身份完全放松，而赵小钏实际上是“主控者”的地位，所以没法真正的放松，因此她几乎是什么都没想起来。

她对此感到十分郁闷，郁闷到临睡前还在盯着她写的那些问题看。最后看得眼皮酸软，不知不觉睡着了。然而令她惊诧的是，也许是日有所思，夜有所梦，她睡着之后，竟然进入了回忆流程：

在梦里，在一个细雨“唰唰”的半夜，她穿着睡衣睡裤，走向厕所，在厕所里方便完，慢慢地走回房间，结果闻到了一股血腥味，她便感到很好奇，便朝血腥味传来的地方走，结果因为光线暗，也因为神志还是迷迷糊糊，不小心绊到了一个东西上。她低头一看，发现是一个女的，倒卧在地上，身下有一大摊鲜血。她大喊了一声“妈”，不过这个女的可不是他妈。她是受到了惊吓，出于孩童的本能才喊妈妈的。

听到喊声后，妈妈过来了。她抬头看妈妈，顿时被吓得哭了起来：妈妈的身上满是鲜血，脸色苍白。而爸爸也随机走了进来，身上也有好多鲜血，手里还拿着一个染了血的刀子。而在远处，隐隐的有警车的声音由远及近。

赵小钏魂飞魄散，一个鲤鱼打挺坐了起来，半晌才回过神儿来。她按着自己的胸口，觉得自己的心脏几乎要从胸腔里跳出来，身上淋淋漓漓地出了一身冷汗。刚才那到底是什么？虽然赵小钏想告诉自己那是梦，但是心里就是有个声音跟她说，那是她真正的记忆。因为拒不承认这是记忆，她还做了最后的挣扎，到网上查了记忆和做梦的关系。结果查到人在睡着的时候，其实是潜意识十分活跃的时候，白天的刺激延伸到梦里的时候，反而可以触发回忆的深处。

第三十五章

她的身世有问题吗

看来，那的确是她的记忆了。赵小钏感到一种难以言语的无力和冰冷感，似乎整个人都变成了一潭冷水。是说，在那个晚上，她的爸爸妈妈一起杀了什么人？会是什么人？他们杀了人，一起逍遥法外到现在……不对，她记得那个时候，已经有警车临近，这么说警察已经被惊动了……可是既然警察已经被惊动了，为什么爸爸妈妈没有被抓走呢？赵小钏感到一股难以言喻的压力兜头罩来，本能地不愿再想。

其实，也许她可以直接问爸妈，也许可以去问警察——这里派出所有个老警察，已经在这里工作20多年了，应该记得当年的事情，如果去问他，肯定会有收获。但是赵小钏就是不敢，她怕，实在太害怕。于是，她舍近求远，准备先把金钏儿和“神秘发信人”的事情调查清楚。也许把这些调查清楚了，当年发生的事情的真相也会一起浮出水面。

赵小钏洗漱停当，装作什么事都没有一样去了公司。为了掩盖自己的憔悴痕迹，她还在脸上抹了遮瑕霜。

一到公司，丁穆就给了她一个报告。她打开一看，发现是“焦桐事件”的调查报告。原来，当初害焦桐的人，就是焦桐的合作伙伴雷鸣。他是个富二代，当初焦桐刚建立公司的时候，就是他出资支持，因此他也对公司事务颇多参与。既然是这样的人，怎么会想摧毁焦桐的生活和公司呢？问题出在两个方面：第一，钱的问题。当初，他对焦桐的事业并没有多少好的预期。因此，他对公司投资的方式是借钱给焦桐，而不是参股。虽然后来焦桐还了他钱，并以还利息为名义给了他不少钱，但公司真正巨大的收益他是没法染指的。第二，就是人类社会永恒的争端之一——感情上的争夺。雷鸣一直暗恋焦桐的女朋友艾琳，但是焦桐的女朋友不喜欢他。他感到不服气，再加上眼红焦桐公司的收益——在他看来，那些收益至少有一大半应该属于他，于是就施行了这等奸计。然而，虽然他毁了焦桐的一切，但也没有得到焦桐的女友。焦桐的女友被那些事情伤了心，之后去了国外，再没有回来。

看到这些后，赵小钏颇有些震惊，但也不是如何意外——当初婚礼的网络直播设备关不掉，其实就很说明问题。公司的相关人等都是电脑高手，怎么会搞不定一个播放程序，肯定是有人故意想把那出闹剧完整地放出来，让网民看个够。

她把报告合上，递还给丁穆，连声道谢，却不敢直视他的眼睛。她感到十分惭愧——这些天她因为专注于查自己的事情，把焦桐的事情忘到了一边，结果劳累丁穆去查。老实说，丁穆帮她把事情查清，她说不出有多高兴，却也说不出有多歉疚。在丁穆的面前，她总是格外容易觉得歉疚。

“好了，接下来，我们就打算帮你的朋友恢复名誉。在他的名誉恢复后，所谓知识产权的争端也会消失。等他心理状态恢复后，再努力一下，也许还能把事业重新做起来。”丁穆接过那个报告，微笑着看着她，目光就像温暖的大海一样。

“这个，合适吗？”她低声说。

“当然合适啊。”丁穆说，“我们公司本来就有无偿帮助真正处于危难之中的人的传统以及为遭到侮辱和损害的人伸张正义的传统。”

赵小钏抿了抿嘴，其实，她知道这是丁穆对她的特别照顾。他一定知道她非常想为焦桐恢复名誉，非常想让焦桐东山再起。而为了怕她过意不去，还特意强调这是因为公司的传统。当发现丁穆对她特别照顾的时候，她已经不是过意不去，而是感到心如刀绞。

她喜欢他。就在此时，她深切地感觉到了。然而，她却有事瞒着他，调查他——要查那个发信人的身份，肯定也要通过他，需要对他玩心眼儿，耍花招，甚至还要利用他。而且，她对他的一切到现在为止，还可以说是一无所知。她感到一股五味俱全的寒流席卷了心头，心里说不出的乱，接着便有种冲力，直冲脑门。这冲力是如此之大，让她在这一瞬间，什么都不想多管了。

"经理，其实有那么一件事。"她低低地说着，看向丁穆的眼睛，"上次，公司对我进行测试，看看我是否能对同伴们完全坦诚和信任，我虽然及时做出了正确的选择……但实际上，我还是想多了解同事们的事情。只是想多了解……你可以多跟我说一点儿你的事情吗？"

丁穆的表情略微凝滞了片刻，然后不可名状地笑了："是的，我早就应该跟你说了。"说着轻轻地嘘了一口气，看向赵小钏的眼睛，又像在看向遥远的远方："我是在孤儿院长大的，你已经知道了。不过，我不像其他的孤儿，就是简简单单地被父母丢在孤儿院门口，只背负着'被抛弃'这一个简单的悲剧……我的经历可没这么简单。"丁穆的声音开始变得低沉，但有股怒火，若有若无地在声音深处燃起，就像在冰面下流窜的火焰。

"我不是被爸爸妈妈抛弃的，我爸爸妈妈从来没想过抛弃我。我被送到孤儿院，是因为他们被害死了。"

赵小钏不禁打了个寒战。

丁穆继续诉说着，他的怒火慢慢炽烈，但就是没有穿过那层冰面："其实，我出生在一个显赫的门第。不过，因为整个家族都可以说是不存在了，所以也没必要再说它怎样。相信你也知道，显赫的家族一般都会有很多显赫的敌人。有一个家族，和我的家族仇怨很大，用奸计摧毁了我的家族，我的父母也被害死了，有些好心人怕我孤苦无依冻饿而死，又不敢收留我，就悄悄地把我送到了孤儿院。我虽然小，但是我家族遭遇的事情我都记得。所以我拼命地努力，学习各式各样的知识和技能，终于把那个家族也摧毁了。但是，当我报了仇之后，我却发现我丧失了生活下去的动力。每天沉浸在茫然里，再也找不到方向。就在这时候，我遇到了老板。他让我加入这个公司，用我的技能帮助他人。一开始我只是对这样的事有点感兴趣，心里更多想的是不要让我辛辛苦苦学来的各种技能荒疏，然而没想到在公司里越干越顺手，也越干越开心。渐渐的，我发现我融入了这个公司，再也离不开它了。”

赵小钏抿着嘴，眼睛闪闪发光。丁穆虽然没有跟她细说，但是等于把所有的事情都告诉她了。这代表什么，她说不清，但就是觉得它的意义很大，让她的心里说不出的激动和欣喜。

讲完自己的经历后丁穆微微地垂着眼帘，他刚才又在回忆里浸了一浸，现在正慢慢地退出来。等他完全退出来之后，忽然想起了一件事："在这个公司里，你没有了解清楚的应该还有徐壮吧。"

"嗯。"赵小钏立即想到了他手腕上那块颜色晦暗的皮肤，不由自主地紧张起来。

"他坐过牢。"然而丁穆的语气却是轻描淡写，"当年他也是属于年少不懂事，和几个混子混在了一起。结果那几个混子去抢银行，他给他们开车，也被抓住判了10几年。他在牢里就已经完全认识到了自己的错误，已经改过自新了。对自己的那段往事，也不讳言。其实如果你直接问他，他也会坦诚地告诉你。其实，很多事情，你直接问未必不会得到真正的答案，而且还可以省去很多弯路。"

丁穆说这话也许是无心的，但赵小钏却觉得有个东西深深地敲进了他的心里，引发了很多思考。

"估计到现在你也发现了，"丁穆继续说，"在我们公司工作的，很多都是曾经犯过错误或者走过弯路、失败过的人。这也是我们老板的理念之一吧。他说，犯过错误的人、失败过的人未必没有才干。但是在这个社会，一个人如果犯了错误，或者是失败过，可能就不会再有展示才干的机会了。这是不公平的。所以，他愿意给犯过错误或者失败过的人提供机会。”

赵小钏又感到自己的心被深深地触动了，也激起了很多思考和一些想法。和刚才的思考混在一起，让她的心里有些乱。

“好了。”丁穆下意识地又翻了一下焦桐事件的那个报告，“我们可以讨论一下如何给你的朋友平反了。想要给他恢复名誉，必须得让我们的平反行动得到广泛的社会关注，但是，因为这件事已经过去很久了，如果再把这件事提出来，说不定会让人们觉得反感，毕竟人们都认为‘过去的事就让它过去’，翻炒旧事很可能会让人觉得是没事找事。所以，我们就要挖出雷鸣新鲜的丑事，把这件事炒热，等到热度达到一定程度后，再顺带把焦桐的事情公之于众。人们都热衷于对丑闻中心的人‘查三代’，到这个时候，我们再提出往事为焦桐平反，就不会再引起反感，而会得到压倒性的支持。雷鸣会对自己的伙伴做出这么龌龊的事情，十有八九是个坏事做惯的人。所以要挖他其他的丑事应该不困难，这件事我已经交给牧晴去办了，相信很快就能查出来。”

他说是要跟赵小钏讨论，但其实已经安排好了一切，对她只是“告知”而已。赵小钏又感到难以言喻的感激，还有种说不出的兴奋，甚至还有点淡淡的心乱，但忽然想到了一件事情，感觉心上像被坠上了千斤坠，重得几乎要炸裂。

直接问有时是最好的处理方式，对吧。她今天回家，就直接向爸爸妈妈发问，问一下那天晚上到底是怎么回事！

然而虽然打定了主意，回到家里，她依然觉得非常难以开口。等到快吃晚饭的时候，她终于觉得自己准备得差不多了，正准备开口，忽然来了一个电话。

爸爸去接电话，被吓得脸白口青，奶奶晕倒了！现在在医院里！

赵小钏一家三口顾不上吃饭，立即上医院看奶奶。奶奶在病床上躺着，紧闭着双眼，脸上灰扑扑的。老实说，赵小钏和奶奶并没有什么亲密的感情。不知为什么，她奶奶和她一直都不怎么亲，她一直觉得自己和奶奶之间像隔了层毛玻璃。现在看到奶奶躺在那里，她也说不出自己心里是什么滋味，只觉得茫然失措。

奶奶是跟着叔叔一家一起过的，也是叔叔把她送到医院的。叔叔见赵小钏一家来了，知道他们还没吃晚饭，便到外面给他们买东西吃。爸爸迷茫地站在奶奶面前，哭了几声，怕吵到奶奶，便出去了。因为跑得急，妈妈感到口渴，也怕其他人口渴，便出去买水。暂时只剩下赵小钏一个人在奶奶身边。

就在这时，奶奶的喉咙里响了几声，然后用颤抖的喉音低低地说了一句话：“对不起啊……虽然你和我没有血缘，但是你依然算是我们家里的人……”

欸？赵小钏目瞪口呆。奶奶虽然没有指明是对谁说的，但现在就只有她站在奶奶面前，应该是对她说的。没有血缘？难道是说她不是她爸妈亲生的？这怎么可能？

一时间，赵小钏的脑子乱得几乎要爆炸，想要问奶奶，但见奶奶双目紧闭，不再出声，显然是又晕过去了。她一时间六神无主，感觉心跳得比打鼓的声音还大。老实说，要说她不是爸妈亲生的，打死她她都不相信。也许奶奶只是一时说胡话。也许她重复的只是看过的电视剧里的谁的某句台词。她妄图如此说服自己，这些听起来也是合情合理。但是有个疑问，在心底悄悄地蔓延。她不会真不是爸妈亲生的吧？她名字叫小钏，而就有那么一个神秘的而又玄机重重的金钏儿……难道那金钏儿就是她身世信物那样的东西？

老实说，她觉得这种想法十分荒诞不经，但它就是在她的心里萦绕。就像她心里有面墙，墙的那边站着一个游说她的人，虽然过不来，但是一个劲儿地在敲墙，而敲墙声还总是一声声地传到她的耳朵里。

第三十六章

卧底调查

还好，奶奶很快便脱险了。虽然看起来很可怕，但其实就是老年性贫血。赵小钏回到家里，准备找一找那个金钏儿。她尽量放松心情，推想妈妈如果要在家里藏这么一个东西，会藏在哪里。首先，这个金钏儿价值不菲，一定不会随便藏在储藏室里。如果有特殊的意义，肯定要更为珍藏。其次，如果真是有非常特殊的意义，那也不会被藏在一般藏财物的地方。满足这两个条件，要找到金钏可是个非常艰巨的任务。赵小钏觉得自己的脑子变成了木头，怎么都转不动。

忽然，她想起了一个细节，觉得整个脑子都清晰了起来。她的妈妈，和很多自作聪明的人一样，在藏东西上有个怪癖，就是认为把东西锁在柜子里或者抽屉里其实不安全，藏到那些犄角旮旯里的地方最安全。她还依稀记得，妈妈曾经夸过一个主妇，说她会藏东西——那时候还是20世纪80年代，家家户户现金都不多。她把钱装在信封里，用胶带把信封贴在了柜子的下面，结果小偷几乎把他家地皮都撬开了，依然没有找到这些钱。想到这个后，赵小钏的心里开始活动了，他妈妈会不会也用这种藏东西的方式？

等到爸爸妈妈都出去之后，赵小钏溜进了爸爸妈妈的卧室，跪在地上，在床板下面和柜子下面仔细地摸。结果，果然找出来一个用牛皮纸糊得厚厚的大信封。她有了一种不祥的预感，赶紧打开，然后呆若木鸡。在信封里，赫然装着一个黄金手钏儿，打造得十分精巧，上面镶满了各色宝石，其中几颗在黑暗中也熠熠生辉，和她梦里的金钏儿一模一样！

赵小钏呆呆地看着金钏，感到全身无力，还有一股阴森森的感觉慢慢涌上。说真的，虽然即便找到了这个金钏儿，也不能代表什么。但是如果没找到金钏儿，她就多了一个能否决自己的猜测的理由。而现在，在她的心墙那边的名为“猜疑”的人，可是更活跃了。

丁穆告诉她，牧晴已经挖到了足够引起巨大话题的雷鸣的丑事。赵小钏又紧张又兴奋，连连问他那是什么。结果丁穆竟然告诉她，牧晴发现雷鸣在城西别墅区的一处别墅金屋藏娇。

“啊？”赵小钏那感觉就像是全力奔跑之时一脚踏空，惊诧和失望之情溢于言表，“就这个啊？”

“你好像很有心理落差嘛。”丁穆微笑着问她。

“是的……”赵小钏尴尬而又疑惑地笑笑，“可能是我不够聪明，我不明白，为什么他金屋藏娇就可以引发爆炸性的话题……这个好像……不是个事儿吧。”

“这你就有些迟钝了。”丁穆深不可测地一笑，“或者说太不关注八卦了。不知道你有没有注意到，这几年，引发社会关注最大的，好多都是有关‘第三者’的话题。女人现在对‘第三者’的忌惮已经到了空前的程度，对‘第三者’的话题会高度投入地参与。只要女性群体对话题高度关注，男性群体也一定会参与进来。雷鸣的老婆是富家千金，又喜欢以富家千金的角度评论一些社会事件，在网上挺有知名度，是那种颇受争议的名人。另外有不止一个消息说，这位千金不是个省油的灯。相信如果她知道她丈夫金屋藏娇，自己就会先按捺不住，先在网上吆喝出来。相信光靠她的自有粉丝和黑子，就可以引起一定的关注。然后只要我们安排得当，绝对可以掀起一个引发网民广泛关注的‘小三’事件。然后各种附带爆料就顺理成章了。”

赵小钏呆然骇笑，但想想还真是那么一回事。不由得感叹自己脑子太木，还忍不住怀疑是不是因为对“自己的事情”忧虑太多，影响了自己的智商。

还好依然是丁穆为她安排一切，即便她智商不够也没有关系。丁穆说，要想掀起话题，必须得挖到真实的料。所以，需要人去卧底调查。对此孙晓裕自告奋勇——看来她对自己骗了赵小钏的事情真的非常愧疚。然而赵小钏坚持要一起去。

“这个没必要了吧？”孙晓裕很是诧异，“你又没啥卧底的经验。”

“是啊。”丁穆也觉得奇怪，“你是真的没必要去。他们只是要新招‘一个’保姆，你硬要去也不是事儿啊？”

“我没说我要一起当保姆啊。”赵小钏一脸严肃和认真，“我只是觉得，虽然这只是个风化事件，卧底行动最好是有两个人搭档，如果有了消息，可以及时传递信息，如果有了什么问题，可以帮助解围。而且我觉得，我真的需要多出外勤锻炼，”说到这里她换了一副恳求的口吻，“我真的需要多锻炼，就给我一个锻炼的机会吧！”

按照语境，她应该是在求丁穆和孙晓裕，但是她的脸，却只是对着丁穆。

她把话都说到这份儿上了，丁穆自然也没有什么理由拒绝她，于是，便派孙晓裕和赵小钏一起去执行任务。

雷鸣招收保姆的要求非常特别。别人要保姆都是要聪明活泼机灵的，雷鸣却要招既呆且木的保姆，说是越傻越好，当然不能傻得不能干活儿。这种角色对孙晓裕来说也是很容易就能搞定的。她到摊子上淘了一套最俗气的衣服和一条大红的纱巾，然后大着舌头、说着方言去应聘，在跟雷鸣的管家说话的时候故意直着眼只看他的脸。雷鸣的管家觉得她够傻，很满意，又担心她干活儿不利索，叫她现场擦个桌子看看。孙晓裕虽然是那种粗枝大叶的女汉子性格，但是平时也没少跟妈妈一起干家务，桌子擦得很利索。雷鸣的管家十分满意，立即聘用了她。

再说赵小钏那边，她穿着一身暗色的衣服，一直潜伏在四周，时刻注意别墅那边的动静。盘算着如果被人注意，就以“各种理由”蒙混过关。不过，因为这里是别墅区，人比较少。而且各自都只顾自己的事情，所以也没什么人管她在干什么。因此她一直逗留到晚上，也没人注意她盘问她。

雷鸣别墅附带了一个小花园。花园里装着彩色的灯泡。到了晚上，花园里会亮起彩色的灯光，掩映着树隙花间，煞是美丽梦幻。赵小钏远远地看着那一团团的灯光，感到心里也有些迷离模糊。说真的，她也不是很清楚自己为什么一定要跟过来。也许是想找个机会，好好盘问孙晓裕那个“发信人”的事情。当然了，要找机会问她问题，未必非要等到出任务的时候。再往深里想些，她感到自己想要和孙晓裕一起出任务，是因为觉得孙晓裕还有她完全不了解的一面。她想要和她一起出任务，就是想好好了解她的另一面。等她了解彻底之后，再问孙晓裕问题，或者等她彻底了解她的另一面后，所有的真相就会水落石出……

孙晓裕出来了，站在栏杆边大口地呼吸着。一直扮演那样的角色，一定会觉得闷气。赵小钏忍不住靠了过去，低声问她：“情况怎么样啊？”

“一切都还好啦。”孙晓裕苦笑了一下，“雷鸣并不是天天来这里，这里只有一个女主人，就是那个情妇啦，却需要三个人服侍她……一个管家，两个保姆。我跟你说啊，这里的气氛压抑得不得了，人和人都不怎么说话的，听说那个情妇还有精神问题……估计上个保姆就是因为受不了这压抑的气氛才跑了。听说那个情妇被送到有名的医生那里治病去了，我还没见着她的面呢。”

赵小钏静静地听着她说话，忽然忍不住了：“哎，我问你，那个跟你搭档骗我的人，是什么样的人啊？就是那个写了一手好字，发信给我的那个。”

“这个啊……”孙晓裕微微一怔，眼珠迅速转动了一下，然后微笑着含糊地说：“这个啊，等时候到了你就能……”

“够了！到了这个时候，你竟然还要瞒我！”赵小钏忽然爆发了。

“啊？”孙晓裕一惊，赶紧压低声音说：“小点声！你难道不知道我们是在……”

“你是知道我的个性的！”赵小钏打断她，“如果不是十分重要的事情，我是不会追着你问的！是因为这件事真的非常重要！你知道吗？我现在怀疑在我小的时候，我爸我妈杀了人，甚至怀疑，我不是我爸我妈亲生的，还怀疑这两件事之间是不是有什么联系……这一切都需要那个人给我解惑！”

“啥，啥玩意儿？”孙晓裕没想到有这么震撼的事情，被惊得双眼发直：“这到底是咋回事？”

赵小钏便把那段神秘往事、那个神秘金钏、金钏和发信人的手迹都在她们童年的合照中出现以及她奶奶的怪异呓语都说了一遍。虽然她说得很急，但依然保证说清楚了。

“天……天哪……”听完这些后，孙晓裕更加双眼发直，“小时候的事情，我真的一点都记不得……我不骗你，我之前真的是一点儿都不知道……好吧，我把我知道的事情都告诉你，你听说过晨星集团吧？就是那个传奇般的大集团，我们老板，就是集团的创始人穆晨星。”

“啊？！”虽然知道公司的老板一定是个大富翁，但听到穆晨星的名字后，赵小钏还是非常震惊——因为没想到他竟然是这般富有，“竟然是他？他不需要管理企业吗？”

“其实，人到顶端的时候，要做的事情其实也不多了，”孙晓裕说，“他有很多时间，打理万能事务所……当初和我搭档骗你的，就是他。试探你的招儿是他定的，给你写信的人也是他……我本来以为他只是想自己亲自考验新员工，没想过是不是还有其他的原因……天哪，如果说他在我们童年的时候就……进入过我们的生活，那当初招我进公司，是不是也有什么特殊的原因？”

“我就是不知道啊！”赵小钏恨声恨气地说，“这些事情，联系起来一想，真是可怕和复杂极了……我现在最着急想知道的是奶奶那梦呓到底是什么意思，我是不是我爸妈亲生的啊？！”

“这个啊……”孙晓裕咬了咬牙，深吸了一口气，“看来这得去做亲子鉴定了……要做亲子鉴定得抽一管子血……如果在舅舅舅母不知情的情况下抽他们一管子血，还真是……欸？”她忽然眼睛一亮，“对了，你的下巴是分下巴，对吧？”

“啊？”

为了让赵小钏尽快注意事实，孙晓裕用手指在自己的下巴上竖着划了一下：“就是下巴上有道浅浅的沟，俗称屁股下巴的……学名我记不得了，这不重要，重要的是，我记得这是种显形遗传，就是说，如果你的父母当中没人有分下巴，你也不会有分下巴。而舅舅是有分下巴的啊，这已经可以证明你是舅舅和舅母亲生的了。”

“啊？”听到这个后赵小钏十分高兴，然而就是因为太高兴了而无法仓促相信，“可是，如果我的‘亲生父母’当中也有人有分下巴呢？”

“拜托……”孙晓裕急得几乎要跺脚，“分下巴在东方人中很少见的……如果照你说的，你的亲生父母另有其人，他们有分下巴，而你的养父养母也有分下巴，从概率上来说那简直小得没谱！”

“哦……”赵小钏这才安心一些，正要再说些说什么，忽见孙晓裕朝她连连摆手，示意她不要再说话。赵小钏一激灵，回头一看，只见两辆轿车朝别墅驶来，她赶紧藏进树间的黑暗里。

第三十七章

老板

第一辆轿车停下来，走出几个保镖模样的人。第二辆轿车随后停下，先走出一个人——这个人看起来也是保镖，但是看起来地位比前面几个保镖高一些。然后走出来一个男人，扶着一个女人。虽然隔得远，光线也不亮，但赵小钏还是看出他是雷鸣（她之前看过他的照片）。而那个女人穿着一身白色绣花连衣裙，长发披肩，长长的齐刘海，看起来十分憔悴和木讷。

“今天感觉有没有好些？”雷鸣一边扶着她往别墅里走，一边柔声问她。

那女人只是机器人般地走着，一声都不吭。

雷鸣有些焦躁，但声音依然是轻柔的：“阿琳，我问你话呢。”

被称作阿琳的那个女人依旧没有吭声，只是双目发直地往前走。

“够了！”雷鸣忽然爆发了，“我知道你根本没疯！你一直在装疯！你为什么要这样对我？我对你还不够好吗？”

“哼哼。”阿琳转脸看向他。虽然赵小钏她们看不清她脸上的表情，但从肢体语言中读出她很愤怒。

“你用那种卑鄙的手段对付焦桐，还指望我会原谅你？”

一听到焦桐的名字，雷鸣的声音立即高了个八度：“是的，我的手段是很卑鄙，对他也很残忍，这个我不否认，但我是因为爱你才这样做的啊！再说我对付的只是焦桐，对你可没有丝毫的对不起！”

“哈？”阿琳更加愤怒，大声冷笑着说：“你没有对不起我？！你设圈套，把我囚在这里，我爸妈他们还以为我去国外了……你以为把我关在这里，软磨硬泡，我就会顺从你吗？你做梦！我不会让你顺心如意的！”说着挣脱雷鸣扶她的手，然后狠狠地一巴掌扇了过去。

雷鸣一闪身躲开了，两个保镖赶紧过来，一左一右抓住阿琳的胳膊。阿琳动弹不得，只是怒发冲冠地盯着雷鸣，目光似乎都能把他吞下去。

听到这里，孙晓裕和赵小钏骇然相顾。看到这里，这个“阿琳”的身份已经再明白不过了，她就是焦桐的女朋友艾琳！原来她根本不是去国外了，而是被雷鸣关在这里了！

雷鸣呆呆地看着艾琳，怒火在他的脸，甚至在他的全身都在聚集。然而在他的怒气达到顶点的时候，他倒冷静了下来，对着艾琳冷笑，那笑容令人不寒而栗：“你有种，可惜没用，我不吃你这一套。你不跟我好是不是？没关系。我就是不放你。我已经安排好了，明天就送你去国外。我租了一个小岛，那里幽静得很……要跟我磨是不是？那就磨！看谁磨得过谁！”

孙晓裕深吸了一口气，朝赵小钏看了一眼。赵小钏看到她脸皮紧绷，但是一双眼睛闪闪发亮。她相信自己的脸上也一定是一样的神情，虽然不用交谈，但是她们知道她们都在想一件事，那就是今天晚上，必须把艾琳救出来！

孙晓裕转头朝屋里走——等雷鸣他们进了屋，如果发现少了个保姆，还是今天刚雇的保姆，说不定会起疑。赵小钏则快步走开一段距离，用手机跟公司汇报信息。然而，不知是她的手机出问题了还是怎么回事，电话就是打不出去。

过了一会儿，孙晓裕又从屋子里溜了出来，隔着栏杆对她说：“还好……他们没有起疑。你和公司联系上了吗？”

“没有。”赵小钏恼恨沮丧地说。

“我也是。”孙晓裕低低地叹了口气，“估计是手机信号塔出问题了……不过还好，就凭我们两个人，应该也能救出她来。我观察那个管家好久了，他腰间挂着所有的钥匙。我等他睡着后把钥匙偷出来，然后再把艾琳带出来……你就在门外接应我们！”

“你行吗？”赵小钏可是一万个不放心。

“等他们都睡着了，应该会很顺利。”

“可是你偷钥匙会顺利吗？万一那个管家锁着门睡觉呢？”

“这个不要紧。这屋里的锁都很简单，我会开！”

“啊？”赵小钏颇有些惊诧——虽然知道当卧底肯定要有两把刷子，但听到从小和她一起长大的孙晓裕竟然会开锁之后，她还是惊诧了一下，难道这就是孙晓裕的“另一面”？

形势很危急，她们没有时间多谈。孙晓裕又回到屋子里去了，赵小钏则高度紧张着潜伏在屋外。她担心孙晓裕不能顺利地偷到钥匙，她担心艾琳不会轻易地相信孙晓裕，跟她出来，也怕她们在行动过程中被保镖或者是雷鸣发现。这些紧张林林总总地压在一起，使她感到压力巨大，却也让她感到自己的能力被激起，达到了最高值。

然而没多久孙晓裕就带着艾琳出来了，雷鸣是把艾琳锁在房间里的，因此就没有再派人看守。管家也有这个房间里的钥匙，孙晓裕偷到钥匙后就把她救出来了。而艾琳早已被关得濒临绝望，只要有一线希望都会奋力一搏，因此一听孙晓裕是为了焦桐来救她的，几乎没有犹豫就跟她出来了。

孙晓裕不仅会开锁，还会偷车。捯饬几下就把雷鸣来时坐的车搞定了，开着它载着赵小钏和艾琳离开。然而她们的车刚启动没多久，就听到屋子里发出一连串叫嚷声，接着灯亮了——糟了！他们发现艾琳逃走了！

雷鸣带着保镖冲出来，看见她们开车逃离，立即开着剩下的那辆车追她们。一场追车大战立即开始。孙晓裕不是亡命之徒，不敢开得太快，但雷鸣他们开车就像疯了一样，他们的距离越来越近。

“真是见了鬼了！”孙晓裕恨恨地说，“早知道，我就把他们那辆车车胎扎了再走……”她话音没落，忽然听到一声爆炸声，接着车身猛地一晃——糟了。她们不知道轧到了什么东西！

赵小钏她们赶紧跑下车来。

孙晓裕看到不远处有一条狭窄的小巷，便对赵小钏她们说：“我们往那边跑！那里窄，他们的车开不进去！”

她们便跑进那个巷子——这条巷子曲里拐弯，有好多岔路，其实可以说是很多巷子连在一起——贫民住的平房区就是这样。这个平房区似乎要拆迁了，居民几乎都搬走了，她们跑了好久都没看到一个房间有亮灯，也就找不到一个人能帮她们。

这里的道路的确狭窄，追她们的人也不得不弃车，徒步追她们。然而这巷子实在太窄，两个人并排跑都费劲，只能孙晓裕在前面跑，让艾琳在中间跑，赵小钏则在后面推着她。这种跑法真的无法保证速度。她们听到那些人的脚步声越来越近，被他们抓到是迟早的事情。

赵小钏很着急，本来逃跑就累，再一着急，不由得觉得更累了十倍，只觉得全身的血都往脑门上冲。然而就在这时，她看到艾琳的米白色的睡袍在眼前剧烈晃动，又看到不远处的墙角斜靠着一个一人多高的宽破木板，顿时计上心来。

片刻之后，只剩下两个女人在巷子里狂奔，一个人身上穿着米白色的睡袍，被风吹得乱飘乱晃。追赶的人看到这米白的睡衣，吆喝着死死追赶。然而现在穿着那米白色的睡衣的是赵小钏——她叫艾琳藏在那宽木板和墙角的空隙之间——因为被关了这么久，艾琳身材瘦削，可以蜷缩在其间，自己则披上那米白色的睡衣，吸引雷鸣他们的注意力，她和孙晓裕打算甩掉雷鸣他们后再回去和艾琳会合。

只剩她们两个人后，速度的确快了不少。然而几个转弯之后，她们赫然发现横在她们面前的是一面墙，而且很高！赵小钏和孙晓裕赶紧想转向——往回跑一段路，就有另一个巷子口，但是雷鸣他们已经很近，如果往回跑，会和他们撞个正着，立即会被逮住。转眼间，雷鸣和手下们已经跑到了刚才那个巷子口旁边。

就在这个时候，一个穿着军大衣的拾荒老人，拖着一个摆满破烂的平板车，从巷子里走了出来，正好拦在雷鸣他们前面。雷鸣他们大声喝骂，让老人赶紧"滚开"。而老人不知道是耳聋还是怎么，一直拖着车向前。直到把路都挡住，才注意到雷鸣他们，侧脸朝他们看，一只手张开手掌，放在耳边。

雷鸣他们更是焦急万分，七嘴八舌地喝骂"老浑蛋""快滚开"。老人似乎刚听明白，连连点头——他点头的幅度过大，一点头身板都会跟着动，忽然闪电般地从军大衣的口袋里掏出一个喷雾剂，朝雷鸣他们喷了几下。

雷鸣他们立即像被强力杀虫剂喷到的害虫，立即蔫蔫地倒下了。赵小钏和孙晓裕目瞪口呆。只见那个老人站直身子，朝她们笑了笑。

"老板？"孙晓裕惊叫出声。

"啊？"赵小钏的惊诧程度比孙晓裕更多10倍，直着眼睛朝这人打量——这就是"传说中的老板"穆晨星？

只见这位穆晨星看起来有50多岁年纪，双鬓略有白发，却依然面貌英俊，一双眼睛精光四射。赵小钏看着他看呆了——倒不是因为他形貌惊人，而是因为在她看来，他就是个谜团的集合体！

"老板，你怎么来了？"孙晓裕惊诧万分地问。

"当然是关心员工来了。"穆晨星调皮地一笑，他的笑容很好看，声音也很动听，"要不是我帮你，你们今天恐怕就彻底完蛋了吧。"

"是的，是的……"孙晓裕赶紧点头，讶异地看了看那车破烂，

“可是老板，你就一直拖着那车破烂吗？”

穆晨星朝那车破烂瞥了一眼，然后哈哈大笑：“当然不是！这车破烂只是碰巧在那边巷子里的，估计破得连捡破烂的人都不要了，我只是顺手拿来用用，”说着摸了摸身上的军大衣，“这只是我拿来掩饰身份的，哈哈！没想到和这车破烂正相配。”

于是他们就转回去找艾琳，再一起回公司。大家听了她们的惊险经历后都是心有余悸，丁穆则感到自责，觉得自己没有考虑周全，穆晨星则叫他不要太在意。

结局

真相

从刚见面到现在，赵小钏的目光一直都没离开过穆晨星。她没想到自己会以这种方式见到老板，一时间脑子乱成了一锅粥。她再假装什么都不知道，慢慢地探查，查出真相？她思忖着。然而在她看到穆晨星和丁穆说话的时候，却陡然记起丁穆的那句话："直接问，有时是最好的处理方式。"

想到这个后她陡然冷静了下来，或者说是全身都被一股冲力灌注，总而言之，不再心乱如麻。

"老板，我可以问你一个问题吗？"因为穆晨星还在和丁穆说话，她这样毫不在意地打断他，所有人都是一惊，屋里陡然静了下来。穆晨星则讶异地看了看她，又注意到孙晓裕一脸心虚——表演是需要准备的。孙晓裕猝不及防，自然来不及掩饰内心。

看到孙晓裕心虚的样子，穆晨星自然就明白了——孙晓裕肯定是把能说的都说了，便对赵小钏说："看来我知道你想问什么，我也就直接说了，是的，当年是我给你的金钏，我招收你和晓裕进公司，也是另有原因。"

其他人都很吃惊。丁穆却没什么惊讶的样子，他是知道一些事情的，否则一开始不会对赵小钏特别关照。

"我想你肯定记不得了。"穆晨星微笑着开始了讲述，"20多年前，我曾经在你家那边开过个小超市。在那几年，我赶上改革开放的大潮，做了大生意，赚了一笔大钱，但是后来因为自己决策失误、市场变化以及对手挤兑种种原因，我的生意做不下去，只剩下了这一个小超市。我当时的感觉真是痛断肝肠，每天萎靡不振。有一天，我到你们小区里的空场上去晒太阳，觉得自己虚弱到了极点，觉得自己似乎马上就要没气了。然而就在这个时候，我看到你爸爸看着你和晓裕玩，你和晓裕在玩一个游戏，像是在排演什么戏剧。你扮演一个智者，晓裕扮演一个失败的骑士。晓裕说她保卫国家失败了，让自己的国家被一条龙占据了。非常的痛苦，非常的自责，整天在森林里流浪。你则对晓裕说，骑士不可以一直在森林里流浪。骑士的天职是保卫国家，应该回去，想办法把那条龙打跑。如果因为流浪荒废了一辈子，骑士一定会后悔的。当时我听了，真有种振聋发聩的感觉。因为当时的我很爱经商，觉得我就是为了经商而生的。如果就这样浑浑噩噩地荒废一生，到临死那天也一定会很后悔。但是想想重回商海，又觉得底气不足。然而就在这个时候，晓裕扮演的骑士说话了，说她非常害怕那条龙，也害怕自己会再度被它打败。这时候，你扮演的智者，说要战胜恐惧的方法就是面对恐惧。骑士应该回去直面那条龙，先从心理上战胜它，然后就可以看见它的弱点。而且骑士也不要怕自己会再度失败。因为失败没什么大不了的，从头再来就是了。听到这里之后，我觉得胸中的块垒全都消失了。我应该直面我的失败，不要在心理上恐惧它，而是要从心理上战胜它，然后总结失败的经验。而且也不要害怕会再次失败，再次失败的结果，顶多是从头再来。老实说，如果是哪个成年人这样劝我，我十有八九不会听进去。但是，看到两个天真无邪的小孩用演戏讲道理，反而把道理讲到了我的心里去。也许当时你们只是从童话书上弄来哪个节选当剧本，但真是帮了我的大忙。我当时感到很振奋，觉得应该报答你们什么，就把你爸爸和你们一起请到我的家里去做客，按照你们的名字，送给晓裕一块玉——她名字的谐音是‘小玉’，送给你的则是一个金钏。哈哈，虽然当时我生意失败了，但是像样的东西还是有一些的，还给你们照了相。给了你爸爸两张，我自己留了一张。”说着朝孙晓裕看了一眼，“很多年后，晓裕带着那块玉去参加演员海选，我一眼就认出来了。然而晓裕却早已把当年的事情忘到了九霄云外。我问什么，她都茫然不知。”

孙晓裕不好意思地笑了。

穆晨星转向赵小钏，继续说：“这可算是人生的转折点。后来我生意又好了，也搬走了，大概你们就都把我忘了。但是，这件事我可一直都记得。我当时就想我在精神陷入低谷的时候，你们帮我从低谷里走了出来。我就在想要是人人在危难的时候，都能及时得到援手就好了。所以我就成立了这个公司。所以说，你们俩算是这一切的源起，所以我一定要招收你和晓裕进公司。当然了，对于新员工必须要经历的考验还是不能少的。虽然你们很特殊，但该经受的考验还是得经受。”

赵小钏没想到自己和孙晓裕还起过这么大的作用，也没想到事情真相竟然只是这么一回事。既激动，又感到混乱，忽然想起一件非常重要的事情，赶紧问：“可是，那天晚上是怎么回事？”

“什么那天晚上？”穆晨星一脸茫然。

赵小钏赶紧把那天晚上看到流血女子的事情讲了一遍。

“这个啊。”穆晨星想了一想。赵小钏目不转睛地看着他的神情。老实说，她还没有完全相信他的话，总有那么一种感觉，似乎在下一个拐弯就会冒出截然不同的真相。

“我觉得，你还是先直接问问你的父母比较好。”穆晨星苦笑着对赵小钏说。

“可是，”赵小钏不由自主地战栗起来，“我怕问出让我害怕和为难的结果……”

“那也没有办法。”穆晨星看着她的眼睛说，“你必须像那个故事里说的那样直面恐惧。”

赵小钏带着“壮士一去兮不复还”的悲壮心情回了家——难道她怕问出真相后爸妈会杀她？不是。她是害怕问出自己害怕的结果后接受不了，当场心脏麻痹而死。但不管怎么说，该问的还是要问的。

听她问出这个问题后爸妈全都呆若木鸡，呆了片刻后忽然开始互相责备。

“都怪你，你说孩子小，还不记事，不需要跟她多说？！”妈妈首先斥责爸爸。

“这也不能怪我啊？我能怎么跟她说？换了你，当时你能说清楚吗？”爸爸一脸委屈，同样怒气满满。

“这到底是怎么回事啊？”赵小钏感到全身的血液都涌上了头顶，不由自主地大声吼。

爸爸和妈妈噤住了。妈妈朝爸爸看了一眼，示意他去解释。爸爸露出了很是为难和慌张的神情，小心斟酌着语句说：“对不起，小钏，我不该现在才跟你细说……主要是因为这件事太复杂，小孩很难懂，所以我当年我才没有跟你说……现在你长大了，应该能理解了，我这就跟你说……你要相信爸爸，这件事爸爸绝对没有隐瞒和歪曲什么……”

赵小钏目不转睛地看着他，全神贯注地听着，心也提到了嗓子眼儿。

“是这样的，爸爸当时在单位，暂时负责分房子的事情。有个女同事，对分房子的事情不满，到我家来啰嗦，一直讲到很晚都不愿走……我当然是不能因为她来纠缠就随意更改单位政策啦。后来她忽然急了，耍起无赖，抓起水果刀，对准自己的肚子，跳跳骂骂地说要死给我看，我去夺刀，结果争夺的过程中她自己扑倒在地，把刀子戳到自己肚子里了……你妈妈吓得赶紧报警，之后我做了一个错误的决定，以为这个时候要救她，就应该把刀拔出来——我这是武侠电视剧看多了，另外也因为我当时吓坏了……结果这一拔就变成了大出血，几乎不可收拾……后来我听到警车的声音，就出去迎接警察。因为那个女的血‘哗哗’地流，你妈害怕，也不由自主地跟出去了……后来听到你大声叫，才想到你会被惊醒，又赶紧赶回来，可惜已经太迟了……你已经被吓到了，哇哇地大哭。我和你妈一时间不知道该怎么办，焦头烂额。后来警察来了，事情很难说清楚。我们只好先把你婶子喊来照顾你，我们一起去了警察局。当时事情很难说清楚，毕竟我去夺刀，和她发生了纠缠，还拔出了她肚子上的刀。幸亏当时有个老警察，有能耐，通过现场勘查，通过现场的血迹，还有其他痕迹，确定我说的是真话。后来那女的还想倒打一耙，说我拔刀引发了大出血，想继续讹诈我。多亏你妈妈脑子快，说我们可以告她恐吓，毕竟她想拿死讹我们。才把这件事平息了……这件事平息后，你已经不再提这事了，我们也不知道该怎么对你说……毕竟这件事对警察都难说清楚，你当时又那么小，真不知道该怎么对你解释。我非常怕你误解我，觉得当初是我想杀人，因此就迟迟没对你开口解释，只是笼统地跟你说，那女人是坏人，爸爸把坏人打跑了，但是不知道你能不能听得进去，但从现在看，你大概是没听进去……当时没法解释，后来随着时间的流逝，以后更没法开口解释了，虽然之后你有些改变，但是我和你妈摸不清你这是不是随着年龄增长性格自然改变。再说你再也没提过那事儿，我们不知道你是否忘了，所以也不敢贸然提，怕提了会弄巧成拙，搞出更坏的影响，所以一直没敢说……”

赵小钏专注地听着，有一点感到疑惑：那就是爸爸真对她说过他是在打坏人吗？可是如果他说过，她怎么记不得？不过这件事从头到尾她其实都不是自然记起的，哪个片段忘了也有可能……总而言之，她还是宁愿相信爸爸的话的。然而就在她的心逐渐放下的时候，忽然想起一件事，心又悬了起来："可是那个金钏呢？我记得那个金钏就在血泊里……怎么会和那个金钏有关系的？"

"这个啊……"爸爸尴尬而又忐忑地看了妈妈一眼："这个金钏，是之前一个算是朋友的人送的……我很喜欢玩赏上面的宝石，但是你妈妈说我不该随便接受别人这么贵重的东西，因此也不喜欢这个金钏。那女人找上门的时候，我正在玩赏那个金钏，而我紧张的时候，总喜欢攥个东西，结果就拿着金钏儿和她打嘴仗，到后来事情一乱，可能就无意之间把金钏掉到地上了。"

赵小钏骇笑，没想到那件事的真相只是如此。不过，她宁愿相信。历来人解决了大问题之后，就会想到小问题。赵小钏又想到了她的"身世"之谜。说真的，上次听孙晓裕说了"分下巴显性遗传"的事情之后，她觉得自己应该就是爸爸亲生的，但是这件事还是有那么点可疑，还是得问清楚："那好吧……原来事情只是这样……那爸爸，还有一件事，我的身世，是不是有什么问题？"

"啊？"爸爸妈妈的眼都直了，他们的表情像是听到了世界上最无稽的事情，过了半晌几乎一起发问：

"你说的是什么话啊？"

"你怎么想起来问这个的？"

见爸爸妈妈如此反应，赵小钏倒感到迷惑和莫名的心虚，倒像是她在没事找事一样。赶紧把在医院时奶奶昏迷的呓语说了一遍。

爸爸听了后呆若木鸡，忽然涕泪交流，大声抽噎起来："妈……妈呀……"

"这……这是怎么了？"赵小钏没想到事情会有这样的变化，不禁茫然失措。

"没，没事……"爸爸努力止住了抽噎，断断续续地说："没想到这件事让你用这种方式知道了……你不是收养的，你是我们亲生的，被收养的人是我……当初我爸我妈结婚几年都没有孩子，便把我抱了回来，一来是为了保险，二来是听人说，抱的孩子能带出孩子，就是抱了孩子后心里轻松，反而可以自己生出孩子……结果之后弟弟妹妹就出生了……当初抱我是我爸的主意，我一直觉得我妈对我不够亲，没想到，还是很疼我，很疼我的……”

赵小钏乍一下觉得不可思议，但仔细想想其实合情合理。因为在奶奶说呓语前，是爸爸站在她面前哭。昏迷的人感觉模糊，后来爸爸离开了，也许她没注意，把站在面前的赵小钏当成她爸爸也说不定。想到这些后，她只感觉哭笑不得。当然了，面对这种亲情秘密，她不该是哭笑不得的心情，但是以前被她以为有重重迷雾和复杂内幕的事情原来只是如此，还真有点让她不知道该说些什么。

之后为了彻底消除自己的迷惑，赵小钏还是去看了心理医生，得到的答案是，人在受到重大惊吓和打击的时候，记忆会呈断块状。尤其是孩童。很有可能会想起来这一片，而想不起来那一片。所以爸爸当年真可能跟她说了他是在打坏人，而她忘了。至于妈妈为什么从来没在日记里写过金钏的事情，后来她问明白了。因为妈妈对一些很不愉快的事情不喜欢写。当初她怪爸爸不敢轻易收别人重要的东西，心里很不快活，自然不会把它在写进日记，强制自己再品味一遍不愉快。

到现在为止，所有的真相都揭晓了。老实说，赵小钏本来以为会有大阴谋和很深的内幕需要自己去揭开，没想到就是这么点事儿，实在让人说不出心里是什么味道。较真儿的人，也许还会想从其中找疑点，再调查。不过，她并没有这样做。她还有很多重要的事情要做呢，比如说给焦桐恢复名誉。雷鸣监禁艾琳，已经犯了刑事罪，在舆论上绝对是死定了。给焦桐恢复名誉也绝对会非常顺利。另外其他几个还没露面的同事也要回来了，赵小钏还要想着好好跟他们磨合，然后好好在一起工作呢。

不过，即便她没有其他事情做，她也不会再去质疑已经知道的真相了。因为有时候就是这样，看起来很玄乎的事情，真相其实很简单。没有必要自找麻烦，把简单的真相再变成复杂的疑团，那是和自己过不去。